Linard Bardill

RO&
DIE WINDMASCHINE

Für meine drei Jungs:
Lüzza, Severin und Chasper,
für Werner Zurfluh
und seine „Quellen der Nacht" L.B.

Verlagsgruppe Nord-Süd Verlag AG,
Gossau Zürich, Hamburg

Gesetzt wurde in der Garamond 11,5/15 Punkt
Printed in Germany
ISBN 3-85195-684-2

Die Deutsche Bibliothek – CIP-Einheitsaufnahme
folgt

Ro und Gambrin im Internet bei:
www.bardill.com

Linard Bardill

Ro & die Windmaschine

Michael Neugebauer Verlag

1. Die Fabrik

Es regnet. Schon seit Tagen. Der Himmel ist so düster, dass es scheint, er hätte die Sonne verschluckt und würde sie erst wieder hergeben, wenn er die Erde ersäuft hat. Typisch für dieses Land, denkt Ro. Entweder verdorrt alles oder es herrscht Sintflut. Die Straße ist rot, zu rotem Schlamm vermatschte Erde mit Pfützen. Die Pfützen würden den düsteren Himmel spiegeln, wenn sie vom trommelnden Regen nicht in Bewegung gehalten wären. Ro bückt sich, versucht zu sehen, was er einmal im Kino gesehen hat, wenn ein Tropfen in Zeitlupe ins Wasser fällt, versucht den Aufschlag zu erhaschen, wenn die Kugel auf die Oberfläche schlägt, eine Welle auslöst, wie ein winziger Ball noch einmal hochspringt, eine zweite Welle, zurückfällt, eins wird mit dem Wasser. Aber er sieht es nicht, es geht zu schnell. Zeitlupe wäre ohnehin die beste Geschwindigkeit, in der Zeitlupe hätte man Zeit für die Zeit. Oft stellt Ro sich vor, dass er einen Ring hätte, den er nur einmal zu drehen brauchte und schon ginge die Zeit nur noch halb so schnell, beim zweiten Mal drehen noch ein Viertel, und so weiter, bis die Zeit stillstünde, fast jedenfalls.

Dann wäre Zeit, die Dinge wirklich zu betrachten. Zum Beispiel im Busbahnhof, wenn die Leute aussteigen, man könnte jeden genau ansehen, jede Falte im Gesicht oder in den Kleidern, jedes Wort verstehen. Er würde es in Kauf nehmen, wenn er selbst auch langsamer wäre, er hat nie den Wunsch, dass die Zeit still steht und nur er sich bewegen kann, wie in dem dämlichen Film mit dem Bumerang, nein, er stellt sich vor, dass alles langsamer ist, auch er, Ro selbst, und dann Zeit haben, sehen, was passiert und vor allem, wie etwas passiert, wie ein Pferd über eine Hürde springt, wie ein Falke sich eine Maus holt, wie ein Mann eine Frau küsst. Oder vor zwei Jahren, als sein Vater auf dem Busbahnhof verschwand und seither nicht mehr aufgetaucht ist. Ro hat noch den Lärm in den Ohren, das Hupen der Busse, das Schreien der Sonnenblumenkernverkäufer, Bilder, die durcheinander rasen, Menschengewirr, ein Hin und Her von tausend Füßen, nichts Genaues. Wenn er dort die Zeitlupe hätte einschalten können, bestimmt hätte er gesehen, was mit dem Vater passiert war.

Ro richtet sich auf und läuft weiter. Die gelbe Öljacke ist zwar wasserdicht, aber nass ist er trotzdem. Wenn man zwei Tage im Regen läuft, ist das auch kein Wunder! Vergangene Nacht hat er wenigstens im Trockenen geschlafen, in einem Schuppen. Heute weiß er noch nicht, wo er schlafen wird. Wäre ihm auch egal, daran hat er sich gewöhnt, im Gegenteil, seit er von der Großmutter weg ist, genießt er es, sein eigener Herr zu sein, auch wenn's manchmal einsam ist; nein, das Herumziehen macht ihm nichts aus, aber der Regen…

Plötzlich taucht ein großes Gebäude auf, ein Turm

mit seltsamem Aufsatz und eine Halle dazu, im Regen sieht es aus wie ein Elefant, umgeben von einem Zaun. Der Regen rinnt in unzähligen Tropfen durch den Maschendraht, als ob der Zaun weinen würde. Das Gebäude kommt Ro verlassen vor, er hat für solche Sachen ein Gespür. Wenn man jede Nacht woanders schlafen muss, merkt man mit der Zeit, wo ein geeigneter Ort sein könnte. Hier ist ein geeigneter Ort, auch wenn… weit unten in seinem Magen fühlt Ro ein Grummeln, doch er schiebt es auf seinen Hunger, und die Aussicht, aus der Nässe zu kommen, lässt ihn alles andere vergessen.

Er kommt ans Tor. Quietschend gibt es nach und Ro steht im Vorhof einer Fabrik. Sie ist bestimmt schon seit Jahren nicht mehr in Betrieb, zwischen den Betonplatten wächst Gras, einzelne Fensterscheiben sind eingeschlagen, der Putz bröckelt. Ro geht auf die Eingangstür zu, hält das Ohr ans kalte Metall, horcht. Ein Geräusch wie von gurrenden Tauben ist zu hören, leise nur, und Ro ist sich nicht sicher, ob es da überhaupt ein Geräusch gib, weil der Regen so laut aufs Vordach trommelt. Die Tür ist nicht verschlossen, Ro tritt auf Zehenspitzen ein. Muffiger Geruch, eine Mischung aus feuchtem Stoff und altem Öl. In der Mitte des Raumes steht eine gewaltige Maschine, die bis zur Decke reicht. Eine Maschine, wie sie Ro noch nie gesehen hat, mit Wellen und Keilriemen, Walzen, Hebeln und Stahlarmen, er stellt sich vor, wie es rumpelt, wenn sie läuft. Wie ein Erdbeben müsste das sein! Ro geht durch den riesigen Maschinenraum nach hinten, öffnet verschiedene Türen, die alle in Abstellräume führen, Ersatzteillager, ein Raum mit Stofffetzen und überall Müll. Ro öffnet eine weitere Tür und traut seinen Augen nicht, ein Wohnzimmer, säuberlich eingerichtet, in der Mitte ein Tisch mit vier Stühlen, ein alter Teppich, in der einen Ecke ein Bett mit roter Decke und ein Ohrensessel, an den Wänden Bücher. Bücher ohne Ende.

Neben der Tür gibt es eine kleine Küchennische mit Spülstein, zwei Herdplatten, einen Backofen und einen Vorratsschrank, in dem Ro neben Konserven auch Brot und Oliven findet. Ro zieht die Öljacke aus, hängt sie über einen Stuhl und macht sich über Brot und Oliven her. Seit heute Morgen hat er nichts mehr gegessen, das Brot ist zwar nicht ganz frisch, schmeckt aber trotzdem; und die Oliven erst. Ro lässt etwas übrig, sollte der Mensch, der hier wohnt, zurückkommen, kann er seinen Hunger auch noch stillen.

Ro dreht das Licht an, setzt Teewasser auf und betrachtet die Bücher. Alte Bücher, in Leder gebunden, mit goldenen Buchstaben auf dem Rücken. Sein Blick streift über die Bände, wie ein Greifvogel, der auf Beute wartet. Doch keines der Bücher ruft ihm zu: Nimm mich, mich musst du lesen, ich bin genau das richtige für dich. Die Bücher hocken in ihren Reihen wie Musterschüler, die keiner nach ihrem Wissen abfragt.

Ro brüht den Tee auf. Er riecht wie Herdfeuerrauch. Solch einen hat Ro noch nie bekommen. Bei der Großmutter nicht und auch sonst nicht, und die Großmutter hatte so viele Tees, dass er sich keine Situation vorstellen kann, für die sie nicht einen passenden gehabt hätte. Das eine Mal, als er so richtig krank war, war er vor allem deshalb gesund geworden, weil er keine Tees mehr trinken wollte. Aber sonst war sie die beste Großmutter, die es gibt auf der Welt. Als Ro sich entschlossen hatte, den Vater zu suchen, war er einfach weggeschlichen.

„Gro", sagt Ro, als ob sie mit im Zimmer wäre, „du bist schwer in Ordnung, Gro, aber deine Tees sind ein Horror, riech mal den Tee hier, das ist Tee, so etwas hast du nicht in deiner Sammlung. Wenn ich Pa gefunden habe, bringe ich dir welchen mit. Übrigens, mir geht es gut, ich wohne hier in einer Erstklassewohnung, habe Brot und Oliven gegessen und nun trinke ich Tee, Erstklassetee mit Zucker. Wo ist eigentlich der Zucker, ach hier. Nimmst du auch einen Tee?"

Ro holt noch eine Tasse für die Großmutter, gießt den Tee ein, rührt einen Löffel Zucker dazu. Er schmeckt noch besser als er riecht.

„Gut, was?"

Ob die Großmutter nicken würde, wenn sie wirklich da wäre? Ro zieht nur die Schuhe aus und schlüpft unter die Decke. Er will schnell verschwinden können, wenn jemand auftaucht. Das hat er gelernt, meistens sind die ersten Sekunden die wichtigsten, wenn man dann die Zeit mit unwichtigen Dingen wie Hose anziehen vertrödeln muss, ist es zu spät. Am Kopfende hängt eine Schnur von der Wand herunter, wenn man daran zieht, geht das Licht aus. Ro ist müde, sein letzter Gedanke ist: Wenn einer kommt, dann setzt es ein paar Schläge. Na und! Dafür habe ich gut gegessen und gut geschlafen.

Fast jede Nacht träumt Ro von seinem Vater. Sie stehen am Busbahnhof, es ist ein Durcheinander, ein

Mann mit einem Hühnerkorb geht an ihm vorüber, Ro schaut den gackernden Hühnern nach, und wie er wieder aufschaut, ist der Vater verschwunden. Er sucht ihn, sucht zwischen den Bussen, auf den Bänken, steigt in einen Bus, der Bus fährt ab, er kann nicht mehr aussteigen, weil er voller Menschen ist, er zwängt sich durch, schreit verzweifelt und erwacht im Bett oder wo er gerade schläft, unter einer Brücke, an einem Feuer, in einem Schuppen. Ro hat sich an den Traum gewöhnt, doch diese Nacht bleibt er aus.

2. Der Alte

Ro erwacht. Es regnet noch immer. Er steht auf, isst den Rest des Brotes und die übrig gebliebenen Oliven. Sollte der Mensch, dem das Zimmer gehört, heute kommen, gibt es noch Konserven.

Den ganzen Vormittag streift Ro durch die Fabrik. Er schaut sich die Nebenräume an, stöbert in den Ersatzteillagern herum und springt übermütig vom Fensterbrett in die Putzlappen.

So lange es regnet, will er bleiben. Gegen Mittag öffnet er eine Konserve mit Bohnen, kocht sich einen Tee und nimmt das Buch, das auf dem Nachttisch liegt, blättert darin herum. Ein Tagebuch. Muss ein älterer Mensch sein, der so verschnörkelt und unleserlich schreibt. Ro blättert und versucht ein paar Worte zu entziffern:

Zum Verzweifeln, Wassers... schon wieder ges... ob das *Wasserschlund* oder *Wassergrund* heißt... *schon wieder ges... gesunden* oder *gestundet.* Ist nicht zu enträtseln. *Gesunken* vielleicht. *Wasserstand schon wieder gesunken,* das würde Sinn machen, andererseits auch nicht, der Tagebucheintrag wurde, nach dem Datum zu urteilen, vor zwei Tagen gemacht, und vor zwei Tagen hatte es bereits vier Tage lang geregnet. Ro kann nicht verstehen, warum man sich die Mühe macht, zu schreiben, und dann kann's doch kein Mensch lesen. Seine Schrift kann auch kein Mensch lesen, aber er würde auch freiwillig nie schreiben. Nach sechs Schuljahren war für ihn die Schule zu Ende, nur die Reichen mussten weiter die Bänke drücken, geschieht ihnen recht, so wissen sie nie, wie das Leben wirklich ist, außerhalb der Schule. Dafür sind sie reich, beides ist eben nicht zu haben. *Windmasch*... Maschine wird das heißen, *Windmaschine rostet weiter vor*... schon wieder Schluss. *Katastrophe, Kellerschüssel* oder *-schlüssel verloren, ich werde alt und*.... na ja, wird bestimmt nicht so wichtig sein, was der Mensch da schreibt, denkt Ro und schleckt den Teller aus. Dann trinkt er eine Tasse Tee.

Draußen geht die Tür.

„Verdammt!"

Ro springt auf. Was soll er machen, Schritte nähern sich. Keine Zeit, ein Fenster zu öffnen. Ginge er zur Tür, würde er dem Jemand, der da kommt, direkt in die Arme laufen. Ro wirft sich hinter das Bett, äugt unter der Bettstatt hervor als die Tür aufgeht und jemand in schwarzer Pelerine und mit einem breitkrempigen Hut eintritt. Es ist ein Mann, er wirft eine Tasche zu Boden, zieht die Pelerine aus und nimmt den Hut ab. Beide hängt er an einen Haken hinter die Tür, dann fängt er an, seine Schuhe auszuziehen. Ro überlegt, was er tun soll. Entweder er rennt den Mann, der sich jetzt gebückt hat, über den Haufen, reißt die Tür auf und spurtet los, oder er bleibt hinter dem Bett und wartet ab. Im ersten Fall könnte er seine Jacke nicht mitnehmen und würde dann im Regen stehen. Im zweiten Fall muss er in Kauf nehmen, dass ihn der Mann erwischt. Der Mann hat stöhnend die Schuhe ausgezogen und ist in ein Paar graue Pantoffeln geschlüpft. Er sieht alt aus und das Atmen fällt ihm schwer. Ro entschließt sich zu warten. Im Notfall wird er mit ihm Katz und Maus spielen, dreimal um den Tisch und dann ab. Der Alte schlurft zum Ohrensessel und lässt sich ächzend fallen. Er scheint so in Gedanken versunken, dass er Ros Öljacke nicht bemerkt hat. Mit geschlossenen Augen sitzt er da. Ro kommt ganz langsam hinter dem Bett hervor. Auf Zehenspitzen geht er zum Stuhl, nimmt die gelbe Regenjacke von der Stuhllehne und schleicht sich zur Tür. Ohne ein Geräusch geht sie auf. Ro wendet sich noch einmal um, sieht den Alten an, der immer noch mit geschlossenen Augen dasitzt. Tschüs, denkt Ro, du hättest ruhig noch etwas länger wegbleiben können, Alter. Macht keinen Spaß jetzt hinaus in den Regen zu gehen.

„Wer sagt denn, dass du gehen musst?“

Ro steht in der Tür, die Klinke in der Hand und fragt sich, ob er richtig gehört hat. Der Alte sitzt nach wie vor in seinem Ohrensessel, und Ro könnte schwören, dass er die Lippen nicht bewegt hat.

„Du hast mein Tagebuch gelesen, nicht wahr?“

„Gelesen ist vielleicht etwas zu viel gesagt“, sagt Ro laut, als ob er sich vergewissern müsste, dass wenigstens er normal spricht.

„Was?“, forscht die Stimme

„Nichts Besonderes!“

„Was hast du gelesen?“ Die Stimme scheint eine Kraft zu haben, die einen zwingt, die Wahrheit zu sagen.

„Von einem Keller… einem verlorenen Schlüssel… Wasser und Windmaschine, warum schreiben Sie, wenn man's eh nicht lesen kann?"

Der Alte öffnet die Augen und lacht.

„Du kannst bleiben", sagt er und diesmal bewegen sich die Lippen, „bei dem Wetter schickt man nicht mal einen Hund vor die Tür. Mach schon zu, in meinem Alter ist Durchzug das reine Gift!"

Ro steht immer noch, die Klinke in der Hand, auf der Schwelle. Soll er wirklich bleiben? Der Alte kommt ihm nicht geheuer vor.

„Na, mach schon, ich fresse dich schon nicht auf, ich ziehe gebratene Hähnchen ausgehungerten Jungs vor."

Brathähnchen. Ro schließt die Tür, rührt sich aber nicht von der Stelle.

„Und wo soll ich schlafen, es gibt nur dieses eine Bett, und das werden Sie wohl nicht mit mir teilen", sagt Ro.

„Hast du das Zimmer mit den Putzfäden nicht gesehen?

„Meinen Sie die Stoffreste?"

„Das sind keine Stoffreste, das sind Spinnereiabfälle, Putzfäden nennt man das, und davon gibt's hier so viele, dass es für zehn von deiner Sorte reicht!"

„Und essen?"

„Hab ich nicht von Hähnchen gesprochen, schön gewürzt und braun gebraten, dazu Kartoffeln und Tomaten und… Brot! Frisches Brot. Na?"

Ro schießt das Wasser in den Mund. Er wird bleiben, wenigstens zum Essen oder eine Nacht, und wenn's aufhört zu regnen, wird er gehen, morgen oder sonst übermorgen.

Der Alte hat nicht zu viel versprochen. Das Hähnchen kam an diejenigen von Großmutter heran. Gleichmäßig hatte der Alte das Huhn in zwei Teile geteilt, Ro eine Hälfte rübergeschoben und ein Glas Wein eingeschenkt. Er sagte während des ganzen Essens kein Wort. Ro schaute ihn immer wieder an, nur kurz, damit er es nicht bemerkte. Falten hat er im Gesicht, der Alte, wie von einer Peitsche geschlagen, vier über der Stirn in der Länge und eine tiefe zwischen den Augenbrauen, riesige Ohren, wie Blätter eines Baumes, die vibrieren, wenn er kaute, und eine Nase wie eine Kartoffel.

Ro hätte gern gefragt, was es mit der Fabrik auf sich hat. Da der Mann aber von sich aus nicht redet, will er nicht der Erste sein, der anfängt. Er ist keine Plaudertasche. Trotzdem wüsste Ro gern, was das Ungeheuer von Stahl in der Fabrikhalle für eine Maschine ist, warum sie nicht läuft, und ob sie je wieder laufen wird, und was das für ein merkwürdiger Aufsatz auf dem Turm ist, dieser schneckenhausförmige Trichter. Ro probiert den Wein erst zum Schluss. Er findet ihn scheußlich, sagt aber nichts und lässt den Rest stehen.

„Du kannst jetzt gehen“, sagt der Alte.

Ro steht auf.

„Danke für das Abendessen, es hat gut geschmeckt.“

Der Alte winkt mürrisch ab, Ro öffnet die Tür und geht. Stinkende Putzfäden, nach der Nacht auf der weichen Matratze, kein erhebender Gedanke. Ro gräbt sich in die muffigen Stoffnudeln ein, damit er nicht friert, schließt die Augen und versucht sich die Stimme des Alten vorzustellen. Er hat am Anfang die Lippen nicht bewegt, da ist sich Ro ganz sicher, und geklungen hat sie eher in seinem Kopf als im Raum. Ro gibt es auf, sich einen Reim darauf zu machen. Lieber denkt er noch an etwas Schönes vor dem Einschlafen. An Vater, wie sie zusammen Gemüse auf dem Markt verkauften, inmitten der bunten Stände mit den anderen Verkäufern, jeder in der festen Überzeugung, seine Waren seien die besten auf dem Markt. Ro war, wenn immer möglich, dabei und bediente die Handwaage. Pa hat ihm schon mit sieben die Waage und die Kasse übergeben, weil Ro rechnen konnte und schnell war und noch nie einen Fünfer zu viel rausgegeben oder zu wenig eingenommen hatte. Der Vater mit seinem Strohhut und dem dunklen Gesicht, eine Haut wie Leder und kleine Augen, die schnell sind und denen nichts entgeht, die erkennen einen Polizisten auf hundert Meter, auch wenn er keine Uniform trägt.

„Mein Junge wird mal was Besonderes, da wett ich drauf“, sagte er einem Kunden, der fragte, ob Ro denn nicht zu jung sei für die Kasse. Was heißt das, etwas Besonderes? Wenn man arm ist, heißt besonders sein etwas anderes, als wenn man reich ist.

„Gute Nacht, Pa“, sagt Ro, „morgen werde ich weitergehen, wenn der Regen aufgehört hat, und irgendwann werde ich dich finden, das schwör ich dir.“

3. Der Schlüssel

„Aufstehen! Wenn du unter meinem Dach schläfst und ich dich durchfüttere, dann wirst du auch arbeiten", sagt der Alte und rüttelt Ro unsanft wach

„Morgen", sagt Ro verschlafen und lauscht, ob der Regen aufgehört hat. Er braucht nicht lange zu lauschen, das Trommelgeräusch auf dem Blechdach ist so deutlich, dass über das Wetter schnell Klarheit herrscht.

„Und was soll ich machen?"

„Putzfäden zu Ballen binden, hier sind Schnüre, eine Schere und ein Metermaß. Jeder Ballen muss exakt einen Würfel bilden, 50 mal 50 mal 50." Dann lässt der Alte einen Papiersack fallen. „Wenn du Durst hast, im Ersatzteillager gibt's einen Wasserhahn."

Nachdem der Alte langsam und schnaufend über den unsicheren Grund der Putzfäden zur Tür gewankt und verschwunden ist, öffnet Ro den Papiersack: Brot und Käse und eine Tomate. Immerhin! Ro beißt ins Brot. Dann geht er hinaus, pinkelt vor die Tür und stellt endgültig fest, dass der Regen nicht nachgelassen hat. Auf dem Beton haben sich große Pfützen gebildet, vom Dach tropft das Wasser in dünnen Fäden, im Hof steht ein verbeulter Pick-up, mit dem der Alte gestern Abend gekommen sein muss.

„Also schön, mein Lieber“, sagt Ro laut, „dann fangen wir eben an zu arbeiten, aber glaub ja nicht, du hättest einen Sklaven gefunden, der dir für ein Butterbrot die Schweinerei hier aufräumt, beim letzten Regentropfen bin ich weg.“

Ro geht zurück zu den Putzfäden, schneidet zwei Schnüre ab und legt sie über Kreuz auf den Boden. Wobei Boden das falsche Wort ist. Der ganze Raum ist voll mit diesen Stoffspaghetti, und Ro braucht den ganzen Vormittag, bis er herausgefunden hat, wie man daraus einen würfelförmigen Ballen macht. Immer wieder fällt das Bündel auseinander, immer wieder fängt Ro von vorn an. Er flucht. Wie sein Vater, als die Hühner ausgebrochen waren und er sie im ganzen Dorf einsammeln musste. Großmutter stand lachend in der Tür, was Pa nur noch wütender machte. Aber er hätte sich deswegen nie mit Großmutter gestritten, lieber fluchte er noch lauter: „Wartet nur, ihr furzblöden Affenschaukeln, ich kriege euch, ihr hirnlosen Gackersäcke, Herrgott, was hast du dir dabei gedacht, als du diese Mistviecher in die Welt gesetzt hast, ich werd’s euch zeigen, ihr werdet alle im Suppentopf enden, alle zusammen und ich werde euch einzeln aufspießen und jede höchstpersönlich verspeisen... hähähä.“

Im Suppentopf gelandet waren sie später so oder so, aber am Ende, wenn Pa geflucht hatte, musste er immer lachen, und dann lachte Ro mit, und die Großmutter, die schon im Voraus gelacht hatte, klatschte in die Hände.

Ro flucht, er verwünscht die schlaffen Putzfäden, mit denen es unmöglich scheint einen Ballen zu machen, weil sie viel zu formlos sind, faul wie Maden herumliegen, unnützes Zeug, stinkige, staubige Fadenspulwürmer. Je länger er schimpft, desto mehr Spaß macht es ihm, und gegen Mittag ist das erste Paket geschnürt, perfekt 50 mal 50 mal 50, als ob es eine Maschine gemacht hätte.

Ro geht zur Tür des Alten und klopft.

„Du kannst das Bündel hinten auf den Lieferwagen schmeißen."

Ro hört die Stimme durch die geschlossene Tür, ob der Alte dazu die Lippen bewegt hat? Was der hier bloß macht, in dieser leer stehenden Fabrik? Wovon lebt er, und wozu die Putzfädenballen? Vielleicht verkauft er die und lebt davon, denkt Ro und sagt laut: „Und Mittagessen?"

Schweigen. Ro wartet. Nichts! kein Ton. Wird heißen, dass das Brot bis zum Abend reichen muss. Zum Glück hat Ro nicht alles aufgegessen. Er schmeißt den Ballen auf den kleinen Lieferwagen. Der Ballen wird klatschnass, denkt Ro, aber das ist nicht mein Problem. Wenn der Alte es so will, soll er es so haben.

Er geht zurück und isst den Rest. Bis auf die Tomate. Man kann nie wissen, wenn der Geizkragen am Abend auch kein Essen rausrückt, dann hat er wenigstens noch sie. Schließlich legt er sich in die Putzfäden und macht ein Nickerchen. Später, um die Langeweile zu vertreiben, macht er einen zweiten Ballen und einen dritten. Und da, gegen Abend beim vierten Ballen, findet er einen Schlüssel im Gewirr der farbigen Fäden. Wenn das der Kellerschlüssel ist, den der Alte vermisst, denkt Ro, dann haben wir da einen fetten Fund gemacht. Bestimmt vermisst er ihn, sonst hätte er's nicht ins Tagebuch geschrieben. Stand da nicht was von einer Katastrophe? Doch, Ro erinnert sich wieder genau, es stand *Katastrophe Kellerschlüssel verloren, ich werde alt…* Ro schnürt den vierten Packen und wirft ihn draußen auf den Lieferwagen. Soll er dem Alten den Schlüssel bringen? Kommt drauf an, ob es etwas Anständiges zum Abendbrot gibt.

Es gibt nichts. Ro isst die Tomate und trinkt Wasser, um den Bauch zu füllen. Wut kocht langsam in ihm hoch. Dem Alten wird er den Schlüssel nicht geben, das kann er vergessen, dieser geizige Luftschnapper, der alte, miese Sack.

Ro steckt den Schlüssel in die Tasche und überlegt, wo der Keller sein könnte. Er hat keine Treppe gesehen, auch keine abgeschlossene Tür. Er hat doch alles untersucht, gestern Vormittag, bevor der Alte kam. Wenn es einen Keller gibt und der Alte unbedingt den Schlüssel braucht, heißt das, dass da unten vermutlich das Geheimnis der ganzen Fabrik liegt. Wer weiß, denkt Ro, vielleicht hat er da unten ein Lager von Schmuggelwaren, und er ist der Chef eines Verbrecherringes, oder er handelt mit Drogen, Waffen, oder weiß der Teufel was.

Er schleicht durch den großen Maschinenraum, untersucht noch mal das Ersatzteillager, den Raum mit dem Schmieröl, das Holzlager mit Paletten und Kisten. Nichts, nirgends ist etwas zu finden. Da kommt ihm der Gedanke, dass er den Boden unter den Putzfäden noch nicht gesehen hat, weil ja die Putzfäden darauf liegen, mindestens ein Meter fünfzig hoch. Vielleicht ist da eine Falltür. Ro fängt an zu graben. Doch es ist hoffnungslos. Man kann nicht einfach drauflosgraben. Die Putzfäden sind wie eine zusammenhängende Masse, man braucht Stunden, um den Boden frei zu bekommen. Bald keucht er wie der Alte. Morgen wird er einen Plan machen und mit System vorgehen. Jetzt ist er zu müde, um weiterzumachen, er vergräbt sich in den Putzfäden und schläft sofort ein.

Der nächste Morgen beginnt genauso wie der vergangene. Der Alte weckt Ro unsanft auf und schmeißt ihm eine Papiertüte zu.

„Erst vier Ballen hast du zustande gekriegt, denkst du, du kannst hier auf der faulen Haut liegen? Morgen muss ich in die Stadt, bis dahin ist der Lieferwagen voll, sonst kannst du dir morgen das Frühstück aus dem Kopf schlagen, hast du verstanden?“

Ro wird sich aus dem Staub machen, auch wenn der Regen noch immer aufs Dach trommelt, der Alte ist übergeschnappt, das steht fest. Er hat solchen Hunger, dass er das Brot, die Wurst, den Käse und die Tomate hinunterschlingt, ohne auch nur einen Gedanken daran zu verschwenden, was er Mittag oder am Abend essen wird. Erst nachdem er sich gewaschen und etwas getrunken hat, erinnert er sich an den Schlüssel. Wenn er die Tür fände, wer weiß, was man da im Keller finden könnte! Ros Fantasie, über das, was sich im Keller befinden könnte, hat in der Nacht Flügel bekommen: Ein Schatz, Gold und Edelsteine, ein unterirdischer Palast, ein Lager von wertvollen Kleidern, Apparaten, verbotenen Büchern, politischen Schriften. Nach dem was passiert ist, hätte Ro keine Gewissensbisse, den Alten nach Strich und Faden zu beklauen.

„Wenn er morgen wegfährt, dann habe ich Zeit, diesen Keller zu suchen, vermutlich den ganzen Tag, also Kopf runter, Ro, und Ballen machen!“, sagt er laut zu sich und fängt an, Schnüre zu zerschneiden.

Bis zum Abend ist der Lieferwagen voll, acht Ballen hat Ro geschafft, ohne Pause durchgearbeitet, der Rücken tut ihm weh, und einen Hunger hat er, dass er sich ab und zu auf den Nagel des kleinen Fingers beißt, um etwas anderes zu spüren als den zwickenden Magen. Er geht zur Tür des Alten, klopft und ruft:

„He, der Lieferwagen ist voll, ich habe Hunger.“

Er hört, wie der Alte drinnen aufsteht und zur Tür schlurft. Bis er öffnet, zieht sich die Zeit ewig in die Länge. Ro wünscht sich einen Ring, mit dem er sie beschleunigen könnte. Was macht der Alte bloß da drin. Endlich geht die Tür einen winzigen Spalt auf, Ro versucht einen Blick ins Zimmer zu werfen, sieht aber nur den Tisch voller Bücher, der Alte hat eine Brille auf der Nase und zwängt ein Teller mit Pellkartoffeln durch den Spalt.

„Iss, Junge, und schlaf gut, und wenn du den Schlüssel gefunden hast, dann gibst du ihn mir!“

Weiß er, dass ich den Schlüssel habe, überlegt Ro und sagt: „Schlüssel?“

Der Alte schaut über den Rand der Brille, ein paar weiße Strähnen hängen ihm in die Stirn. Er nickt und sagt dann mit zittriger Stimme: „Ja, der Kellerschlüssel, ich muss ihn wiederhaben.“ Dann schließt er die Tür.

Ro geht zurück zu den Putzfäden, und fragt sich, was

das wieder sollte. Er isst die Kartoffeln mit der Schale. Dann buddelt er sich ein. Er ist todmüde.

4. Der Keller

Ro erwacht und was er als Erstes sieht, ist eine prall gefüllte Papiertüte mit Brot, einer Scheibe Wurst, etwas Käse und einer Tomate, wie gestern. Es muss gegen Mittag sein. Der Alte hat ihn nicht geweckt.

„So ein verdammter Mist", zischt Ro, „ich wollte doch die Falltüre suchen."

Er beginnt verbissen die Putzfäden in einer Ecke zu häufen und kommt bald ins Schwitzen, die Fäden kleben an Händen und Hals, der Staub beißt in den Augen, dringt in die Nase, die Ohren, den Mund. Ro kann kaum durchatmen, niest, hustet, spuckt, ist erschöpft.

„Ich werd's dem Alten zeigen, ich werde die Tür finden, ich werde mir meinen Lohn schon holen, spinnt der Kerl, was glaubt er, ich würde hier Ballen schnüren, bis ich schwarz bin…"

Ro lässt nicht locker und endlich ist ein Teil des Bodens frei. Von einer Falltür keine Spur. Nur ein suppentellergroßes Loch in der Wand, das unmöglich ein Kellereingang sein kann. Ro macht weiter. Er legt den nächsten Teil frei. Vergeblich. Verschwitzt wirft er sich auf einen der beiden Haufen, die bis unter die Decke gehen und schließt die Augen. „Geduld bringt Rosen", sagte seine Großmutter immer, „und mit der Zeit zerrissene Hosen", antwortete Pa.

„Was hat das mit Geduld zu tun?", fragt Ro laut, „hier geht es ums Durchhalten und das kann ich, wenn's um gestohlene Ware oder ähnliches geht."

Ro macht weiter, mit Händen und Füßen stößt und zieht er die aufgetürmten Putzfäden auf den freien Boden, bis die andere Hälfte frei ist. Er untersucht den Boden zweimal, dreimal und kann es nicht fassen. Seine Vermutung war falsch. In diesem Raum gibt es weder Falltür noch Keller.

Ro weint. Vor Wut, vor Müdigkeit. Die Großmutter hätte gesagt: „Weinen tut gut, Ro, dann gibt's wieder Platz fürs Lachen." Aber er will jetzt weder heulen noch lachen.

Er schleppt sich hinüber ins Zimmer des Alten, die Tür ist nicht verschlossen, es ist alles so, wie er es am ersten Tag angetroffen hat. Die Bücher auf dem Tisch, die er gestern durch den Spalt gesehen hat, sind wieder in ihren Regalen. Das Tagebuch liegt an der gleichen Stelle auf dem Nachttisch. Er nimmt es in die Hand und sucht die Seite mit dem Schlüssel, aha, hier: *Katastrophe, Schlüssel verloren...* Ro versucht den nächsten Satz zu entziffern: *Ich komme nicht mehr hinein ausgerechnet... jetzt... da der Wasserstand weiter gesunken ist, ich muss...* wieder unleserlich... *Habe versucht die alte Dame mit dem Brech... Brechei... Brecheisen zu öffnen, aber ohne Schlüssel lässt sie nicht mit sich reden...*

„Interessant“, murmelt Ro, „er wollte die alte Dame aufbrechen, um hineinzukommen. Die Frage ist nur, wer ist die alte Dame? Ich gehe jetzt durch die Fabrik und schaue, ob es Brecheisenspuren gibt, so müsste ich die alte Dame doch finden.“

Ro untersucht jeden Nebenraum noch einmal, ohne irgendwelche Spuren zu finden. Erst als er im großen Maschinenraum steht und seinen Blick über das gewaltige schwarze Ungeheuer streifen lässt, beginnt es ihm dämmern: „Das ist die alte Dame!“, ruft er laut, „ich hab dich, irgendwo gibt es eine Tür, die hineinführt.“

Wer weiß, wann der Alte zurückkommt, es ist bestimmt schon gegen fünf Uhr. Mit dem Schlüssel in der Hand sucht Ro fieberhaft jeden Quadratzentimeter der Maschine ab, bis er eine Stelle mit Spuren eines Brecheisens findet. Eine Luke mit einem Loch!

Ro steckt den Schlüssel hinein und dreht ihn langsam um. Die Luke springt auf, er streckt den Kopf hinein, es ist stockfinster, doch er erkennt eine Leiter, die nach unten führt.

„Licht muss ich haben, Licht! War da nicht eine Kerze im Zimmer des Alten? Doch, da war eine.“

Ro rennt ins Zimmer, nimmt die Kerze, die auf einem Messingständer steht, sucht ein Feuerzeug.

„Halt!“, sagt Ro laut zu sich, „wenn der Alte zurückkommt und er findet meine Regenjacke, dann weiß er sofort Bescheid.“ Also geht Ro noch mal zurück zu den Putzfäden, zieht das Ölzeug an und stopft des Rest des Brotes in die Tasche.

„So, jetzt sind wir so weit“, redet er sich selbst Mut zu, denn plötzlich kommt ihm sein Unternehmen unheimlich vor. Wer weiß, was ihn da unten in dem Keller erwartet, gerade einladend wirkt das Loch ja nicht.

Da, der Pick-up! Das Außentor wird aufgemacht. In Ros Kopf arbeitet es plötzlich ganz schnell. Warten und später probieren? Nein! der Alte wird ihm den Kopf abreißen, wenn er sieht, dass keine neuen Ballen gemacht sind. Irgendwann muss ich aber wieder zurück. Heute Nacht, wenn der Alte schläft. Was, wenn er Verdacht schöpft, und den ganzen Abend vor der Luke wartet? Risiko. Los jetzt, er wird jeden Moment da sein.

Ro rennt zur Luke, steigt ein, zieht den Schlüssel ab und schließt die Klappe von innen. Der Alte wird ihn nicht verfolgen können! Im Dunkeln zündet er die Kerze an. Die Leiter führt steil nach unten. Ro muss aufpassen, dass er mit der Flamme seine Haare nicht ansengt. Stufe für Stufe geht's hinab in den dunklen Schacht. Nach etwa dreißig Stufen endet die Leiter auf einem feuchten Steinboden. Ro hebt die Kerze in die Höhe, ein geräumiger Gang führt vom Schacht weg. Nach einiger Zeit kommt er an eine Tür. Er stößt sie auf. Wind bläst ihm ins Gesicht und löscht die Kerze aus. Sinnlos sie wieder anzuzünden, der Luftzug ist zu stark. Er versucht die Tür wieder zuzuziehen, aber es geht nicht, das Schloss ist so verrostet, dass sie gleich wieder aufspringt. Ro tastet sich mit den Füßen vorwärts, klopft mit den Schuhspitzen bei jedem Schritt auf den Steinboden, streift mit der Hand über die Mauer. Während er sich Schritt für Schritt vortastet in der Hoffnung, der Luftzug möge irgendwann einmal aufhören, überlegt er sich, wie in diesem Gang überhaupt ein Durchzug möglich ist.

Es braucht immer zwei Löcher, die offen sind, das Fenster und die Tür, sonst gibt es keinen Durchzug. Hier in diesem Gang muss es genauso sein. Ein Loch oben und ein Loch unten. Merkwürdig, er hat die Luke doch geschlossen. Wo soll da oben Luft entweichen? Egal. Unten, irgendwann wird ein Loch kommen, das ins Freie führt.

„Immer schön logisch bleiben!", sagt Ro zu sich selbst, um sich nicht eingestehen zu müssen, dass ihm gleich das Herz in die Hose rutscht, und wenn nicht bald ein Licht kommt oder der Luftzug aufhört, dass er die Kerze wieder anmachen kann, dann... Na ja, was dann? Weiter, immer weiter. Schritt für Schritt.

Nach einer Ewigkeit, jedenfalls scheint es Ro so, stößt er auf eine Treppe, die hinunterführt, und am Ende dieser Treppe hört Ro ein sanftes Plätschern. Er beschleunigt seine tastenden Schritte und steht plötzlich mit den Schuhen im Wasser. Ro geht weiter, bis er einen sanften Lichtschein wahrnimmt. Er geht darauf zu und kommt in einen riesigen, schummrig erleuchteten Raum, eine Art Grotte, so groß und hoch, dass die ganze Maschine der Fabrik hineinpassen würde. Es riecht nach Moos. Das Rinnsal verschwindet in einem Tunnel. Aus dem Tunnel kommt dieses Licht, das den Raum dürftig erhellt. Am Felsen, von dem der Tunnel ausgeht, lehnt ein Holzschiff, so groß, dass es zehn Leute aufnehmen könnte. Ein stolzer Kahn, alt und ehrwürdig, sieht aus, als ob er schon so manche Reise hinter sich hätte, müsste nur etwas flott gemacht werden. Allerdings sieht das breite, behäbige Schiff angesichts des kleinen Baches etwas lächerlich aus. Ro klettert an Deck, geht über die von der Feuchtigkeit aufgequollenen Planken und findet eine Treppe, die hinunter in die Kajüte führt. Hier, im Bootsinnern kann er die Kerze wieder anzünden. Was für ein Durcheinander! Stühle liegen am Boden, Flaschen, ein zerborstenes Fass, alles ist feucht und es riecht nach ranzigem Fett. Ro öffnet einen Schrank mit kaputten Gläsern, Geschirr und Besteck. Ein schönes Messer mit Futteral, das er sich in den Gurt schiebt, daneben ein Fetzen Papier mit komischen Zeichen. Er sieht aus wie eine Art Landkarte, doch so einfach gezeichnet, als ob sie von einem Kind stammte. Er steckt sie ein. Wie lange das alles schon verlassen sein mag? Ro geht hinaus. Sofort bläst der Wind die Kerze aus. Nach einer Weile bemerkt er ein kleines Ruderboot im Schlepptau des große Schiffes. Darin findet er ein Paar Gummistiefel. Sie passen, als ob sie für ihn gemacht worden wären. Für den Weg durch das Wasser wird er sie gebrauchen können, seine Turnschuhe legt er ins kleine Boot. Ro betritt den Tunnel und watet dem Licht entgegen.

5. Das andere Land

Der Grund des Rinnsals ist glitschig, das Waten im Wasser mühsam. Nur nicht ausrutschen! Die Wände sind mit vertrockneten Algen bedeckt. Es stinkt, der Geruch widert ihn an, aber schließlich gewöhnt sich Ro daran. Scheinbar muss das Wasser einmal viel höher gewesen sein.... *Zum Verzweifeln!... Wasserstand schon wieder gesunken...* erinnert sich Ro an den Tagebucheintrag. Der Alte muss es gemerkt haben, obwohl er den Schlüssel verloren hat. Den Notizen nach zu schließen, scheint er sehr beunruhigt. Ro geht weiter und pfeift vor sich hin. Nicht dass er Angst hätte, trotzdem, der Weg zieht sich und Ro könnte nicht sagen, wie lange er schon unterwegs ist. Der Wind ist schwächer geworden, die Kerze flackert zwar, aber sie verlöscht nicht mehr unentwegt.

Anfangs dachte er, es könne nicht weit sein bis zum Ausgang, doch je länger er wandert, um so mehr zweifelt er, dass es überhaupt einen Ausgang gibt. Andererseits muss das Wasser ja irgendwohin fließen. Einen solchen Tunnel ohne Ausgang gibt's ja nicht.

„Soll ich zurückgehen?", fragt sich Ro, „passieren kann

nicht allzu viel, ich könnte höchstens dem Alten in die Hände laufen, vielleicht sollte ich umkehren. Ach was, ich würde mich ewig ärgern, wenn ich es nicht wenigstens probiert habe, herauszufinden, was am Ende des Tunnels liegt, und warum der Alte derart am Wasserstand interessiert ist."

Ro nimmt das Stück Brot aus der Tasche und beißt hinein, kaut es lange, bis es ein süßlicher Brei geworden ist; das macht er oft, um das Gefühl zu verlängern, etwas im Mund zu haben. Er stellt sich den Alten vor, wie er durch seine blöde Fabrik schlurft, ihn nicht findet, flucht und schließlich seine Putzfäden selber zusammenschnürt.

Da, ein markerschütternder Pfiff! Eine Ratte. Ro hebt die Kerze hoch, sieht nichts, wieder ein Pfiff, diesmal näher. Er greift in den Gürtel, zieht das Messer heraus, läuft vorsichtig weiter. Er kennt genug Geschichten über Ratten. Nun mehrere Pfiffe und das kratzende Tappen der Pfoten. Es müssen große Tiere sein. Ein Platschen ist zu hören.

Schwimmen können sie auch, die Mistviecher, denkt Ro und fällt der Länge nach über ein Hindernis ins seichte Wasser. Die Kerze geht zischend aus. Er richtet sich auf, so schnell er kann.

„Drecksratten, ich werde euch alle aufschlitzen!"

Mit Mühe gelingt es ihm, den nassen Docht wieder anzuzünden. Nun kann er sich das Ding ansehen, über das er gestolpert ist. Es hat sich wie ein Haufen Äste angefühlt.

Doch es sind keine Äste, es ist ein Skelett! Riesige Augen starren ihn an, ein aufgerissener Unterkiefer grinst ihm entgegen. Ro schreit auf vor Schrecken, dann rennt er, was ihn die Füße tragen, davon. Er rennt, als liefe er um sein Leben, rennt bis er stehen bleiben muss. Lehnt sich mit der Hand an die Wand des Tunnels, die andere hält er sich vor die Brust. So hat er sich sein kleines Abenteuer im Keller des Alten nicht vorgestellt. War der Tote, oder besser seine Überreste, ein Opfer des Alten, hat der ihn hier heruntergebracht? War er deshalb so wild auf den Schlüssel, weil er nicht wollte, dass jemand den Knochenmann entdeckt? Gibt es noch mehr Tote? Ro zündet die Kerze wieder an. Etwas ist ihm klar geworden: Wenn es irgendeine Chance gibt, woanders als in der Fabrik wieder hinauszukommen, wird er nicht zurückgehen.

Von nun an gibt's nur eines: vorsichtig weiterlaufen und auf weitere Überraschungen gefasst sein! Er tastet sich vorwärts, schaut immer wieder zurück. Sein Geist ist hellwach, die Sinne geschärft, das Messer hat er in der einen, die langsam herunterbrennende Kerze in der anderen Hand. Plötzlich sträuben sich ihm die Nackenhaare. Er weiß, jemand ist in der Nähe. Er kann nicht erklären, warum er das weiß, aber er ist sich absolut sicher, dass gleich etwas geschehen wird. Er kennt dieses Gefühl von früher und kann sich darauf verlassen. Wenn sie Räuber und Gendarm gespielt haben, war das genauso, und auch vor drei Tagen, als er vor der Fabrik stand, da hätte er auf sein Gefühl im Magen achten müssen… Doch der Zug ist endgültig abgefahren. Ro bläst die Kerze aus, presst sich gegen die Wand und wartet. Er wird sich nicht von der Stelle rühren, bis dieses Etwas oder dieser Jemand sich verrät. Da!

„So, so, immer der Nase nach, immer schön trocken bleiben, immer schön aufpassen, du wirst alles, alles bekommen, alles, was das Land im Westen zu bieten hat, die großen Städte und die Dörfer, die Berge und die Täler, und das Wasser, jawohl, recht hast du gehört, mein Lieber, recht, dir werden die großen Reservoirs gehören, und die Wasserleitungen, die mannshohen, haha, und du wirst nicht arbeiten müssen für das köstliche Nass, zu deinen Füßen werden sie es legen, denn du bist der mit den Stiefeln, auf dich haben sie schon gewartet, schon lange verzweifelt und dürstend."

Ro kann nicht erkennen, wer da so vor sich hinplappert. Eine hohe Männerstimme, Ro kann sich schwer vorstellen, wie der Mann dazu aussehen könnte. Auch kann er sich keinen Reim machen, was der Singsang bedeutet. Er versteht zwar die Wörter, aber nicht den Sinn, und diese Worte schießen unablässig aus einem Mund, den er nicht sieht, ohne Pause, immer weiter:

„Ihr bekommt alles, oh Träger der Stiefel, und mit der königlichen Barke fahrt Ihr ins westliche Land, und sie werden euch zujubeln, weil Ihr sie befreit, und Ihre Herrin wird an Eurer Seite stehen und Euch die Krone der Würde überreichen und die Ringe des Glücks und die Dolche der Kraft, und sie werden niederfallen, wenn wir vorbeiziehen, oh, Timor freut sich, Timor ist schon bald da. Haha, das wird ein Wundern und Festen, und die Wasser werden aus dem kalkadischen Felsen springen, wie die Sterne am ersten Tag aus dem Himmel sprangen, und alle werden sie rufen, da sind sie, sie, die die Winde entfesselt, sie, die die Wasser befreit..."

Der Typ hat einen an der Waffel, denkt Ro, läuft hier im Dreck herum und tut so, als ob er in einem Palast wäre, als ob er der Größte sei, der Herr dieses westlichen Landes, dabei schlurft er allein und ohne Licht durch den Schlick, und wie gestelzt der redet, als ob er aus einem Geschichtsbuch entlaufen wäre, und dieser lächerliche Name, Timor, wer heißt schon Timor.

„He du", ruft Ro, „was bist denn du für einer?"

„Ach, hier ist ein Würdiger, der gekommen ist den Kranz des Sieges zu überbringen, ich wusste es, bald wird es sein und nun..."

„Kranz des Sieges?", fragt Ro, „ich habe keine Kränze. Red keinen Stuss, sag mir lieber, wohin dieser Tunnel führt."

„Oh, ein Unwissender, eine Uneingeweihter, ein Zeitverschwender!" Die Stimme wird ärgerlich und noch hochnäsiger.

„Hinweg mit dir, du Kind, du Nichtwissender, Timor lässt sich nicht stören von törichten Fragen eines Tölpels, der das westliche Land nicht kennt, hinfort, sage ich!"

Der Mensch hat offensichtlich den Verstand verloren, daran hat Ro keinen Zweifel und er hat plötzlich Mitleid mit diesem armen Irren.

„Willst du etwas essen?"

„Oh Gaumen, wie lange hast du darauf gewartet, die Köstlichkeiten des westlichen Landes zu schmecken, ja sie sind gekommen, Timor, dich mit dem Tau ihrer Rosen zu tränken und mit den goldenen Früchten ihrer neu erblühten Felder zu speisen, so tretet denn näher und bringt Eure Gaben dar."

Ro zündet die Kerze an. „Komm selber her, wenn du etwas willst."

Ein ausgemergelter, in Lumpen gekleideter junger Mann mit einer spitzen Nase und riesigen Augen tritt in den Lichtschein. Ro reißt ein Stück Brot ab und gibt es ihm. Er beißt hinein, spuckt aber das Brot gleich wieder aus und beginnt zu schreien.

„Das soll Timor essen? Ist er ein Hund, dass man ihm Abfälle vorwirft? Er, der Befreier des westlichen Landes, er, dessen Füße die Erde weihen, die sie betreten, er, der..."

„Ach, du bist der Befreier des westlichen Landes, wenn ich das gewusst hätte", sagt Ro, „das tut mir aber sehr Leid. Könntest du mir sagen, wo dieser Tunnel hinführt?"

„Tunnel nennt er meinen Palast, Tunnel, hast du das gehört, Timor, entferne dich, Timor, lass ihn hier in der Vorhalle liegen, er wird nie die Pracht sehen, er wird nie die Herrlichkeit erblicken, soll er bleiben, wo er ist, dieser Nichtswisser, dieser Abfallanbieter, dieser...

Der Typ plappert weiter. Was er sagt, scheint auswendig gelernt, ein Text, den er wie mit einem Tonband endlos abspielt . Was soll Ro sagen? Er hört noch lange diese Stimme, diesen weinerlicher Singsang, der, je weiter er sich von ihm entfernt, immer unwirklicher wird.

6. Gambrin

Ro läuft und läuft auf das Licht zu. Endlich scheint er am Ziel. Er atmet auf. Nach der Begegnung mit dem Skelett und Timor hat er mit noch Schrecklicherem gerechnet. Aber nichts Außergewöhnliches passiert mehr. Nur seichtes Wasser, feuchte Wände und irgendwann das Ende des Tunnels. Das war auch höchste Zeit, die Kerze ist fast heruntergebrannt. Den Stummel steckt Ro in die Hosentasche, dann genehmigt er sich den Rest des Brotes. Das Rinnsal fließt aus dem Tunnel hinaus ins Freie. Endlich die Sonne! Und kein Regen! Und kein Alter mehr!

Komisch, diese Sonne, es müsste doch Abend sein, hier aber ist Morgen. Und es müsste regnen. Auch die Landschaft ist anders, ein breites Flusstal mit aufsteigenden Bergflanken. Die Fabrik stand in einer Ebene, weit und breit kein Hügel, von Bergen ganz zu schweigen.

Trotzdem fühlt sich Ro wie neu geboren. Er ist mit dem Schrecken davongekommen, und das ist mehr, als man erwarten kann in diesem Land, wo keiner sicher ist. Für einen Augenblick denkt Ro, er müsste noch mal in den Tunnel hineingehen und Timor rausholen, doch dann kommt ihm in den Sinn, dass er sich vorgenommen hat, den Vater zu suchen und nicht eher zu ruhen, bis er ihn gefunden hat. Ob er ihn hier finden wird?

Das Rinnsal verliert sich in einem breiten, steinigen Flussbett. Es muss schon lange her sein, seit das letzte Mal richtig Wasser floss. Überall wachsen Büsche und Sträucher zwischen den Steinen hervor. Das Tal zwischen den Bergflanken ist flach und waldig. Erst jetzt, da sich die Augen an die Helligkeit gewöhnt haben, merkt Ro, dass die Sonne vor kurzem erst aufgegangen sein muss. Sie scheint flach durch die Bäume und beleuchtet feine Nebelschwaden, die wie Dampf aus dem Wald aufsteigen. Ringsum zwitschern die Vögel. Ro geht das Flussbett entlang. Immer wieder stößt er auf Tiere, die in den übrig gebliebenen Wasserpfützen ihren Durst stillen, Rehe, Hasen, ein Fuchs. Warm wird es! Ro setzt sich auf einen der großen Flusssteine und wärmt seinen Körper. Tut gut nach der feuchten Wanderung durch den Tunnel.

Da, ein Hut, der sich in der Ferne im Flussbett auf und nieder bewegt! Nach einiger Zeit sieht Ro den Mann, der zum Hut gehört, nein, es ist ein Junge, vielleicht in Ros Alter, noch mal falsch, ein Mädchen ist es mit einem Schlapphut. Das Mädchen duckt sich immer wieder, schaut zurück, sucht mit den Augen die Gegend ab. Auf dem Rücken trägt sie eine grüne Kanne. Ro hat das Gefühl, dass es besser wäre, sich zu verstecken, obwohl er sich gern zu erkennen gegeben hätte, um zu erfahren, wo das nächste Dorf oder Haus ist. Der Hunger hat sich grimmig zurückgemeldet und eine kräftige Malzeit könnte er gut vertragen. Er kämpft den

Hunger nieder und versteckt sich hinter einem großen Stein. Ro beobachtet, wie das Mädchen näher kommt, sich umsieht, und dann ein paar eilige Schritte auf die Mitte des Flussbettes zu macht. Sie schaut sich immer wieder um, bis sie bei einer Wasserpfütze ankommt.

Nun nimmt sie hastig die Kanne vom Rücken und beginnt mit Hilfe einer großen Schöpfkelle Wasser hineinzufüllen.

„Hab ich dich, elender Wasserdieb!"

Etwas unterhalb des Mädchens tritt ein grau uniformierter Mann aus dem Ufergebüsch, in der Hand eine Art Hacke, mit der er auf das Mädchen zurennt.

„Dich kriege ich, du fauler Hund."

Ro versteht nicht, warum das Mädchen ein fauler Hund sein soll, wenn es doch Wasser schöpft, und seit wann ist man deswegen ein Wasserdieb. Das Mädchen zuckt zusammen, lässt die Schöpfkelle fallen und beginnt über das holprige Flussgestein zu rennen, als ob es um ihr Leben ginge. Sie rennt genau auf Ro zu. Der Mann mit der Hacke hinter ihr her. Ro duckt sich, das Mädchen hat keine Chance, das sieht er gleich. Der Mann kommt mit großen Schritten näher, und irgendwo in Ros Nähe wird er sie erwischen. Schon hört Ro ihren Atem. Sie rast an Ros Stein vorbei. Als der Mann auf seiner Höhe ist, streckt Ro das linke Bein aus, der Graue fällt der Länge nach hin, kracht mit dem Kopf gegen einen Stein und bleibt liegen. Nach ein paar Schritten schaut sich das Mädchen um, hält an, macht ein paar Schritte auf Ro zu und betrachtet erst den am Boden liegenden Mann, dann Ro.

„Wer bist du?"

„Ich bin Ro, eigentlich heiße ich Roman, aber das ist lange her. Und du?"

„Woher kommst du?"

„Aus dem Tunnel."

„Aus dem Tunnel?"

„Ja", lacht Ro und deutet auf die Öffnung im Felsen, „aus dem Tunnel da hinten."

Das Mädchen schaut ihn erstaunt von Kopf bis Fuß an, lange ruht ihr Blick auf Ros Stiefeln, dann sagt sie: „Danke, du hast mich gerettet."

„Ob er tot ist?", fragt Ro und deutet auf den reglos am Boden liegenden Mann.

„Wenn er nicht tot ist, dann wird er es in den nächsten Minuten sein." Das Mädchen dreht den Kopf des am Boden Liegenden und drückt ihm Nase und Mund in den Sand.

Ro schüttelt den Kopf und dreht dem Mann den Kopf wieder zur Seite.

„Ich möchte keinen Menschen auf dem Gewissen haben, auch wenn er ein Schurke ist."

„Du hast ihn erledigt", gibt sich das Mädchen zufrieden, und dann sagt es in eindringlichem Ton: „Wenn du wirklich aus der großen Öffnung gekommen bist, dann sei vorsichtig, auf einen wie dich haben sie gewartet. Komm, lass uns die Wasserkanne holen!"

Ro und das Mädchen gehen hinüber zum Wasser.

„Wer soll gewartet haben?"

„Das wirst du noch erfahren. Am besten kommst du mit, ich zeige dir, wie du in die Stadt kommst. Sie liegt am Fluss, aber du darfst nicht den normalen Weg gehen."

„Fluss ist wohl ein bisschen übertrieben“, lacht Ro.

Das Mädchen schaut ihn ernst an und sagt spitz: „Findest du das lustig?“

Spaß scheint sie nicht zu verstehen, denkt Ro, na ja. „Ich lache gern“, sagt er unbekümmert, „zum Heulen hat man immer noch Zeit genug.“ Das ist ein Spruch seiner Großmutter, genau das Richtige für diesen ernsten Moment. Das Mädchen schöpft schnell die Kanne voll, schaut sich um.

„Hilfst du mir?

„Klar!“ Ro packt die Kanne. Sie ist so schwer, dass er sie kaum aufheben kann. Er ist überzeugt, dass das Mädchen sie nach zehn Schritten abwerfen wird. Doch behend und leicht geht sie über die holprigen Steine zurück ans Ufer. Sie trägt den Wasserkanister, als ob er ein Picknickrucksack wäre.

„Kannst du mir sagen, wo man hier etwas in den Magen bekommt?“

„Ja, lass uns gehen!“

Sie laufen über einen verschlungenen Pfad erst durch den Wald, dann über einen Hügel und wieder zurück in die Nähe des Flusses.

Das Mädchen sagt kein Wort, sieht irgendwie traurig aus, oder hart, oder beides, denkt Ro und betrachtet sie. Sie achtet nicht darauf, ist zu sehr damit beschäftigt, zu schauen, ob irgendwo Gefahr lauert, späht in alle Richtungen, steht still, hält den Zeigefinger vor den Mund, horcht, läuft weiter. Nach einer längeren Zeit sagt sie:

„Nun müssen wir uns trennen, ich gehe hier rechts, du gehst links. Dieser Weg ist sicher. Nach einer Stunde kommst du zur Stadt. Geh hinein und erkundige dich nach dem Haus von Manhard. Die Stiefel aber ziehst du vor der Stadt aus."

„Warum denn das, soll ich etwa barfuß aufkreuzen?"

Das Mädchen schüttelt unwirsch den Kopf: „Ich kann dir jetzt nicht alles erklären, aber du wirst es früh genug erfahren."

„Auch deinen Namen?", fragt Ro misstrauisch.

„Ach so, das habe ich ganz vergessen in der Aufregung", zum ersten Mal zieht sie die Mundwinkel ein paar Millimeter nach oben, „verzeih mir, ich bin Gambrin."

„Okay, Gambrin", sagt Ro, „ich werde die Stiefel ausziehen, und du wirst mir erklären, warum ich das tun musste, und dann gibt's etwas zu essen..."

„Wirst du bekommen, sobald du im Hause von Manhard bist. So, jetzt aber los, ich muss das Wasser in Sicherheit bringen, bevor sie merken, dass einer von ihnen dort unten im Flussbett liegt."

Gambrin verschwindet schnell hinter den Bäumen und Ro geht in Gedanken versunken auf dem Weg weiter, den das Mädchen ihm gewiesen hat. Warum er die Stiefel ausziehen soll, ist ihm nicht klar, schon dieser Timor hat etwas von Stiefeln gesagt, aber Ro erinnert sich nicht mehr, was. Er hat sich nichts merken können von dem, was dieser komische Kauz erzählt hat. Nach einer Stunde sieht er die Stadt, mit Mauern, Toren und Türmen. Auf dem höchsten Turm weht eine hellblaue Fahne. Auf der Fahne prangt ein goldenes Rad.

7. Die Stadt mit dem Rad

Das Erste, was Ro auffällt, ist, dass es keine Autos gibt, keine Busse, keine Straßenbahnen, nichts, was es in einer normalen Stadt gibt. Außerdem wundert sich niemand, dass er barfuß geht, viele gehen hier barfuß. Ro hat die Stiefel vor der Stadt ausgezogen und sie in die gelbe Regenjacke gewickelt. Mit dem Bündel unter dem Arm unterscheidet er sich nicht groß von den Leuten hier, obwohl sie aus einem anderen Jahrhundert zu stammen scheinen, und er ist froh, Gambrins Rat gefolgt zu sein. Mit den Gummistiefeln hätte er wie ein Außerirdischer ausgesehen. Die Leute scheinen arm zu sein, ihre Kleider sind meist aus rauen, groben Stoffen, Schuhe haben sie keine oder höchstens einfache Ledersandalen. In den Straßen hängt der Gestank von Abfall, Kot und Urin. Katzen streunen um die Haufen, die in den Gräben am Straßenrand liegen. Die wenigen Leute, die Ro sieht, ausschließlich Alte und Kinder, scheint das nicht zu stören.

Irgendwie bin ich im falschen Film, denkt Ro, das hier sieht nach Mittelalter aus. Was ist mit mir passiert? Er kommt sich vor, als ob einem im Traum plötzlich gewahr wird, dass man träumt. Ihm ist das schon einige Male passiert. Zum ersten Mal war das noch während der Schulzeit. Da hatte er von einem Ungeheuer geträumt, das ihn verfolgte, und plötzlich war ihm klar geworden, dass es ein Traum war. Statt weiterzurennen, hatte er sich umgedreht und das Ungeheuer näher kommen lassen, bis es nur noch ein paar Meter vor ihm entfernt war. Es hatte die Zähne gefletscht, als ob es ihn verschlingen wollte.

Da war er aufgewacht und hat sich wie Daniel in der Löwengrube gefühlt.

Entweder ich träume auch jetzt, sagt sich Ro, und dann kann's ja lustig werden. Wenn ich allerdings nicht träume, dann bin ich mit meinem Latein ganz schön am Ende. Das mit dem Latein hat er aus dem Religionsunterricht. Don Fernandez sagte mindestens in jeder zweiten Stunde: „Wenn wir mit unserem Latein am Ende sind, fängt Gott erst an, Griechisch zu sprechen", was Ro genauso wenig verstanden hätte wie Lateinisch. Die Jungs in der Klasse guckten sich nur an, Pero zog mit dem rechten Zeigefinger das Augenlid herunter, und Carl stöhnte sein lautloses Stöhnen, das, hätte er es rausgelassen, ein langes „Ohhhhhh" gewesen wäre.

Ro berührt vorsichtig eine Hauswand. Wenn man im Traum eine Wand berührt, ist sie wie Pudding oder Schaumstoff, ja, man kann sogar durch sie hindurchfassen, das hat er schon mehrere Male erlebt. Die Wände hier sind allerdings alles andere als aus Pudding, echt sind sie, vollkommen echt. Der Putz ist so rau, dass man sich die Haut daran aufreißen könnte.

Im Traum bin ich also nicht, sagt sich Ro, und doch

gibt es heute keine solchen Städte mehr, irgendetwas ist passiert, ich begreife das nicht, vielleicht im Tunnel, eine Zeitlücke oder…

„Was treibst denn du am hellichten Tage auf der Straße, du nichtsnutziger Maulaffe! Du gehörst nach Hause oder ans Rad, dir werde ich's zeigen!"

Ein Mann in grauer Uniform steht vor ihm, dieselbe Hacke geschultert, die Ro heute schon einmal gesehen hat. Ohne eine Antwort abzuwarten, packt der Mann ihn am Kragen und schleppt ihn durch eine Gasse auf einen großen Platz. Auf dem Platz steht ein riesiges waagrechtes Rad. Von dem Rad stehen Holzgriffe wie kurze Besenstiele ab. An diesen Griffen halten sich Menschen fest und laufen im Kreis. Es sieht aus, wie wenn sie gefangen wären. Mit gesenktem Haupt läuft jeder an seinem Platz und dreht mit an dem Rad. Die Achse des Rades verschwindet im Boden. Ächzend dreht es sich, angetrieben von der stummen Menge.

„An deinen Riemen, du Drückeberger!", fährt ihn der Graue an und drückt ihn an einen der freien Griffe, „probier das noch einmal, dann wirst du was erleben!"

Ro wird von dem drehenden Rad mitgenommen, er hat gar keine Zeit zu überlegen. Vor ihm geht ein älterer kahlköpfiger Mann, hinter ihm eine Frau. Ro geht mit dem Rad. Wo ist er hier gelandet? Was soll er tun? Davonlaufen, zurück in den Tunnel? Er stolpert über die Beine des Vordermannes und entschuldigt sich, der schaut zurück, winkt ab. Seine Augen sind gütig und müde, sehr müde. Ro geht mit dem Rad. Bald merkt er, wie viel Druck er geben muss, wie viel von ihm erwartet wird, damit nicht die anderen seine Arbeit tun müssen oder er sich über seine Kräfte anstrengt. So muss es auf der Galeere von Ben Hur gewesen sein, denkt Ro. Er fühlt eine unbändige Wut auf diese grauen Wächter.

Zuerst muss ich herausfinden, was hier los ist, sagt er sich, zurückgehen kann ich immer noch.

„Du bist wohl neu hier, was?“, flüstert die Frau hinter ihm. Ro nickt, er ist gerade dabei, die Anzahl Menschen zu zählen, die das Rad drehen. Er kommt auf über hundert Männer und Frauen. Viele keuchen, sind verschwitzt, stolpern. Andere halten die Augen geschlossen und laufen wie Schlafwandler. Ein krank aussehender Mann, spindeldürr und bleich im Gesicht, hängt fast am Rad, wird von den anderen mehr mitgezogen, als dass er selbst noch stößt.

„Was ist das hier?“, flüstert er zurück.

„Wir sind die Radstadt, von uns kommt das Wasser“, sagt die Frau leise, „du hast Glück gehabt, bald ist Pause.“

Sind die Leute hier die lebendige Wasserpumpe?, denkt Ro und fragt halblaut: „Und wohin fließt das Wasser?“

Die Frau sagt nichts. Ein Grauer scheint auf sie aufmerksam geworden zu sein. Schnell fragt Ro: „Wissen Sie, wo das Haus von Manhard ist?“

„Ich werde es dir zeigen!“

Nach einer Weile ertönt ein Trompetenstoß. Von überall strömen Männer und Frauen auf den Platz und übernehmen in fliegendem Wechsel die Plätze. Diejenigen, die abgelöst werden, gehen zu einem Wasserwagen. Am Wasserwagen sitzt ein Wächter und teilt jedem einen Krug voll zu. Die Verteilung geht schnell. Bald verschwinden die Ersten in den Gassen, andere gehen ein paar Schritte und lassen sich erschöpft an den Wänden der Häuser nieder, die den Platz begrenzen, und trinken. Auch Ro und die Frau.

„Woher kommt Ihr?“

Ro ist sich nicht sicher, ob er sagen soll, wie er hierher gekommen ist. Besser nichts sagen, dann kann man nichts Falsches sagen. Statt zu antworten stellt er selbst eine Frage:

„Wie lange dauert die Pause?“

„Schichtende. Für uns geht es erst morgen weiter. Die hier werden bis Mitternacht arbeiten, die Übernächsten bis sechs Uhr früh. Immer sechs Stunden. Und wenn Ihr Glück habt, kommt Ihr nur einmal dran.“

Sie gehen durch enge Gassen mit Häusern, die sich oben beinahe berühren, kreuzen eine größere Straße, und plötzlich sieht Ro das Tor, durch welches er hereingekommen ist. Da stehen sie, die Grauen, und mustern ihn. Doch die Frau biegt ab. Nach ein paar Schritten hält sie an, schaut Ro in die Augen und sagt:

„Es war Zeit, dass einer kam, wir haben lange gewartet.“

Schon wieder! Was die damit meinen? Auf ihn haben sie gewartet? Er hat auf niemanden gewartet! Er ist auf der Suche, er will seinen Vater finden, der von der Polizei verschleppt worden ist, und nun weiß er selbst nicht, wo er ist. Die Frau bleibt stehen und deutet auf ein Haus an der Stadtmauer.

„Hier, das Haus von Manhard!“

Zu Ros Verblüffung drückt ihn die Frau plötzlich fest.

Er spürt ihre Verzweiflung und die Hoffnung, die sie in ihn setzt. Darum lässt er es geschehen. Wenn er nur wüsste, worum es hier eigentlich geht. Die Frau klopft an die Haustür und sie warten schweigend. Die Tür öffnet sich einen Spalt breit und ein Mann schaut sie fragend an.

„Sind Sie Manhard?", fragt Ro

Der Mann nickt?

„Gambrin schickt mich."

Über das Gesicht des Mannes huscht ein Lächeln, er öffnet die Tür, schaut die Frau an und nickt, dann gibt er Ro die Hand und zieht ihn ins Haus. Er trägt ein bodenlanges Gewand. Er sieht fast aus wie ein Mönch, denkt Ro, nur müsste er etwas dicker sein, einen Trommelbauch haben und ein wabberndes Doppelkinn. Der Mann führt Ro durch einen dunklen Gang und eine Treppe hoch, die in den ersten Stock führt und schließlich in eine Kammer mit Stühlen und einem gedeckten Tisch. Ein eigenartiger Geruch von Küche und Abfällen erfüllt das Treppenhaus. Man wird sich dran gewöhnen, denkt Ro, auch der Mann hat eine eigenartige Ausdünstung, als ob sein Gewand schon ziemlich lange nicht mehr gewaschen worden ist. Manhard fordert Ro auf, sich zu setzen. Kaum hat er sich niedergelassen, kommt eine Frau herein. Sie stellt eine dampfende Schüssel und einen Teller vor Ro ab, mustert ihn kurz und verlässt das Zimmer wieder.

Der Mann füllt den Teller mit Suppe.

„Esst, junger Herr, esst!"

Ro lässt sich nicht zweimal bitten. Er macht sich über die Kraftbrühe her, verschlingt die Fleischscheiben und

Kartoffelstückchen, tunkt das Brot ein und schlägt sich so richtig den Magen voll. Der Mann schaut ihm zu, als ob er ihn beim Essen unterstützen wollte, immer wieder macht er Zeichen, Ro solle noch Brot nehmen, ein zweites Mal Suppe, den Most nicht vernachlässigen. Nach kurzer Zeit ist Ro so satt, dass er kaum mehr sitzen kann.

„Und jetzt möchte ich wissen, was hier los ist", sagt er, und seine eigene Stimme kommt ihm fremd vor, sie klingt so fest und sicher.

8. Manhard

Der Mann fährt sich mit der Hand übers Gesicht, zieht den Atem tief ein, hält ihn zurück, als ob er erst dann ausatmen könnte, wenn er weiß, was er sagen will. Sein Kopf wird rot und Ro fürchtet, dass er in Ohnmacht fallen könnte. Doch nach einer Weile öffnet er seinen kleinen Mund und fragt:

„Ihr seid also der mit den Stiefeln."

„Ja", sagt Ro.

„Und wo sind die Stiefel?"

„Hier in dem Bündel. Gambrin hat mir gesagt, dass ich sie verstecken soll. Das habe ich getan."

„Gott sein Dank!" Der Mann scheint wie von einer Last befreit. „Ich bin kein Held, Stiefelträger, mir wäre es lieber, wenn…"

„Wenn ich gar nicht aufgetaucht wäre, wollen Sie sagen, nicht wahr?", fällt ihm Ro ins Wort.

„Nun", zögert der Mann, „das nicht gerade, wir alle leiden hier unter der großen Bedrängnis, da ist kein Zweifel dran, nur… ich meine…"

Dieser Manhard scheint Schwierigkeiten zu haben, sich auszudrücken, denkt Ro, entweder hat er Angst, oder er traut der Sache nicht. Bloß welcher Sache. Langsam wüsste er zu gern, was in dieser Stadt los ist, wer die Grauen sind, was es mit dem Rad auf sich hat.

„Wo ist Gambrin?"

„Das ist es ja eben", antwortet der Mann, „ich bin in großer Sorge um sie, die Grauen sind hinter ihr her."

„Wann, wo?" Ro ärgert sich, weil er diesem Mann mit seiner roten Glatze jedes Wort einzeln wie Würmer aus der Nase ziehen muss.

„Ich habe sie immer gewarnt, ich habe ihr gesagt, dass das nicht gut gehen kann, aber die Jungen wissen es ja immer besser."

„Ist Gambrin Ihre Tochter?", fragt Ro.

„Was hat sie denn Euch gesagt?"

„Wir hatten keine Zeit für lange Gespräche, aber jetzt haben wir Zeit, bitte, Herr Manhard, erzählen Sie!"

Der Mann schaut irgendwohin ins Leere, in sich hinein oder in die Luft. Plötzlich gibt er sich einen Ruck.

„Ja, ja, Ihr müsst das alles wissen, junger Herr, alles was hier los ist, nur kann ich mir nicht vorstellen, dass ausgerechnet Ihr uns helfen könnt, ich dachte, es käme ein erwachsener Mann, der uns aus der Not hilft und nun…"

„Soll ich wieder zurück in den Tunnel?", fragt Ro. Der Mann schüttelt sofort energisch den Kopf.

„Nein, nein, das wollte ich damit nicht sagen, ich meine nur, es ist schwer vorstellbar, wie Ihr gegen die Grauen etwas unternehmen wollt, seid Ihr bewaffnet?"

Ro denkt an das Messer in seinem Gürtel, schüttelt aber den Kopf. Manhard zieht die Schulter hoch, dreht die Hände nach außen und hebt die Arme:

„Ja, ja, ja, ja, das habe ich mir gedacht. Ich rechne, dass wir in der Radstadt gegen hundert von ihnen haben. Sie sind bis an die Zähne bewaffnet, und Ihr…“

„Wer sind diese Grauen?“

„Sie sind die Wächter des Barons und überwachen die Wasserpumpe, organisieren die Ablösungen und treiben die Leute an. Sie dürfen jederzeit in die Häuser kommen, um zu sehen, ob jemand sich vor der Arbeit drückt.“

„Und wohin fließt das Wasser?

„In die Zisternen des Barons, er nimmt alles und wir haben keines.“

„Dann verdurstet ihr ja!“, sagt Ro ungläubig.

„Wenn wir das Rad drehen, bekommen wir gerade genug, dass wir nicht verdursten. Jeder einen Krug, wenn die Arbeit getan ist. Ich habe mich seit zwei Jahren nicht mehr gewaschen, niemand kann sich selbst oder seine Kleider pflegen, das wenige Wasser, das es gibt, trinken wir. Dann bekommen wir noch eine zweite Ration, ein Wasser, das man nicht trinken kann. Damit bewässern wir die Felder, damit wenigstens ein paar Körner wachsen und wir nicht verhungern.“

„Und Regen?“, wundert sich Ro.

„Oh, sagt nichts von Regen, ich weiß schon nicht mehr, was das ist. Seit er ausbleibt, wird das Elend immer unerträglicher. Wenn es so weitergeht, werden wir alle umkommen.“

Der Mann sackt in sich zusammen, seine Augen werden wässerig, und langsam kullern Tränen über sein Gesicht. Ro hat noch nie einen erwachsenen Mann weinen gesehen. Es wäre ihm lieber, mit Gambrin reden zu können. Sie würde ihm sicher in ein paar Sätzen erklären können, was los ist, warum der Fluss kein Wasser führt, wer der Baron ist und wohin genau das restliche Wasser gepumpt wird.

„Dann hat Gambrin das Wasser für die Felder geholt?“, fragt Ro, und der Mann nickt.

„Und wo ist Gambrin jetzt?“

Manhard versucht sich wieder zu fassen, zieht ein großes Schnupftuch aus der Tasche und schnäuzt hinein.

„Als sie vor einer halben Stunde kam, hat sie mir von Euch erzählt und gesagt, Ihr kämet bald und ich solle Euch zu essen geben. Plötzlich standen zwei Graue vor der Tür und wollten sie holen. Da ist sie über die Mauer.“

„Sie wird sich schon nicht erwischen lassen.“

Bis zum Abend hat Ro nicht mehr herausgefunden, als dass dieser Baron das Wasser für sich nimmt und dann wieder verteilt, in kleinsten Mengen, jeder Familie so viel, wie sie gerade zum Überleben braucht. Manhard scheint der Überzeugung zu sein, es gäbe nicht mehr Wasser, und die Arbeit am Rad sei zwar hart, aber nötig, damit sie nicht verhungern.

Plötzlich steht Gambrin in der Küche. Manhard steht auf, umarmt sie und fragt, wo sie gesteckt hat, und warum die Grauen sie holen wollten und warum sie sich immer in Gefahr begebe, und und und… Gambrin isst von der Suppe, hört zu, zuckt mal die Schulter, schüttelt den Kopf oder antwortet kurz. Ro kann nicht herausfinden, ob Manhard ihr Vater ist, irgendwie behandelt er sie nicht wie ein Vater seine Tochter behandelt, und als Ro ganz am Anfang von ihm wissen wollte, ob Gambrin seine Tochter sei, ist er der Frage ausgewichen. Manhard fragt weiter, mahnt, ringt die Hände:

„Ach, was soll ich bloß machen, ich habe nun einmal die Verantwortung. Wenn dir etwas passiert... Deine Ausflüge zum Fluss, es ist zu gefährlich!"

Gambrin gibt Ro ein Zeichen mitzukommen. Sie steigen über zwei Holztreppen in die Dachkammer hinauf. Zwei Betten stehen darin, ein kleiner Tisch und ein Stuhl. Durch das offene Fenster strömt Abendlicht herein. Ro blickt hinaus ins braune Land, in dem rot die Sonne untergeht.

„Schön hier", sagt Ro und fügt schnell hinzu: „Wenn es Wasser gäbe, natürlich."

„Schau, das Haus ist Teil der Stadtmauer, und da unten ist der Wassergraben, das heißt, das war er einmal. Jetzt ist es eine Abfallgrube, die rund um die Stadt geht und alle schmeißen ihren Unrat hinein." Gambrin lässt sich auf das eine Bett fallen und bedeutet Ro, sich auf das andere zu setzen. „Schon vor langer Zeit habe ich geträumt, dass du kommst", sagt Gambrin. „Mit einer gelben Jacke und Stiefeln aus einem Stoff, den wir hier nicht haben. Und ich habe geträumt, das du uns hilfst. Ich hab's allen erzählt, damit sie die Hoffnung nicht aufgeben, und jetzt bist du da. Mir hast du schon geholfen, heute morgen, und das war erst der Anfang. Willkommen in der Radstadt."

Gambrin streckt Ro die Hand entgegen. Ro schlägt ein und sagt:

„Das ist kein Stoff, das ist Gummi. Absolut wasserdicht

und wenn man einen Tag darin hergelaufen ist, stinken die Füße wie ranziger Käse."

Gambrin lacht, dann steckt sie die Hand in die Hosentasche und holt ein paar Haselnüsse hervor.

„Die habe ich letzte Woche gefunden, eine Seltenheit. Wilde Nüsse gibt es fast nur noch oben, bei der großen Öffnung. Weiter unten ist es zu trocken."

Sie knacken die Haselnüsse mit den Zähnen und werfen die Schalen zum offenen Fenster hinaus.

9. Eine lange Nacht

Die Sonne ist untergegangen, die Dämmerung bricht herein.

Gambrin hat Ro einiges über die Radstadt erzählt und das Land, das auszutrocknen droht, weil der Regen ausbleibt und der Fluss kein Wasser mehr führt. Ro wollte wissen, ob Gambrin eine Ahnung habe, was hinter dem Tunnel wäre, doch Gambrin sagte nur, das sei nicht ihre Sache, niemand wisse das, es wäre, wie wenn jemand wissen wolle, woher der Himmel komme oder die Erde oder warum die Vögel singen.

„Unsere Sache ist es dafür zu sorgen, dass wir wieder Wasser haben."

„Und wie willst du das anstellen?"

Gambrins Gesicht bekommt einen wilden Ausdruck

„Der Baron muss sterben. Er ist schuld an allem. Er raubt uns das Wasser mit der Begründung, es reiche sonst nicht für alle. Er hat uns zu Sklaven gemacht, er muss weg."

„Und dann würde es wieder regnen?", fragt Ro erstaunt.

„Nein", gibt Gambrin zu, „aber dann würde wenigstens

das Wasser, das wir aus der Erde hochpumpen, gerecht verteilt."

„Und wie lange dreht ihr schon das Rad?", will Ro wissen.

„Ach, das Rad gibt es, seit es die Radstadt gibt. Wir haben es schon immer gedreht, das ist unsere Aufgabe. Aber früher pumpten wir das Wasser für uns selbst hoch ins hintere Land. Wir bewässerten damit unsere Felder. Jeder musste täglich eine Stunde ans Rad, das genügte, um auch in der Trockenzeit genügend Wasser zu haben. Oh, wir waren eine reiche Stadt und das ganze Land bezog von uns Früchte und Gemüse. Auf dem Fluss transportierten wir die Ware bis nach Eisenstadt."

„Wisst ihr, warum der Fluss kein Wasser mehr führt?", fragt Ro.

Gambrin schüttelt den Kopf. „Wer weiß schon, warum es regnet, warum die Sonne aufgeht, warum die Strahlen der Sonne wärmen oder verbrennen, warum das Wasser abwärts fließt und nicht aufwärts. Vor ein paar Jahren hörte der Regen auf, der Fluss führte immer weniger Wasser und irgendwann übernahm der Baron die Herrschaft. Er kam mit den Grauen und erklärte, nun müssten alle dem Notstand entgegentreten, er werde alles organisieren. Er ließ seine Grauen hier, die dafür sorgen, das kein Tropfen verloren geht. Unser Leben ist die Hölle. Aber als ich dich heute morgen sah, wusste ich, dass nun alles anders werden wird."

„Dank für den Vorschuss", winkt Ro ab, „wenn du schon geträumt hast, ich würde das Land retten, hast du vielleicht auch geträumt, wie ich das hinkriege, ich habe nämlich nicht die geringste Ahnung, was ich hier soll. Ich war unterwegs, meinen Vater zu suchen. Er ist von der Polizei geholt worden und seither nicht mehr aufgetaucht. Von einem Land ohne Regen, einer Radstadt und dem ganzen Rest habe ich weder jemals etwas gehört noch bin ich besonders scharf darauf, es zu retten. Ich wüsste nicht wie."

Gambrin wird ernst und ihre Augen bekommen wieder diesen Ausdruck, den Ro schon am Morgen bemerkt hat.

„Ich habe auch keinen Vater mehr..."

„Das tut mir Leid", sagt Ro, „was ist mit ihm passiert?"

„Vater ist von den Grauen umgebracht worden, weil er sich dem Baron widersetzt hat. Er war der Einzige in der Radstadt, der den Mut hatte, dem Baron die Meinung zu sagen. Das konnte der nicht ertragen. Sie steckten Vater ins Gefängnis und eines Tages lag seine Leiche vor dem Tor." Gambrin schaut auf den Boden und verbirgt ihr Gesicht in den Händen.

Ro würde am liebsten seinen Arm um Gambrins Schulter legen, um sie zu trösten. Aber er lässt es sein, stattdessen fragt er: „Und Manhard?" Ro hat geglaubt, Gambrin würde weinen, als sie aber aufschaut, um zu antworten, sind ihre Augen trocken.

„Manhard ist mein Onkel. Er hat mich zu sich genommen."

„Und deine Mutter?"

„Sie ist nach Auro geflüchtet, das ist die nächste Stadt. Sie dachte, sie wäre da in Sicherheit vor dem Baron. Ich bin nicht mitgegangen, weil wir damals noch nicht wussten, was mit meinem Vater geschehen würde. Ich wollte auch nicht weg, weil ich die Einzige bin, die weiß, dass der Stiefelträger eines Tages kommt und wie er aussieht."

Ro würde am liebsten verschwinden, sich in Luft auflösen, diese Gambrin macht ihn zu etwas, was er nicht ist, nie sein wollte und auch nicht werden kann. Wie soll er diesen Baron besiegen, und warum soll er ihr glauben – eine windige Sache, dieser Traum.

„Und wie, glaubst du, soll ich das Land retten?"

„Heute Nacht werde ich dir das Aquädukt zeigen", sagt Gambrin. „Bald ist es dunkel. Wir werden uns aus der Stadt schleichen und hinaufgehen zu den Feldern. Dort haben sie uns das Wasser genommen, dort beginnt der lange Stollen."

„Und dann, wie weiter?"

„Das weiß ich nicht, du bist der Stiefelträger."

„Du hast mir die Frage nach dem Traum nicht beantwortet", sagt Ro.

„Ja", erwidert Gambrin und setzt sich aufrecht. „Ich habe geträumt, dass ich dich treffe, dass du Stiefel aus diesem merkwürdigen Stoff anhast, wie heißt er doch gleich?"

„Gummi."

„Ja, Stiefel aus Gummi, und im Gürtel hattest du ein Messer, das golden leuchtete. Du hast mir im Traum das Leben gerettet und dann sind wir zusammen weggegangen und haben das Land von der grauen Brut befreit."

Als Gambrin das Messer erwähnt, fängt Ros Herz wie wild an zu pochen. Das Messer kann sie nicht gesehen haben, das Messer hat er im Gürtel, darüber die lange Wolljacke von Großmutter.

„Hast du schon mal geträumt und im Traum gemerkt,

dass du träumst?", fragt Ro, um seine Aufregung zu verbergen. Gambrin überlegt kurz.

„Nein… Das heißt vielleicht doch, aber nicht so richtig. Einmal bin ich eine Felswand runtergefallen und mitten im Flug habe ich gedacht, es sei gar nicht so schlimm, da es ja nur ein Traum war. Das ist alles. Und du?"

„Mir passiert es ab und zu, dass ich es merke. Dann schaue ich meinem eigenen Traum zu, versuche zu fliegen, oder sonst etwas Verrücktes zu tun, das ist lustig."

Sie reden noch eine Zeit lang weiter. Die Nacht senkt sich über das Land, man hört Zikaden und ein paar Nachtvögel. Auf die Frage, warum man keine Hunde bellen höre, sagt Gambrin verschämt, es gebe keine Hunde mehr in der Stadt, weil es zu wenig Wasser gebe, um auch noch Hunde durchzufüttern. Es gäbe aber noch ein paar Katzen, doch auch die würden eines Tages in irgendeinem Suppentopf enden. Ro denkt an die Suppe von Manhard und es zieht ihm den Magen zusammen. Gambrin steht plötzlich auf, geht die Treppe hinunter und kommt mit Ros Bündel wieder.

„Ziehe sie an!", fordert Gambrin ihn auf, und während er in die Stiefel steigt, beobachtet sie ihn ganz genau. Jede Handbewegung. „Hier", sagt sie, "ich habe noch ein Paar von unseren Schuhen, sie haben meinem Vater gehört, nimm sie mit, man kann nie wissen."

Ro steckt die Schuhe in seine Tasche. Für seinen Geschmack kommandiert sie etwas zu viel herum.

„Komm, wir gehen jetzt!"

Sie steigen leise die Treppen hinunter. Alles im Hause ist ruhig, der Onkel schnarcht, dass es durch die

Wände dringt. Schließlich gelangen sie in den Keller. Es ist stockfinster, Ro spürt lose Steinchen unter den Sohlen. Gambrin nimmt ihn bei der Hand, sie scheint sich auch im Dunkeln auszukennen, geht schnell vorwärts. Ihre Hand ist klein, aber kräftig und kühl. Dann zwängen sich die beiden durch einen schmalen Gang. Nach ein paar Metern hört Ro, wie Gambrin einen Holzladen öffnet. Nun schimmert Licht herein. Sie ziehen sich ins Freie und stehen in einer sternklaren Nacht.

10. Die Gärten über der Stadt

Die Mond steht hell als Sichel am Himmel, und Ro bemerkt, dass er im Zunehmen ist. Noch immer verkünden die Zikaden, dass sie nicht schlafen wollen. Die beiden steigen aus dem Stadtgraben, das Flussbett liegt vor ihnen, die weißen Steine glänzen im Mondlicht. Gambrin geht mit flinken Schritten. Dabei versucht sie ganz nahe an der Mauer zu bleiben, um im Mondschatten zu gehen. Nachdem sie die Stadt halb umrundet haben, zeigt Gambrin den steilen Hang hinauf, der sich hinter der Stadt erhebt.

„Da müssen wir hoch!"

„Was ist denn da?"

„Ich zeig dir die Felder und unsere Gärten, oder das, was früher einmal unsere Gärten waren."

„Und warum in der Nacht?"

„Das wirst du noch sehen."

Was soll die Geheimnistuerei, denkt Ro. Warum kann sie nicht einfach mit der Sprache herausrücken und sagen, was sie da oben sucht? Wenn sie schon etwas von mir will. Im Mondlicht sieht ihr Gesicht ganz anders aus, blass und verletzlich. Es ist, als ob sie ihre ganze

Sicherheit eingebüßt hätte und nun gegen die Angst kämpfen müsste.

„Hast du Angst?"

Sie schüttelt den Kopf.

„Du siehst nicht gerade aus, als ob…"

„Jetzt ist nicht die Zeit, über solche Dinge zu reden", unterbricht sie ihn unwirsch und ihr Gesicht wirkt entschlossen. Sie läuft los, und Ro hat zu tun, um mitzuhalten. Der Weg ist steil und er kommt ins Schwitzen. Er muss aufpassen, sonst rutscht er aus. Gedankenfetzen ziehen durch seinen Kopf, jetzt brauchte er Zeit zum nachzudenken. Zeitlupe einschalten: Was soll das hier, worauf lässt du dich ein, Ro? Willst du etwas von ihr, oder will sie etwas von dir, und mit welchem Recht? Nur weil sie behauptet, von dir geträumt zu haben? Ist das dein Problem, oder ihres? Sie haben kein Wasser, in Ordnung, aber: hast du ihnen das Wasser abgegraben oder weggetrunken? Vielleicht bist du Besitzer eines Kraftwerkes und hast ihnen das Wasser weggenommen, um es zu betreiben, und nun reicht es für sie nicht mehr, und du weißt es nur nicht. Nun musst du dafür büßen, und statt warm in einem weichen Bett zu liegen, kraxelst du nun die ganze Nacht im Geröll herum. Und alles, weil diese Göre die fixe Idee hat, dass du der große Supermann bist, der hier alles wieder zurechtbiegt.

Merkwürdig, irgendwie scheint das mit der Zeitlupe doch zu funktionieren! Ro hat gar nicht gemerkt, wie weit sie schon durch Felsrinnen voll rutschigen Gerölls, Dornen und kniehohen stacheligen Büschen aufgestiegen sind. Er dreht sich um. Der Mond beleuchtet die

Landschaft und taucht sie in ein Licht, das alle Konturen verschwinden lässt.

Das trockene Flussbett, denkt Ro, sieht aus, als ob es eine breite Straße wäre, die durchs Tal führt, und die Stadt ist die Tankstelle dazu. Nun geht es geradeaus. Gambrin läuft, wie sie am Morgen schon gelaufen ist, schnell, vorsichtig und sicher.

„Hier sind die Gärten, hier versuchen wir der Erde ein wenig Getreide, Salate, Kräuter, ein paar Mohrrüben abzuringen. Früher blühten die Felder, die Ernte war reich und üppig."

„Und warum sind sie hier oben und nicht unten im Tal, wo der Fluss ist?", will Ro wissen.

„Früher, als er noch Wasser führte, trat der Fluss jedes Jahr mehrere Male über die Ufer, so dass er die Gärten und Felder dauernd überschwemmt hätte, darum haben wir sie hier angelegt und das Wasser hochgepumpt."

„Mit dem Rad", ergänzt Ro.

„Ja", sagt sie, „da hinten kam das Wasser hoch und verteilte sich auf die Felder. Komm, ich zeig's dir. Aber Vorsicht! Es ist alles abgesperrt."

Sie erzählt, wie es früher gemacht wurde. Ro hört ihr gern zu, wenn sie von der Zeit vor der Dürre spricht, sie ist dann weniger ernst und lacht sogar manchmal.

„Im Frühjahr regnete es einige Male. Das reichte für die Saat. Ich bin oft hier gewesen mit meinem Vater und Manhard. Es war die schönste Zeit im Jahr. Wenn es ein Gewitter gab, zogen wir uns aus und rannten nackt im Regen herum."

Ro würde nie so was erzählen, einem Mädchen schon gar nicht.

„Aber“, fährt Gambrin fort, „die Keimlinge mussten wir dann bewässern.“ Die beiden kommen an eine aus Steinen errichtete Mauer, die mindestens doppelt so hoch ist wie Ro. „Da drin müsste die Zisterne sein“, sagt Gambrin.

Ro überlegt, wie er da hochklettern soll. Doch Gambrin ist schneller, sie macht mit ihren Händen einen Steigbügel. Er steigt hoch, hält sich an der Mauer, klettert Gambrin auf die Schultern.

Wenn sie nur nicht zusammenbricht, denkt er, erinnert sich dann aber, mit welcher Leichtigkeit sie die schwere Wasserkanne getragen hat. Endlich hat er sich hochgestemmt. Nun zieht er sie hoch. Sie ist wie ein Katze, springt über die Mauer! Ro folgt ihr.

Von der alten Bewässerung ist nicht mehr viel zu sehen. Ein Rohr, das aus der Erde ragt, eine leere Brunnenstube, die verschiedene Austritte für das Wasser hat, jeder einzelne mit einem Schieber zur Regulierung der Wassermenge versehen. Gambrin lässt sich beim Brunnen nieder.

„Verstehe nicht, warum die so eine hohe Mauer gebaut haben, was wollten sie verstecken, hier ist nichts als diese alte Bewässerungsanlage. Dabei war alles so geheim. Im Winter durfte niemand hier heraufkommen, es war alles abgesperrt. Die Leute munkelten, sie würden die Bewässerung neu anlegen. Ich habe mich mal angeschlichen und gesehen, dass viele Männer hier oben waren und gearbeitet haben. Es waren keine Grauen, es müssen andere gewesen sein. Die Grauen haben sie nur beaufsichtigt. Leider konnte ich nicht sehen, was sie gemacht haben, aber ich bin sicher, dass es mit dem Wasser zu tun hatte. Im Frühling, als es wieder erlaubt war, die Gärten zu betreten, war diese Mauer da, sonst nichts."

„Da!", sagt Ro, „hast du gehört?"

„Was gehört?"

„Rauschen, aber hohl... ich kann es nicht genau orten." Gambrin will etwas sagen, Ro legt den Finger vor den Mund, lauscht.

„Es muss unter uns sein, es klingt, wie wenn da ein Raum wäre!" Ro legt das Ohr an das Rohr der Brunnenstube. „Es rauscht, da muss Wasser sein."

„Das ist unmöglich."

„Hör doch selbst!"

Gambrin steht auf und legt ihr Ohr ebenfalls an das Rohr.

„Ja, ich hör's. Es muss das Wasser sein, das sie unten in der Vormitternachtsschicht pumpen."

„Und wohin fließt es?", fragt Ro.

„Der Baron behauptet, es fließe in die Notzisterne, die er hier gebaut hat."

„Alles unterirdisch?", wundert sich Ro.

„Ja, als Reserve, damit wir auch noch Wasser haben, wenn gar keines mehr kommt. Aber das klingt nicht wie eine Zisterne."

„Irgendwo muss es hier einen Eingang geben. Komm, lass uns suchen."

Sie klopfen die alte Brunnenstube nach einem Eingang ab. Ro kommt es sonderbar vor, dass er schon wieder nach einem Eingang sucht. Vielleicht wäre es besser, aus der Vergangenheit eine Lehre zu ziehen. Ich hätte mir einiges ersparen können, hätte ich die Fabrik links liegen gelassen. Auch als ich den Schlüssel gefunden habe, wäre es noch nicht zu spät gewesen. Ich hätte die Öljacke nehmen und auf Nimmerwiedersehen sagen können. Aber nein, ich musste in die Maschine und in den Keller. Auch als der Tunnel kam, hätte ich noch umkehren können, so gut wie jetzt.

„Du machst das freiwillig, Ro, überlege dir's gut!", sagt er leise zu sich selbst.

„Was sagst du?", fragt ihn Gambrin.

„Ich habe nur gerade die Achterreihe aufgezählt."

„Tust du das oft?"

„Nicht immer, aber immer öfter." Ro lacht über sich selbst, Gambrin schaut ihn verständnislos an.

„Das ist ein Werbespot bei uns. Vergiss es. Der Witz ist schon durch."

„Manchmal verstehe ich dich wirklich nicht", sagt Gambrin, „und wenn ich nicht gerade den Eingang gefunden hätte, hätte ich dich gebeten, mir zu erklären, was ein Werbespot ist."

Sie zieht einen der Schieber hoch und unten am Boden der Brunnenstube tut sich ein Loch auf. Im fahlen Mondlicht sind die obersten Sprossen einer Leiter zu erkennen.

„Wir haben kein Licht", sagt Gambrin. Ro holt den Kerzenstummel und sein Feuerzeug hervor. „Die Kerze brennt noch zehn Minuten, dann müssen wir wieder hier sein."

11. Der Stollen

Gambrin nimmt Ro wortlos die Kerze aus der Hand, als ob es ihre wäre und geht dann vor. Ro steht da und fühlt sich wie ein kleiner Junge. Erst wundert er sich über sich selbst, dass er sich das gefallen lässt, dann wird er wütend.

„Ich glaube, ich komme nicht mit." Sie dreht sich um und schaut ihm ins Gesicht. „Wenn du meinst..."

Sie zwängt sich durch das enge Loch und verschwindet. Ro würde ihr am liebsten eine runterhauen, aber erstens tut er so was nicht, und zweitens ist sie jetzt schon außer Reichweite.

Ich könnte den Schieber zumachen und gehen, denkt Ro, das wäre zwar nicht ganz fein, aber ich könnte damit der ganzen Geschichte ein Ende setzen.

Stattdessen steigt er selbst ins Loch. Obwohl er keine Lust dazu hat und Gambrin ins Pfefferland wünscht. Müsste er jemandem, der ihm zuschaut, die Frage beantworten, warum er ihr folgt, er wüsste es nicht. Doch eines spürt er genau, selbst wenn er alle Zeit der Welt hätte, sich die Sache zu überlegen, er würde es nicht herausfinden.

Die Leiter endet schon nach wenigen Metern. Gambrin steht an einer mannsdicken Leitung und hat ihr Ohr daran gelegt. Wie nebenbei und als ob es ihr vollkommen gleichgültig wäre, sagt sie: „Ich dachte, du willst oben bleiben."

Ro tut so, als ob er sie nicht gehört hätte, schaut sich um, und während die Kerze ihr flackerndes Licht in den gewölbten Stollen wirft, sieht er eine Nische, in der ein leerer Tonkrug und ein paar Fackeln stehen. Ro nimmt eine hervor und steckt sie mit dem Feuerzeug in Brand.

„Die Leute munkeln zwar, dass der Baron das Wasser in seine Zisternen lenkt, aber so etwas hätte ich mir nicht träumen lassen", sagt Gambrin, „was ist das für ein Feuerspucker?"

„Ein Feuerzeug", sagt Ro und kommt sich wieder etwas besser vor, „da ist brennbares Gas drin, mit einem Zündstein wird das Gas entzündet und mit einem kleinen Ventil reguliert man den Austritt des Gases."

„Toll", sagt Gambrin.

„Einen Stollen in der Art nennen wir Pipeline", fährt Ro fort und gibt Gambrin die Fackel, nachdem er für sich eine zweite daran entzündet hat. „Und, was meinst du, wohin sie führt?"

Gambrin zuckt die Schulter.

Ro erinnert sich an die Zeichnung, die er im Holzschiff gefunden hat. Er nimmt sie aus der Tasche und versucht zu verstehen, was oben und unten sein könnte. Eine Linie, die an einem kleinen, halbrunden Loch beginnt und in einem großen Feld mündet, dazwischen gibt es Punkte mit verschiedenen Symbolen, hier ein Kreis mit einem Strich, dann ein weiterer Kreis mit zwei

Strichen, und je weiter die Punkte vom Ende mit dem halbrunden Loch entfernt sind, um so mehr Speichen haben diese radartigen Zeichen.

„Das ist eine einfache Landkarte“, sagt Gambrin, als ob es die selbstverständlichste Sache der Welt wäre, „hier ist die große Öffnung, hier beim ersten Rad ist die Radstadt, dann kommt das Tal der Paläste, dann Auro, die zweitgrößte Stadt und so weiter bis nach Eisenstadt, das Rad mit den ganz vielen Speichen. Die muss jemand gezeichnet haben, der unser Land besucht hat, aber es nicht gut gekannt hat. Wir haben andere Zeichen für die Städte.“

„Das Rad habt ihr auch auf eurem Wappen“, widerspricht Ro.

„Ja“, gibt Gambrin zu, „aber das haben wir erst seit dem letzten Besuch.“

„Verstehe ich nicht.“

„Ich werde dir später alles erzählen.“

„Mann…“, regt sich Ro auf, aber weiter sagt er nichts. Sonst hat Gambrin noch den Eindruck, es würde ihn übermäßig interessieren. Er packt seine Fackel und marschiert los.

„Wohin willst du?“

„Kann ich dir später alles erzählen“, gibt Ro schadenfroh zurück und zieht mit großen Schritten davon. Nun ist Ro derjenige, der das Tempo bestimmt.

Plötzlich hören sie ein Klopfen und wieder eins und wieder eins.

In regelmäßigen Abständen ertönt ein Geräusch, wie wenn jemand mit einem Hammer auf die Eisenröhre schlüge.

„Das sind Klopfzeichen“, sagt Ro, „hör nur, einmal lang und dann kurz, wieder lang, Pause, zweimal kurz.“

Die Klopfzeichen gehen noch eine Zeitlang weiter. Dann verstummen sie.

„Wenn wir nur verstehen könnten, was das Klopfen bedeutet.“

„Es waren Zahlen und einzelne Buchstaben“, sagt Gambrin und in ihrer Stimme liegt etwas Triumphierendes.

„Und woher weißt du das?“

„Wir kennen hier alle die Zeichen, man lernt sie in der Schule.“

„Ach ja, Schule gibt's auch?“

„Ja, das heißt jetzt nicht mehr, weil…“

„… das Wasser nicht mehr kommt“, ahmt Ro sie nach. Die Dürre scheint alles umgekrempelt zu haben, denkt Ro, nicht einmal die Schule können sie aufrechterhalten. „Weißt du noch, welche Zahlen und Buchstaben das waren?“

Gambrin überlegt einen Moment, dann schüttelt sie den Kopf.

„Nein, aber ich könnte mir vorstellen, dass die Zahlen und Buchstaben noch mal verschlüsselt waren.“

„Das hilft uns ja prima weiter, sagt Ro, „zumindest wissen wir, dass hier drin jemand ist, und zwar mindestens zwei Gruppen.“

„Scharfsinnig“, sagt Gambrin schnippisch, „und, was schlägst du vor?“

„Weitergehen, bis wir auf jemanden stoßen. Sobald wir etwas hören oder sehen, löschen wir die Fackeln aus und verstecken uns hinter der Pipeline.“

„Und was versprichst du dir davon?“, bohrt Gambrin weiter.

„Bevor wir etwas unternehmen können, müssen wir herausfinden, wohin das Wasser fließt, was mit ihm gemacht wird, und wer dahinter steckt. Wäre aber gut, wenn wir uns nicht erwischen ließen.“

Gambrin sieht aus, als ob sie gern widersprechen würde, doch sie scheint es sich anders überlegt zu haben. Sie nickt mit dem Kopf und gibt zu verstehen, dass sie weitergehen können. Ro dreht sich um und stapft mit seinen Gummistiefeln voran.

Die Gegend ist nicht gerade das, was man als abwechslungsreich bezeichnen würde, denkt Ro. Sie laufen neben dem schwarzen Eisenrohr her und bald schon wissen sie nicht mehr, wie weit oder wie lange sie schon gegangen sind. Der Stollen sieht überall gleich aus, ein Tonnengewölbe, so hoch, dass selbst ein großer Mann darin aufrecht gehen könnte, in der Mitte die Wasserleitung und daneben ein schmaler Gehsteig. Nach einiger Zeit kommt eine weitere Nische mit einem leerem Tonkrug und Fackeln. Da ihre Fackeln noch gut sind, gehen sie weiter bis zur nächsten Nische. Ro zählt die Schritte. Sie müssen schon mehr als zwei Kilometer unterirdisch zurückgelegt haben. Da, wieder das Klopfen, diesmal lauter.

„Was machen wir, wenn uns jemand entgegenkommt?“, fragt Ro.

„Vielleicht wäre es besser umzukehren“, flüstert Gambrin.

„Umkehren?“, zischt Ro, „umkehren kannst du allein. Jetzt bin ich hier unten und bevor ich nicht weiß, wohin die Pipeline führt und was mit dem Wasser geschieht, gehe ich auch nicht wieder hinauf."

„Wenn die Röhre bis nach Eisenstadt führt", sagt Gambrin, „dann sind wir drei Tage unterwegs."

„Na und, hast du was Besseres zu tun?"

„Ohne Essen, ohne einen Schluck Wasser?"

„Bohren wir eben die Röhre an", sagt Ro und kommt sich dabei nur mäßig intelligent vor.

„Mit den Zähnen?" Gambrin hat wieder diesen Ton drauf, den Ro auf den Tod nicht ausstehen kann.

„Nein", sagt Ro, „mit dem Messer." Er nimmt das Messer hervor und schlägt es mit voller Wucht gegen die Eisenröhre. Das Messer springt von der glatten Oberfläche ab wie ein flacher Stein, den man in spitzem Winkel aufs Wasser wirft. Anstatt als Regenmacher dazustehen und Gambrin bewiesen zu haben, wer er ist, sieht Ro ziemlich alt aus. Der Hieb des Messers war so laut, dass er über die Eisenröhre bestimmt bis nach Eisenstadt gedröhnt hat. Ro erwartet Gambrins Spott, doch sie sagt nur: „Jetzt müssen wir doppelt vorsichtig sein.

Schweigend gehen sie weiter, und Ro denkt, dass seine Aktion ziemlich dumm gewesen ist, und dass sie es ohne Essen und Trinken nicht einmal einen Tag hier unten aushalten können. Erst jetzt spürt er, dass er eine trockene Kehle hat.

Bei der nächsten Nische finden sie wieder einen Tonkrug, diesmal ist er mit Wasser gefüllt. Sie trinken ihn aus, obwohl das Wasser brackig schmeckt, dann nehmen sie neue Fackeln und gehen weiter, bis sie in der Ferne Stimmen hören.

12. Die Wasserwache

Ro und Gambrin löschen die Fackeln, gehen vorsichtig, bereit, jederzeit hinter der Pipeline zu verschwinden, langsam und leise. Der Lärm wird lauter, Lachen, aneinander schlagende Krüge. Die Stimmen hallen im Stollen gespenstisch wider. Ein Licht.

„Das müssen die Grauen sein, die Wasserwache“, sagt Gambrin, „es hat keinen Sinn, noch weiterzugehen.“

„So kurz vor dem Ziel willst du umkehren?“, fragt Ro gereizt, „ich möchte langsam wissen, was du eigentlich willst.“

„Fang nicht an zu streiten, Stiefelträger.“

„Und ich sage dir, mach, was du willst, ich werde weitergehen, bis ich so nahe dran bin, dass ich verstehen kann, was die Kerle sagen.“

„Ich weiß, dass das schief geht“, sagt Gambrin mit einer Sicherheit, die Ro erneut auf die Palme bringt.

„Hast du's geträumt?“

Gambrin gibt keine Antwort, doch nach ein paar Schritten versucht sie es noch einmal.

„Was hast du davon, wenn du sie belauschst?“

„Ich habe schon so lange keine Zeitung mehr gelesen,

meine Neugier ist unstillbar, vielleicht wissen sie die Resultate meiner Lieblingsmannschaft."

„Ich weiß nicht, wovon du redest, aber wenn du mich zum Narren halten willst, ist dir das vortrefflich gelungen, du bekommst dafür bestimmt eine Belobigung."

Ro geht weiter, immer auf das Licht zu. Dieses Mädchen ist wie Beton, weiß immer alles besser, muss immer das letzte Wort haben. Er hofft, dass sie zurückbleibt und verschwindet, am liebsten würde er sie wegschnippen. Sie hat ihn hier hineingebracht und nun bekommt sie kalte Füße.

„Kein Wunder", zischt er ihr ins Ohr, „dass euch diese Geier ausnehmen wie Hühnernester. Wenn ihr euch immer gleich in die Hosen macht."

Gambrin sagt nichts. Ihre Schritte sind lautlos, nicht einmal ihr Atem ist zu hören. Ro spürt aber deutlich, dass sie da ist. Inzwischen sind sie bis auf Hörweite an das Feuer herangekommen. Im Schein des Lichtes können sie Gestalten erkennen. Sie sitzen um ein Feuer, trinken, grölen.

„Wisst ihr, wer der dümmste Radstädter ist?", ruft einer in die Runde, „den gibt es nicht, du findest jederzeit einen, der noch blöder ist."

Die Männer brüllen, dass der Stollen dröhnt.

„Und weißt du, wer den ganzen Tag im Kreis läuft und nicht mehr bis hundert zählen kann? Weißt du nicht! Ha! ich will es dir sagen, es sind hundert Radstädter vor dem Schichtwechsel."

Die Männer krümmen sich. Ro schmunzelt mit.

Da kann sich Gambrin ja bestens darüber informieren, wie sich ihre Leute mit ihrer Schafsgeduld zum

Gespött gemacht haben. Da fängt wieder einer der Männer an:

„Und was ist mit Auro, hast du über die auch noch einen auf Lager?"

„Wisst ihr, wo die in Auro das Herz haben?", fragt der Witzeerzähler.

„In der Hose!", brüllt einer, „in der Hose."

„Falsch. In den Armen. Wenn du sie fragst, na, wo sind denn eure goldenen Dachziegel, fangen sie an, wild um sich zu schlagen."

Der Witz scheint nicht richtig angekommen zu sein, es lacht kaum einer.

„Der ist mäßig, Koll, wenn nicht saumäßig, Koll, weder lustig noch fies, nicht einmal dreckig."

„Weil ihr zu dumm seid, ihr Juchtenschläuche."

Gambrin rutscht ganz nah zu Ro und flüstert ihm ins Ohr: „Hochspannend das Gespräch, findest du nicht auch?"

Jetzt fängt sie schon wieder an, denkt Ro, warum kann sie's nicht lassen, warum muss sie immer weitermachen? Sie hat es darauf angelegt, dass wir uns noch irgendwann prügeln. Mit einem fiesen Lächeln sagt er: „Ich habe es dir schon zwei Mal gesagt, ich sage es aber gern noch ein drittes Mal: Du kannst gehen."

Ro fühlt eine Hand im Genick und denkt, es sei Gambrin, die so wütend geworden ist, dass sie zupackt. Doch hat Gambrin solche Pranken?

„Ha, wen haben wir denn da?", sagt eine Männerstimme über ihnen, „einen Gast, das ist aber nett, nein, zwei Gäste, wie uns das freut, wie uns das die Zeit vertreiben wird. Großartig, einfach großartig."

Der Mann zerrt Ro mit der einen und Gambrin mit der anderen Hand ans Feuer.

„Wollen wir doch mal genauer schauen, was für eine Überraschung wir da haben."

Der Graue verfügt über Kräfte, wie Ro sie noch nie bei einem Menschen zu spüren bekommen hat.

„Während ihr euch Witze erzählt, werdet ihr belauscht und merkt nichts davon. Koll!"

Der Mann, der die Witze erzählt hat, fährt hoch: „Ja, Hauptmann."

„Keinen Pfifferling seid ihr wert, alles muss man selbst erledigen. Am liebsten würde ich euch ins Schloss schleppen und auspeitschen lassen, ihr Idioten, ihr Missgeburten, unbrauchbare Bastarde."

„Jawohl, Hauptmann."

„Schau mal, was der Knirps für Schuhe trägt."

„Stiefel, Hauptmann", sagt der andere, und steht wie ein Schüler vor dem Starken.

„Gut! Stiefel, sehr gut, Koll, du bist wirklich ein helles Bürschchen." Die Stimme des Starken klingt bedrohlich, plötzlich brüllt er den anderen an: „Und was für Stiefel, du Tranleuchte? Na? Sieh sie dir an!" Der Starke macht eine Pause, seine Stimme wird noch lauter „Na? Hast du schon mal solch einen Stiefel gesehen, Koll, du Funzel, du himmelelende Kreatur."

Ro ist in der misslichen Lage, dass der Starke ihn am Kragen hält und so hochzieht, dass er nur noch auf den Zehenspitzen stehen kann. Gambrin scheint es nicht besser zu gehen.

Ro schaut an sich herunter und wirft einen Blick auf seine Gummistiefelspitzen und denkt, jetzt sitzen wir schön in der Tinte, was bin ich für ein Volltrottel! Was ist in mich gefahren, dass ich mich mit Gambrin gestritten habe, statt auf sie zu hören? Ich bin wie diese Grauen, die auch nichts anderes zu Stande kriegen als sich gegenseitig runterzumachen.

„Das ist der Stiefelträger, du Idiot, aber um das zu begreifen, bist du ja zu blöde. Sperr die beiden Früchtchen in die Kammer, ich werde sie morgen dem Baron bringen. Und dann werde ich euch Gewürm wohl für immer verlassen. Auf den Stiefelträger sind zwei Dienstgrade ausgesetzt. Das bedeutet Marschall, da werde ich dann irgendwo auf das Schloss versetzt oder nach Auro, und euch Saubande bin ich glücklich los."

Der Graue, den der Starke Koll genannt hat, steht auf, übernimmt Gambrin und Ro und führt sie in eine Zelle, die quer zum Stollen liegt.

„Und von so einem Würstchen zittert ganz Eisenstadt, dass ich nicht lache, der gefährliche Stiefelträger... Der Baron wird sich totlachen."

Koll stößt beide mit einem groben Ruck in die Zelle hinein. Ro fällt der Länge nach hin, rappelt sich hoch und tastet in der Dunkelheit den Raum ab. Dabei dämmert ihm langsam, was er angerichtet hat.

„Wie kann man nur so dumm sein. Ich bin nicht immer so bekloppt, irgendetwas ist mit mir passiert, und ich weiß nicht, was!" Die Gedanken flattern Ro im Kopf herum wie Spatzenschwärme. Er stößt an Gambrins Fuß.

„Gambrin, ich war ein Vollidiot, bitte verzeih mir, ich bin sonst nicht so. Kaum waren wir im Stollen, da bin ich ausgerastet."

„Heißt das, dass der Stollen daran schuld ist?", will Gambrin wissen.

„Nein, natürlich nicht, ich habe nur gedacht, als ich diesen Männern zuhörte, wie sie einander bei jedem Satz fertig machen, dass ich das auch getan habe, kaum waren wir in ihrer Nähe."

„Ja, sagt Gambrin, „das stimmt, ich habe auch plötzlich einen Hass auf dich bekommen, ohne wirklich zu wissen, warum."

„Lass uns das vergessen", sagt Ro, „und überlegen wir lieber, wie wir hier wieder rauskommen."

13. Gefangen!

„Nein“, sagt Gambrin, „wir brauchen uns nichts zu überlegen, wie wir wieder rauskommen. Es wird von allein gehen. Erzähle mir lieber etwas von der anderen Seite.“

„Ich glaube“, meint Ro, „ich weiß langsam, was es ist, das mich zur Weißglut bringt. Es ist diese Sicherheit, die du für Dinge hast, die nicht sicher sind. Wie kannst du denn sicher sein, ob und wann und wie wir hier wieder herauskommen?“

„Ich weiß es eben, ich kann nichts dafür. Was meinst du, wie sie mich in der Radstadt behandelt haben, als ich ihnen sagte, es werde einer kommen, der uns das Wasser zurückbringen wird.“

„Aber ich bringe kein Wasser!“, ruft Ro außer sich, „ich komme von außerhalb, durch den Tunnel, ich bin durch Zufall hierher geraten.“

„Nur jemand, der von draußen kommt, kann uns helfen“, sagt Gambrin.

Ro ist fassungslos. Er und helfen! Wer braucht denn gerade Hilfe? Wer hockt denn bis zum Hals in der Tinte? Aber mit Gambrin lässt sich darüber nicht reden, sie ist stur wie eine Ziege.

„Und wie“, sagt Ro, „glaubst du, kommen wir wieder raus?“

„Ich weiß es nicht, ich weiß nur, dass du rauskommst, bei mir bin ich nicht so sicher.“

„Ich würde dich nicht zurücklassen, nach allem, was passiert ist, Gambrin. Ich war vielleicht ein Esel, aber ein Schwein bin ich nicht.“

„Es gibt Dinge, die geschehen, weil du sie willst, und dann gibt es solche, die passieren, obwohl du es um keinen Preis willst. Und beide musst du ausbaden.“

„Das klingt wie ein Spruch von Don Fernandez, unserem Priester.“

„Priester?“, fragt Gambrin.

„Ja, Don Fernandez ist unser Religionslehrer, der immer weiß, was Gott will, und was er verabscheut. Es ist, als ob er bei Gott eine Wohnung gemietet hätte oder Gott bei ihm. Glaubst du an Gott?“

Gambrin lacht: „Ich weiß nicht, wer dieser Gott ist, von dem du sprichst. Ich glaube an meine Träume und an den Stiefelträger. Und woran genau glaubst du?“

„Na ja, nicht dass ich selbst daran glaube, aber bei uns glaubt man im Allgemeinen an einen Gott, der alles geschaffen hat, er ist unsichtbar, sieht und hört aber doch alles, und er will, dass die Leute gut sind, er selbst aber darf auch böse sein.“

Gambrin scheint die Sache mit Gott sehr amüsant zu finden. „Und wie sieht er aus, dieser Gott?“

„Das weiß ich nicht. Bestimmt nicht wie ein alter Mann mit Bart, ich stelle ihn mir riesig vor und grenzenlos, wie den Wind vielleicht. Er umfasst das ganze Weltall, und er hat auch keine Ohren oder Augen, er hat Sterne, die für ihn sehen, und Galaxien, die für ihn hören, und er schnauft den Himmel ein und aus wie ein Elefant oder so.“

Ro hat noch nie mit jemandem darüber gesprochen, wie er sich Gott vorstellt, was er gesagt hat, kam einfach so aus ihm heraus. Ganz früher hat er mit der Großmutter abends gebetet, aber das ist lange her. Erst als Vater verschwand, hat er wieder damit angefangen.

„Don Fernandez ist für mich jemand, an den ich mich halten kann“, sagt Ro, „weil fast immer das Gegenteil dessen, was er sagt, richtig ist. Wann immer ich eine Frage habe, gehe ich zu ihm und weiß dann, wie es sicher nicht ist.“

„Wir haben hier keinen Gott, wir haben den Himmel, die Berge, das Land, den Fluss, das heißt wir hatten ihn“, sagt Gambrin und in ihrer Stimme schwingt Traurigkeit mit, „sie gaben uns alles, was wir brauchten.“

„Und nach dem Tod?“, fragt Ro, „was habt ihr nach dem Tod?“

„Nach dem Tod ist wieder ein Tod und nach diesem wieder einer“, sagt Gambrin bestimmt, „der Tod ist eine Brücke, und nach dieser Brücke kommt wieder eine Brücke und dann noch eine.“

Ro staunt, mit welcher Sicherheit sie das sagt. Ro hat keine Ahnung, ob es nach dem Tod noch etwas gibt, nach Don Fernandez müsste es eine Hölle und einen Himmel geben, aber das ist ihm zu blöd, vielleicht ist einfach alles zu Ende, man vermodert und Schluss.

„Und was ist hinter der letzten Brücke?“, fragt Ro

„Hinter der letzten Brücke ist dasselbe wie hinter der großen Öffnung.“

„Hinter dem Tunnel ist eine leer stehende Fabrik“, sagt Ro, „nein, das kannst du vergessen!“

„Was ist eine Fabrik?“

„In einer Fabrik“, erklärt Ro, „werden Dinge hergestellt, Geräte, Möbel, es werden Flaschen abgefüllt oder Lebensmittel verpackt. In einer normalen Fabrik. Diese aber, aus der ich komme, ist außer Betrieb, da gibt es nur eine riesige Maschine und die läuft nicht, die steht still, wer weiß, wie lange schon. Ich bin zufällig da hineingekommen, weil es geregnet hat, Tage schon, und ich brauchte eine Unterkunft. Ich habe die ganze Fabrik untersucht und ein Zimmer gefunden, das bewohnt schien. Weil aber kein Mensch da war, hab ich das Zimmer für mich genommen und mir die Zeit mit Lesen vertrieben, bis der Alte kam, um mich rauszuschmeißen… auf jeden Fall so ähnlich…“

Wenn man erzählt, denkt Ro, wird alles anders, irgendwie falsch, der Alte hat ihn rausgeschmissen, aber auch nicht, er hat ihn angestellt, als Putzfädenpacker. Dabei ist das Wort ‚Anstellen‘ auch nicht richtig. Er ließ mich in der Fabrik übernachten und gab mir etwas zu Essen. Dafür musste ich den ganzen Tag schuften. Dazu müsste man ausbeuten sagen, wie Vater immer behauptete: Die Kapitalisten, die beuten uns aus, indem sie uns Geld geben. Denn man muss es ihnen zurückgeben, und zwar mehr, als man bekommen hat. Kann so auch nicht stimmen, sagt sich Ro, dann wäre niemand da, der das Geld gibt, dann könnte man keine Fabriken bauen und Traktoren kaufen.

Gambrin unterbricht Ros Gedanken.

„Das wusste ich nicht, bei uns gibt es keine Fabriken,

nur Handwerker, die stellen Schuhe her oder gerben Leder oder zimmern Stühle. Mein Vater war Schmied, er hat Pflüge geschmiedet und Hacken und Türschlösser."

„Und Waffen?", fragt Ro, „Waffen keine?"

„Doch, darum haben sie ihn auch umgebracht. Er versuchte die Leute in der Radstadt zu überreden, gegen die Grauen zu kämpfen. Doch die haben überall ihre Spione, auch unter den Radstädtern selbst, die haben ihn verraten."

„Sind die Spione auch der Grund, dass die draußen von meinen Stiefeln wussten?"

„Ja", sagt Gambrin, „man kann nichts geheim halten in diesem Land, es ist unmöglich."

„Kannst du dir jetzt vorstellen, warum ich nicht das tun kann, was du von mir erwartest? Ich bin auf der Straße zu Hause, in meinem Land bin ich ein Nichts, und das Einzige, das mich auf den Beinen hält, ist mein Vater, den ich suche, und wer weiß..."

„Was?", fragt Gambrin.

„Ach, jetzt sind es schon zwei Jahre her, weißt du, wie viele verschwunden und nie mehr aufgetaucht sind. Warum sollte das bei Pa anders sein."

„Wenn einer noch lebt, dann spürt man's", sagt Gambrin, „du musst in dich hineinhören, dort wo die Mitte ist, dann wirst du es wissen."

Ro kann sich nicht genau vorstellen, was Gambrin meint.

„Ich bin so hundemüde, ich glaube, ich werde schlafen wie ein Faultier, sogar auf diesem Steinboden. Gute Nacht, Gambrin. Irgendwie werden wir es schaffen."

„Ja, ja", sagt Gambrin, „du wirst es bestimmt schaffen."

14. Zurück

Ro kommt ganz langsam zu sich, fühlt sich wie ein nasses Handtuch, das über einen Stein geschlagen wurde. Ein Geruch, den er kennt und den er verabscheut steigt ihm in die Nase: Putzfäden. Staubige, stinkige Putzfäden. Tatsächlich, der Untergrund, auf dem er liegt, ist weich und muffig, wie in der Fabrik.

Das muss ein ganz großer Irrtum sein, bitte ja…, denkt Ro und versucht einfach noch mal einzuschlafen. Er hat es nämlich schon mehrere Male erlebt, dass er träumte, aufzuwachen, in Wirklichkeit aber gar nicht aufgewacht war, früher, als er noch ein Kind war, da konnte er träumen, er wache auf und gehe aufs Klo und dann ging die ganze Bescherung ins Bett. Ro ist überzeugt, dass etwas Ähnliches mit dem Putzfädengeruch und der weichen Unterlage passiert ist. „Einfach weiterschlafen, war ein bisschen viel gestern."

Ro schläft tatsächlich noch mal ein und als er zum zweiten Mal erwacht, gibt es keine Zweifel mehr: Er ist zurück in der Fabrik. Das Licht scheint durch die Fenster, die Putzfäden miefen still vor sich hin und es regnet. Es ist kaum zu glauben, aber es regnet!

Am liebsten würde Ro aufspringen und einfach davonrennen, so weit es geht, rennen, rennen, rennen, bis er umfällt oder das Ende der Welt erreicht. Und wenn er am Ende der Welt ankäme, würde er die Arme ausbreiten und fliegen, wie im Traum, davonfliegen. Da hört er seine eigene Stimme:

„Gambrin!"

Ro öffnet die Augen, schaut, ob Gambrin da ist und ruft dann laut ihren Namen, und noch mal, und noch mal. Aber sie ist nicht da, und sie wird auch nicht kommen, das spürt er ganz genau. Der Stiefelträger ist weg; wo sie ist, kann er sich an einem Finger ausrechnen: in diesem Loch, von den Grauen gefangen. Ro fühlt sich so elend, wie damals, als der Vater verschwunden war, mit dem Unterschied, dass er sich damals zwar auch so schlecht fühlte, aber nicht schuldig. Und hier, in der Fabrik, weit weg von Gambrin, kommt er sich noch viel schlechter vor als gestern Abend im Verlies. Da hatte er sich entschuldigen können, da war sie wenigstens da gewesen und er mit ihr gefangen. Nun ist es viel schlimmer, er, der schuld ist, dass sie geschnappt wurden, ist frei, und sie, die umkehren wollte, sie sitzt noch immer in dieser feucht-kalten Zelle ohne Stuhl, ohne Bett, ohne Licht. Ro steht auf, hält den Kopf unter den Wasserhahn und trinkt. Verglichen mit dem faden und abgestandenen Wasser, das sie gestern aus dem Krug in der Nische getrunken haben, eine königliche Erfrischung.

Ro hält sich beide Hände auf den Kopf, atmet einige Male tief durch, dann fängt er an zu überlegen: Ich muss so schnell wie möglich zurück zu Gambrin. Ich muss sie rausholen. Wenn sie sie finden, werden sie sich hüten, ohne mich nach Eisenstadt zu gehen. Sie brauchen den Stiefelträger, Gambrin werden sie wahrscheinlich dort im Verlies lassen. Erst jetzt merkt Ro, dass er barfuß ist. Er hatte doch gestern die Stiefel an. Dann werden sie die Stiefel finden. Wie werden sie sich das erklären? Ro beginnt zu lachen, zu komisch die Vorstellung, wie die Deppen ihn aus der Zelle holen wollen, und er ist einfach nicht da, stattdessen die Stiefel. Oder Gambrin versucht sie zu verstecken. Aber wo? Der Raum war leer. Was wäre damit: Sie hat die Stiefel angezogen, und ist selbst auch verschwunden. Etwas sagt ihm, dass das nicht sein kann. Was hat sie gestern gemeint: „Ich weiß nur, dass du rauskommst, bei mir bin ich nicht so sicher“, das hat sie gesagt. Was werden die mit ihr anstellen? Sie werden sie schlagen, um herauszufinden, wo ich jetzt bin, und sie weiß es nicht, sie werden sie foltern oder noch schlimmer… Ro dreht beinahe durch. Er möchte losrennen und sofort zurück auf die andere Seite gehen, um Gambrin zu befreien.

„Nimm's gelassen, Junge, immer schön gelassen.“ Die Stimme des Alten!

Jetzt spinne ich wirklich, denkt Ro und vergräbt das Gesicht in den Händen. Der Alte steht hinter ihm und klopft ihm auf die Schulter.

„Weder Wut noch Hass werden dich weiterbringen. Denk an Timor, den armen Kerl, denk an Timor und nimm's gelassen.“

Ro würde sich am liebsten in Luft auflösen.

„Wer ist Timor?“

„Erinnerst du dich nicht, im Gang unter der alten

Dame?… und ihre Herrin wird an deiner Seite stehen und dir die Krone überreichen, und die Ringe des Glücks und die Dolche der Kraft…"

„Ach der", unterbricht Ro den Alten, der wie Rumpelstilzchen Timor imitierend mit irrem Blick und spindeligen Fingern vor Ro auf und abtänzelt, „was ist denn mit dem?"

Aber der Alte lässt sich nicht beirren und fährt fort: „Und sie werden niederfallen, wenn wir vorbeiziehen, oh, Timor freut sich, Timor ist schon bald da, Haha, das wird ein Wundern und Festen, und die Wasser werden aus dem Felsen springen und…"

„Was soll mit dem sein?", wiederholt Ro

„Der wusste nicht, was es heißt, gelassen zu bleiben, ruhig, verstehst du? Keinen Stress. Tranquillo ombre. Nur ein kühler Kopf gewinnt."

„Und Gambrin, was ist mit Gambrin, Sie Hirn, Sie…"

„Klugscheißer? Ist das das Wort, das du suchst?"

Ro schweigt, versucht zu überlegen: Jetzt rede ich mit dem Alten wie die Grauen, oder wie ich mit Gambrin gestritten habe, bevor sie uns erwischten. Erst bis hundert zählen und dann eine kluge Frage stellen. Ro beginnt lautlos zu zählen: eins, zwei drei, vier…

Der Alte schaut ihn erwartungsvoll an. „Na, hat's dir die Sprache verschlagen? Bist du unter die Eremiten gegangen? Überlegst du dir, wo du meinen Schlüssel versteckt hast, oder ist es noch etwas anderes, das dir den Mund verklebt?"

Ro ist bei achtzig angelangt, die letzten zwanzig nimmt er ganz langsam und genüsslich in Angriff: Einundachtzig, zweiundachtzig, dreiundachtzig…

Je mehr der Alte schäumt, umso besser gefällt's mir. Ist vermutlich schwierig, die Gedanken von jemandem zu lesen, wenn der nur Zahlen im Hirn hat, denkt Ro und bei fünfundneunzig fällt ihm die beste Frage ein, die er in diesem Moment stellen kann.

„Haben Sie ein Stück Brot? Mit Käse oder Salami? Es kann auch eine Scheibe Schweinsbraten von gestern sein, oder Marmelade, wenn's denn in diesem Restaurant üblich ist, Süßes, Honig oder Konfitüren zum Frühstück zu servieren."

Der Alte verzieht den Mund, dreht sich auf den Absätzen um und kommt nach einer halben Stunde mit einem Tablett zurück, auf dem ein vollkommenes Frühstück steht, mit Ei und Joghurt, Toastbrot, Orangensaft, drei Käsesorten, Schinken, Kaffee und Sahne. Der Alte stellt alles auf eine Drehbank, Ro hüpft hinauf, lässt sich im Schneidersitz nieder und haut rein.

Nach einer Schlacht, die ihre zerstörerischen Spuren weit über das Tablett hinaus verteilt hat, schleppt Ro sich wieder auf die Putzfäden. Er hat so viel gegessen, dass er noch einmal zwei Stunden schläft. Dann geht er zum Alten.

„Das Frühstück war ein Hammer. Und was kommt jetzt?"

„Schrauben zählen", sagt der Alte, „Schrauben zählen!"

15. Schrauben zählen

Ro zählt Schrauben. Er weiß selbst nicht, warum, aber er zählt Schrauben. Im Ersatzteillager. Das heißt, zählen ist eigentlich nicht die korrekte Beschreibung dessen, was er tut. Er steht vor einer Blechtonne, die bis zum Rand mit Schrauben gefüllt ist. Neben sich hat er ein Regal mit Schubladen, in diese Schubladen sortiert er die Schrauben. Zwölf verschiedene Sorten hat er bereits gefunden. Ro überlegt sich, ob ihn der Alte hypnotisiert hat oder verhext. Der Alte ist das Schrägste, was ihm je untergekommen ist. Er hat ihm ein Frühstück gebracht, wie Ro noch nie eines bekommen hat, und kaum war Ro mit dem Essen fertig, hat er ihn ins Ersatzteillager gejagt, um Schrauben zu sortieren, und Ro hat sich weder gewehrt noch ist er davongerannt, gefügt hat er sich wie ein Schaf, und nun sortiert er Schrauben wie der bekloppteste Dorftrottel. Dabei ist er nicht einmal wütend, denn wenn er wütend wäre, müsste er auf sich selbst wütend sein, und das ist ihm zu dumm. Er versucht sich klar zu werden, was gestern passiert ist, geht noch einmal alle Stationen durch, begegnet Gambrin, steht in der Radstadt am Rad und läuft im Kreis, klopft bei Manhard an und sitzt mit Gambrin im Dachzimmer. Eine Frage kommt immer wieder hoch: Was bedeutet es, dass Gambrin geträumt hat, dass er, Ro, derjenige sein soll, der das Wasser wiederbringt. Heißt es, dass er gar keine Wahl mehr hat? Muss er zurück und so tun, als ob er wüsste, wie man den Wasserhahn wieder aufdreht, den großen Helden spielen, um dann irgendwo und irgendwann auf der Strecke zu bleiben, niedergestreckt von einem dieser grauen Wächter? Zuerst müsste ich Gambrin finden, denkt Ro, dann auf dem schnellsten Weg nach Eisenstadt, und zwar so, dass ich nicht erwischt werde. Ro nimmt den Zettel mit der Skizze aus der Tasche und sucht einen Weg, wie man am besten vorgehen könnte. Vielleicht auf die andere Seite des Flusses überwechseln und sich querfeldein durchschlagen. Und was mache ich, wenn ich in die Eisenstadt komme. Die sind jetzt vorgewarnt, die wissen, wie ich aussehe, da komm ich keine zwei Schritte weit.

Am liebsten würde Ro die ganze Sache vergessen, Schrauben sortieren, bis der Regen aufhört, und sich dann aus dem Staub machen. Doch Gambrin, was ist mit ihr? Er hat sie in den Schlamassel hineingeritten, er kann sie nicht einfach hängen lassen. Woher hat der Alte gewusst, was Timor gesagt hat? Als ob er es auswendig gelernt hätte. Entweder sagt Timor immer das gleiche, oder es gibt eine Kamera und der Alte hat ihn, als er im Gang war, beobachtet.

Und was bedeutet es, dass Timor nicht gewusst habe, was es heißt, gelassen zu sein? Ist etwa Timor einer, der auf die andere Seite gegangen und irgendwann durchgedreht ist und nun weder drüben sein kann noch den Weg zurück findet? Das würde heißen, dass die Sache außer den grauen Wächtern des Barons noch ganz andere Gefahren in sich birgt. Am liebsten würde er gleich zum Alten gehen und ein paar Fragen stellen. Etwas hindert Ro aber daran. Noch ist es zu früh. Es muss die richtige Frage sein, diesmal eine die übers Essen hinausgeht, eine Frage, die der Alte beantworten muss, weil sie ihn umhaut, weil sie ihm beweist, dass Ro mehr begriffen hat, als er ahnt.

„Ich werde zählen, und nicht bis hundert, und nicht bis tausend, ich werde diese Schrauben zählen und nicht aufhören, bis die Tonne leer ist!“

Am Abend ist die Tonne erst halb leer. Ro macht weiter, verbissen, er zählt die Schrauben und sortiert sie in die Schubladen. Bei fünfzehntausend wirft er sich auf die Putzfäden. Er spürt jeden Muskel. Der Nacken tut ihm weh, die Beine schmerzen, die Oberarme fallen ihm beinahe ab. Er wird weitermachen, bis die Tonne leer ist. Und zwar mit System: Zuerst sortiert er die Schrauben der Größe nach auf einem Tisch, dann macht er Zehnerhäufchen, zählt sie zusammen, schiebt sie mit der Hand in eine viereckige Schachtel, die er schließlich in die entsprechende Schublade auskippt.

Ro erhebt sich, isst die Reste des Frühstücks und macht weiter, wie eine Maschine, ohne auch nur einen Gedanken darüber zu verlieren, ob das, was er tut, sinnvoll ist. Natürlich ist es sinnlos, vollkommen sinnlos, da braucht er gar nicht darüber nachdenken. Warum er es macht? Am Anfang wusste er es noch, es war wie ein Geschäft mit dem Schicksal oder mit Gott oder mit ihm selbst, dann wurde es eine Art Bestrafung dafür, dass er Gambrin in diese schreckliche Lage gebracht hatte. Später änderte sich der Grund der Bestrafung, er tat es, um eine Tat zu sühnen, die er noch gar nicht begangen hat. Nun nach dem Essen weiß er schließlich nicht mehr, warum er es tut, er sieht nur noch das Ende, er sieht nur noch den Moment, da er die letzte Schraube in eine der siebzehn Schubladen geworfen hat. So viele sind es inzwischen geworden.

Lange nach Mitternacht ist er fertig. Ohne zu überlegen geht er zum Zimmer des Alten, und ohne zu klopfen stößt er die Tür auf. Der Alte sitzt im Ohrensessel und schreibt in sein Tagebuch. Als Ro eintritt, schaut er ihn über den Brillenrand hinweg an, als ob er schon wüsste, was Ro sagen will. Ro aber weiß es noch nicht. Er erfährt es erst, als er sich selbst reden hört:

„Die Schrauben sind sortiert, es sind zweiunddreißigtausendsechshundertzweiundzwanzig, und ich wollte Ihnen mitteilen, dass ich sie nach der Zählung wieder in die Tonne zurückgeschmissen habe."

„Das ist gut, Junge, komm her", sagt der Alte, ohne mit der Wimper zu zucken oder trocken zu schlucken oder seine Haare zurückzustreichen. Er schiebt Ro einen Stuhl hin, Ro setzt sich und denkt, wenn ich fünf Minuten hier sitzen muss, dann fall ich vor Müdigkeit vom Stuhl. Der Alte steht auf, nimmt eine Flasche vom Gestell und schenkt zwei Gläser ein. Das eine schiebt er Ro hin, dann stoßen sie an, wortlos. Das Zeug schmeckt scheußlich, aber Ro lässt sich nichts anmerken, der Hals brennt bis in die Brust hinunter, und wenn er durch den Mund einatmet, brennt es am Gaumen.

„Du willst etwas wissen“, sagt der Alte und setzt sich wieder in den Ohrensessel. „Also los!“

Hätte Ro nicht einen kurzen Moment gezögert, er hätte nach seinem Vater gefragt, er hätte gefragt, ob der Alte, wenn er schon alles weiß, auch weiß, wo sein Vater ist. Doch Ro hat einen Moment gezögert, und der Moment hat ausgereicht, in ihm so viele Zweifel aufkommen zu lassen, dass er nicht nach seinem Vater fragt.

„Wie geht es Gambrin?“

„Schlechte Frage“, erwidert der Alte, „die andere wäre besser gewesen. Aber auch nicht gut genug. Wenn ich du wäre, würde ich nachsehen, ob es wirklich zweiunddreißigtausendsechshundertzweiundzwanzig Schrauben waren. Gute Nacht!“ Der Alte lehnt sich zurück und vertieft sich wieder in seinem Buch.

Einen Moment sitzt Ro da wie versteinert. Er kann es nicht glauben. Er kann es einfach nicht fassen. Doch dann springt er auf und packt den Alten am Kragen. Er schüttelt ihn, er schreit ihn an, wie er in seinem Leben noch nie jemanden angeschrien hat. Was er sagt, weiß er nicht, interessiert ihn auch nicht, er schreit, schreit dem Mann seine ganze Wut ins Gesicht. Der Alte lässt alles ohne Gegenwehr mit sich geschehen. Als Ro schließlich zu schreien aufhört, singt ein hoher Pfeifton in seinem Ohr. Er lässt den Alten los und rennt hinaus.

16. Feuer!

Ro wirft sich auf die Putzfäden. Das Schreien hat ihn erschöpft. Die Stimmbänder schmerzen. Morgen wird er so heiser sein, dass er kein Wort herausbringt, das spürt Ro ganz deutlich und er fühlt sich leer, ausgepumpt, wie ein Ballon ohne Luft. Warum lässt er das alles mit sich geschehen, ist er der Depp im Umzug, der Fußabstreifer?

„Kein Selbstmitleid, Ro!", sagt er laut zu sich selbst, „das brauchst du nicht. Du bist eben an die Grenze gekommen, nun schläfst du und dann siehst du weiter. Was hat der Knacker gesagt, immer schön gelassen bleiben? Das wirst du, und morgen wirst du's noch einmal versuchen. Was, ist egal, Schrauben zählen, Abstieg in den Keller, hinaus auf die Landstraße, egal, es stehen dir alle Wege offen."

Ro wundert sich erst über seine eigenen Worte, dann über seine Müdigkeit. Bevor er hinübergleitet in den Schlaf, denkt er noch ans Fliegen: Ja, im Traum wieder mal Fliegen können, das wär's, und merken, dass es ein Traum ist.

Dann schläft er ein.

Ro träumt tatsächlich, aber nicht vom Fliegen. Er steht vor der großen Maschine und versucht die Luke zu öffnen, die hinunter in den Gang führt. Die Luke ist zugesperrt, und Ro erinnert sich, dass er den Schlüssel noch in der Hosentasche hat. Er nimmt ihn heraus und öffnet die Luke. Da grinst ihn Timors Kopf an, der vom Leib getrennt wie ein Fußball auf und ab springt. Schnell wirft Ro die Luke zu und sagt sich, dass das hier ist ein Traum ist. Ein Triumphgefühl erfüllt ihn.

„Gut, sehr gut, jetzt werde ich ein paar Fragen stellen, ohne dafür Schrauben zählen zu müssen!"

Er öffnet den Deckel erneut, Timors Kopf schnellt hervor, bläst sich auf wie ein riesiger Ballon und fängt an zu säuseln:

„Hei, hier ist er, der Stiefelträger, der Neue, der alles anders macht, hei, wie uns das ärgert und freut, wie es uns nass macht und trocken, und wie wir warten, bis ein neuer Timor hinabkommt in den Keller und uns Gesellschaft leistet, es ist nur noch ein kleiner, klitzekleiner Schritt und hubs…"

„Was ist", unterbricht Ro den Redeschwall, „mit dem Rest deines Körpers?"

Timor fängt an zu schrumpfen, als ob ihm jemand den Stöpsel rausgezogen hätte. Schließlich ist sein Kopf noch so groß wie ein Tennisball. Mit weinerlicher Stimme näselt er:

„Du träumst mich, für den Kopf bin ich nicht verantwortlich. Ich wollte nicht in deinen Traum, du hast mich geholt. Woher soll ich wissen, was mit meinem Rest ist?"

„Sag mir, was ich tun muss, um Gambrin zu befreien!"

„Timor sagt nichts, er muss nichts sagen, Timor hat seine Strafe, es kann nicht schlimmer werden als es ist, also kann ihm niemand etwas befehlen und niemand ihm drohen und niemand ihn zwingen."

„Ich will dich gar nicht zwingen, aber ich versprech dir, dass ich dich da unten rausholen werde, wenn ich Gambrin befreit habe."

„Darum geht es nicht, ha, ha", ruft der Tennisballkopf, „Gambrin ist nur ein kleiner Fisch."

„Ach ja? Das glaub ich dir nicht. Sie hat von mir geträumt und von den Stiefeln, und dass ich aus der Zelle rauskomme. Sie ist etwas Besonderes, anders als Manhard und die verzweifelten abgestumpften Leute, die das Rad drehen. Nein, nein, du lügst mich an. Wo ist Gambrin?"

„Weiß ich nicht, und wenn ich es wüsste, würde ich es dir nicht sagen."

„Willst du denn nie mehr aus deinem Loch herauskommen, ewig da unten in dem nassen, feuchten Gang schmoren?"

Der Kopf wird wieder etwas größer, schwebt auf die Höhe von Ros Schultern und setzt sich darauf. „Doch, Junge, ich würde schon gern wieder hochkommen, aber der Alte, der lässt mich nicht."

„Ach, vergiss den Alten, dem hab ich gestern die Glatze poliert, dass es nur so gefunkelt hat, und er hat mir nichts getan."

„Du hast keine Ahnung", sagt Timor und rollt über Ros Kopf auf die andere Schulter, „der Alte ist an allem schuld, seinetwegen ist die ganze Misere, drüben. Und sie wissen es nicht, keiner weiß es.

Aber der Alte, der weiß es, und er kann nichts dagegen tun."

„Wogegen?", fragt Ro ungeduldig, was Timor erzählt, ist so wirr und undurchsichtig, es könnte alles wahr sein oder alles falsch, vermutlich ist es halb richtig und halb falsch. Nur was ist falsch, und was ist richtig?

„Ha, du weißt es immer noch nicht! Du hast es immer noch nicht begriffen, ha, wie willst du Timor herausholen, wenn du noch nichts begriffen hast, Timor muss lachen, muss weinen, armer Timor, hat schon so viel Geheimnisse erzählt, und nix dafür bekommen, nix und wird auch nix bekommen, niemals nix, nimmer nix..."

„Ach hör doch schon auf!", Ro ist genervt vom Geplapper, er will dem Kopf den Mund zuhalten, doch der schießt von Ros Schulter und ruft:

„Hab ich dich erkannt, du falscher Fuffziger, ha, will Timor alle Geheimnisse entlocken und ihn dann zum Schweigen bringen, oh, oh, oh, das haben wir nicht verdient, Timor, das nicht, wir werden es dem Jungen zeigen, wir werden krumm nicht gerade sein lassen."

Ro gibt auf. Es scheinen sich alle gegen ihn verschworen zu haben, selbst die Traumgeister. Er ruft Timor zu, er solle in der Luke verschwinden, doch Timor ist nicht mehr zu halten.

„Timor, wir werden es ihnen allen zeigen, wir werden diese verfluchte Fabrik noch einmal verfluchen. In Schutt und Asche legen werden wir sie, Ha! Kein Stein wird auf dem anderen bleiben und die Maschine werden wir in die Luft fliegen lassen, aus wird es sein mit der abgetakelten Herrlichkeit, oh Timor, oh Timor, das wird der schönste Tag deines Lebens, wenn die

Flammen aufsteigen und die Fensterscheiben zerbersten. Oh, Timor, oh Timor, du bist der wahre Stiefelträger, du bist der Rächer, vor dir werden sie zittern, wie sie noch nie gezittert haben, die Bewohner des westlichen Landes.“

Timors Kopf ist durch den großen Maschinenraum gefegt, und plötzlich schießt er ins Zimmer mit den Putzfäden. Ro wartet, bis er wieder auftaucht. Doch Timor erscheint nicht wieder, weder sein Kopf noch sonst etwas. Stattdessen sieht Ro Rauch unter der Tür hervordringen. Er rennt hin und muss zusehen, wie der Kopf über die Putzfäden fliegt und Feuer spuckt.

„Bist du total übergeschnappt!?“, schreit Ro, „hör sofort auf damit, du wirst ja die ganze Fabrik anzünden.“

Ro springt ins Zimmer und versucht das Feuer zu löschen, doch es geht nicht, die Putzfäden stehen in Flammen und das Feuer breitet sich immer schneller aus. Verzweifelt schreit Ro um Hilfe.

„He, Alter, wo bist du? Timor zündet deine Fabrik an!“

„Hier bin ich, Ro“ – die Stimme des Alten! – „das ist auch deine Fabrik.“

Der Alte steht in der Tür und hebt beschwörend die Hände in die Höhe, und das Feuer erstickt. Dann beschreibt er mit den Armen einen Kreis, und es erhebt sich ein Wind, der den Rauch vertreibt. Der Alte sagt mit trauriger Stimme: „Timor, geh, wo du hingehen musst!“

Timors Kopf bläht sich einen Augenblick auf, dann wird er wieder klein, saust durch die Luft zur Maschine und verschwindet mit einem Schrei in der Luke. Erst jetzt erinnert sich Ro wieder, dass er ja in einem Traum ist. Irgendwann im Verlauf des Gesprächs mit Timor hat er es vergessen. Er geht auf den Alten zu und sagt:

„Entschuldigung, dass ich ihn rausgelassen habe. Ich dachte, er könne mir helfen."

Der Alte nickt. Ro sieht, dass er Tränen in den Augen hat und erwacht.

17. Der Weg ins westliche Land

Ro geht ins Zimmer des Alten. Obwohl es noch mitten in der Nacht ist, mag und kann er nicht warten. Er muss ihn wecken, doch als er eintritt, sitzt der Alte im Ohrensessel. Seine Augen sind geschlossen. Auf dem Tisch brennt eine Kerze, und sein Gesicht zeigt einen Ausdruck, den Ro noch nie bei einem Menschen gesehen hat: als ob es leuchtete, ganz entspannt und gleichzeitig konzentriert, ganz gegenwärtig und doch Lichtjahre entfernt. Das Gesicht erscheint ihm viel jünger. Ro sieht ein, dass er den Alten jetzt nicht stören kann. Er will sich zurückziehen, doch dieser öffnet die Augen und winkt ihn herbei.

„Nun“, sagt er, „du wünschst?“

Jetzt, da Ro vor dem Alten steht und ihm seine Frage stellen will, wirbeln ihm plötzlich tausend Fragen durch den Kopf. Was ist mit dieser Fabrik los, weiß der Alte, dass er gerade in seinem Traum erschienen ist, warum läuft die Maschine nicht, hat die andere Seite etwas mit dieser Seite zu tun, und was müsste man tun, um den Baron zu besiegen und und und…

„Auch wenn ich einen ganzen Sack von Fragen hätte,

es fällt mir bestimmt die eine geniale Frage, die Sie von mir erwarten, nicht ein. Das Einzige aber, das ich wirklich wissen muss, ist, wie ich Gambrin befreien kann. Bitte sagen Sie mir, was ich tun muss."

„Gute Frage", sagt der Alte und neigt sich vor, „gute Frage." Er steht auf, geht zu einem der Bücherregale und nimmt ein kleines Buch heraus, das er Ro überreicht:

„Lies das, es steht einiges drin, einiges auch nicht. Gewisse Dinge sind immer gleich, andere ändern sich jedes Mal. Gewisse Dinge sind unveränderliche Gesetze, andere warten, bis jemand kommt und sie formt. Manche Dinge zerfallen, andere verwandeln sich. Gewisse Menschen sind durch ihre Stärke stark, andere durch ihre Schwäche."

Ro nimmt das Büchlein entgegen, blättert darin.

„Wissen Sie, ich müsste meinen Vater suchen. Als ich vor ein paar Wochen aufgebrochen bin, da war ich ganz sicher, dass er noch lebt. Seit ich hier in der Fabrik bin, verliere ich jeden Tag mehr von meiner Gewissheit. Vielleicht ist er doch tot, sie haben ihn verscharrt, und meine Suche ist vergeblich."

„Tue, was du tun musst", sagt der Alte, „und tue es mit deiner ganzen Kraft."

„Ich brauche Proviant und Wasser und Kerzen."

Der Alte nickt, steht auf, holt einen Rucksack aus dem Schrank, stopft Brot hinein und Käse und Oliven und Nüsse. Dann füllt er zwei Flaschen mit Wasser. Schließlich nimmt er eine kleine Laterne vom Gestell und reicht sie Ro.

„Da unten zieht's. Wo ist der Schlüssel?"

Ro sucht in seinen Taschen. Den Schlüssel hat er vollkommen vergessen, das heißt, im Traum, da hatte er den Schlüssel zur Maschine ja auch bei sich. Er greift in seine Hosentasche und gibt ihn dem Alten in der Hoffnung, nicht einen gewaltigen Fehler zu machen.

„Ich werde dich begleiten", sagt der Alte und zündet die Kerze in der kleinen Laterne an.

Sie gehen hinaus, der Alte öffnet die Luke, hilft Ro einzusteigen.

„Erinnere dich an die Schrauben, die du gezählt hast und lerne. Wann immer du kannst. Lerne!"

Ro spürt die Hand des Alten auf seiner Schulter, er steigt die Leiter hinunter, über ihm schließt sich die Luke.

Er ist wieder allein im ungeheuren Bauch der Maschine. Er beginnt nach unten zu steigen. Die Laterne ist eine echte Verbesserung gegenüber der ungeschützten Kerze vom letzten Mal. Sie geht auch nicht aus, als Ro wieder in den gewaltigen Durchzug kommt. Das Wasser ist kalt und Ro vermisst die Stiefel, denn der kleine Bach am Fuß der Treppe ist beträchtlich angeschwollen. Es geht ihm bis zu den Knien und Ro watet schlotternd und ohne sich umzusehen. Timor, dem Ro jeden Moment zu begegnen glaubt, taucht nicht auf. Ro geht in Gedanken immer wieder durch seinen Traum und überlegt, ob Timor gelogen hat, als er sagte, Gambrin sei nur ein kleiner Fisch. „Und wenn er gelogen hat", sagt Ro laut, „was hat er für einen Grund? Vielleicht ist Gambrin gerade sehr wichtig für die andere Seite, und darum hat Timor ihre Bedeutung heruntergespielt. Ich werde sie finden, koste es, was es wolle! Und was hat der Alte gesagt, bevor wir uns getrennt haben, etwas über das Lernen?“

Ro kann sich an all die guten Ratschläge beim besten Willen nicht mehr erinnern. Bald steht er in der großen Grotte, wo das stolze Holzschiff mit dem Beiboot liegt. Der Bach ist beträchtlich gestiegen, und Ro traut sich nicht, zu Fuß weiterzugehen. Socken und Turnschuhe sind noch da. Dankbar zieht er sie an. Dann wuchtet er das Beiboot über den Steinboden und schiebt es ins Wasser. Bevor er hineinspringt, zupft ihn etwas am Ärmel, Ro dreht sich um. Timor steht vor ihm, redet auf ihn ein:

„Du bist also nicht zu bremsen! Dich hat der Alte verhext, eingesponnen in sein Lügennetz, wie die Spinne Alabra, die böse Spinne. Timor, mein Timor, haben wir es nicht gleich gesagt, er hat die Nase hoch in der Luft, der Stiefelträger ohne Stiefel, und so hoch sie ist, so tief sie fällt, die Nas, die Nas. Hähä, hähä. Schon beim König wird er vom Gerüste fallen und im Turm wird er nicht widerstehen, hei, Timor, ach, Timor, bald bist du nicht mehr allein.“

„Du nervst mit deiner Litanei“, sagt Ro. Er schiebt das Boot ins Wasser, steigt ein, nimmt das Paddel und kniet sich nieder.

„Nimm Timor mit“, ruft Timor plötzlich, „du wirst uns brauchen, nimm uns mit, Timor wird dir helfen, das kannst du nicht allein, das kann niemand allein, glaubst du, dass du das schaffst, du Stiefelträger ohne Stiefel, du Nasehoch, du Traumflieger.“

„Ich werde dich rufen, wenn ich dich brauche“, schreit Ro lachend zurück, „im Augenblick geht’s noch ganz gut allein.“

„Timor, hast du das gehört, er wird uns rufen, Timor, gut, wenn er uns ruft, dann werden wir kommen, und alles wird enden, und alles wird beginnen. Hach, Stiefelträger. Wir nehmen dich beim Wort, wir werden kommen, wenn du uns rufst, Timor, vergiss es nicht, du bekommst alles, und mit der königlichen Barke fährst du ins westliche Land, und sie werden dir zujubeln, weil du sie befreit hast, und ihre Herrin wird an deiner Seite stehen und dir die Krone überreichen und die Ringe der Glücksschaft und die Dolche der Kraft, und sie werden niederfallen, wenn wir vorbeiziehen, oh Timor, wie werden wir jubeln, Timor…"

Je weiter Ro in den Tunnel hineinfährt, um so undeutlicher wird Timors Singsang. Schließlich verstummt es ganz. Als Ro am Skelett vorbeifährt, fährt ihm der Schrecken wie beim ersten Mal durch die Glieder. Zur Hälfte ragt es aus dem Wasser und der weiße Schädel grinst, dass Ro sich zusammennehmen muss, um nicht wieder zu schreien. Ro paddelt dem Ausgang zu, so schnell er kann.

18. Flucht

Es ist Nacht, als Ro den Ausgang des Tunnels erreicht. Er hört auf zu paddeln und lässt sich treiben. Noch reicht das Wasser, obwohl der Bach immer seichter wird und das Boot manchmal über den Grund schrammt. Bleich schimmern die Steine des Flussbettes im verblassenden Mondlicht. Solange das Boot noch weitertreibt, will Ro nicht aussteigen. Bis Eisenstadt, hat Gambrin gesagt, sind es drei Tagesreisen, es wird noch genug zu laufen geben. Die Bäume ziehen vorbei wie mächtige dunkle Wächter, die den Fluss zu schützen haben. Doch was ist da zu schützen, nur dieser kleine Bach fließt hindurch und wird immer schmaler, bis das Boot nach einigen Metern aufläuft. Ro streift den Rucksack über und steigt aus. Kein Laut ist zu hören, kein Vogel, nichts. Ro misstraut der Stille.

Die werden auch bemerkt haben, dass mehr Wasser kommt, denkt Ro, und die Bewachung verstärkt haben. Ich muss aufpassen, dass ich ihnen nicht in die Arme laufe, ich werde auf der anderen Seite des Flusses gehen, dort erwarten sie keine Wasserdiebe. Am Ufer angekommen, versucht er zuerst das Waldstück zu durchqueren und dann hinter dem Wald flussabwärts zu gehen. Nach ein paar Schritten nimmt Ro einen Geruch wahr und hält an. Rauch! Rauch von einem Holzfeuer. Ganz langsam und vorsichtig geht er durchs Unterholz in die Richtung, aus der der Rauch kommt. Bald sieht er die Glut eines Feuers und im Näherkommen erkennt er drei Gestalten, die um das Feuer liegen und schlafen. Es müssen drei graue Wächter sein, denn am Kopfende von jedem ist je eine ihrer seltsamen Hacken in den Boden gerammt. Ro will einen Bogen um das Feuer machen und so schnell wie möglich verschwinden, da kracht er gegen ein Hindernis, das sich als Wache der drei schlafenden Grauen herausstellt, eine Wache, die ihren Namen nicht verdient, weil sie selbst eingeschlafen ist. Dieser Aspekt des Wachbefehls aber interessiert Ro in diesem Augenblick überhaupt nicht, er muss sofort verschwinden, so schnell er kann, denn der Graue brüllt bereits Zeter und Mordio:

„Was zum Teufel ist das? Hier ist einer durch, verdammt, ich hab ihn verpasst. Auf, ihr Armleuchter, da ist jemand und hat mich beinahe umgeworfen…“

Ro rennt, so schnell ihn seine Beine tragen, und versucht dabei, möglichst leise zu sein. Er dankt Gott, dass es noch Nacht ist. Bald hört er die Stimme des Wächters nur noch von weitem, sie werden ihn nicht finden, noch ist es zu dunkel. Ro überlegt, ob nicht noch andere Patrouillen auf ihn warten und hält seine Sinne doppelt geschärft.

Langsam müsste ich mir überlegen, wohin ich gehen soll, bevor die Nacht zu Ende ist. Ich werde Gambrin unmöglich bei Tag suchen können, also muss ich irgendwo Unterschlupf finden, bevor mich jemand erkennt.

Ro fällt beim besten Willen nichts anderes ein, als zu Manhard zu gehen und zu fragen, ob er ihn bis zum nächsten Abend aufnehmen kann. Vielleicht hat Manhard sogar Neuigkeiten von Gambrin.

Ro geht auf der linken Seite des Flusses immer weiter hinab, bis er auf der gegenüberliegenden Seite dunkel und gedrungen die Radstadt wahrnimmt. Längst ist der Bach im breiten Flussbett versickert. Ro wagt die Überquerung des Flusses, da der Mond untergegangen ist. Er läuft auf die Stadt zu, schaut sich immer um, bleibt hinter einem großen Stein stehen, springt in den ausgetrockneten Burggraben, geht bis zu dem verborgenen Türchen, aus dem er und Gambrin vor zwei Nächten ausgestiegen sind. Ob der Einstieg auch so gut funktioniert? Der Holzladen, den Gambrin aufgestoßen hat, ist nur angelehnt, Ro zieht ihn auf und zwängt sich durch die Luke. Bald steht er im Keller. Er nimmt die Laterne, die er auf den Rucksack gebunden hat, als der Tunnel zu Ende war, und zündet die Kerze an. Dann geht er hinauf. Manhards Schnarchen ist genauso laut wie vor zwei Tagen. Ro überlegt, Manhard zu wecken, entschließt sich dann aber, in das Dachzimmer hinaufzugehen, ein paar Stunden zu schlafen und dann erst mit Manhard über das weitere Vorgehen zu sprechen. Ro ist hundemüde. Immerhin hat er gestern Tausende von Schrauben gezählt und diesen verrückten Traum gehabt. Er betritt die Dachkammer, zieht sich aus und legt sich ins Bett. Es ist, als ob er nach Hause käme. Das weiche warme Bett! Gibt es denn etwas Schöneres, als ein Bett, eine Decke, ein Kissen… Ro schläft sofort ein und fährt auf, als Manhard ihn weckt.

„Was ist los?"

„Alles, was nicht angebunden ist, junger Herr, und was angebunden ist, das macht sich los." Manhard scheint guter Laune zu sein.

„Wissen Sie, wo Gambrin ist, Manhard?"

„Gambrin? Das weiß ich nicht. Sie verschwindet öfters mal ein oder zwei Nächte, das ist nichts Besonderes. Aber etwas anderes ist passiert, das sehr wohl etwas Besonderes ist."

„Und das wäre?", fragt Ro und gähnt.

„Der Fluss führt wieder Wasser."

„Ich weiß, ich weiß. Aber so berühmt, wie Sie sagen, ist es nicht."

„Ein wenig, ein bisschen, auf jeden Fall mehr als vorher, und das, das haben wir Euch zu verdanken.

„Mir?", Ro schüttelt den Kopf, „ich habe gar nichts getan."

Manhard scheint sich nicht von seiner Meinung abbringen zu lassen.

„Nicht so bescheiden, Stiefelträger, das Licht nicht unter den Scheffel stellen! Gambrin hat gesagt, dass Ihr kommen werdet und sich alles verändert. Langsam, aber bestimmt."

„Ich finde es toll, dass ich so super sein soll. Bin ich aber nicht, im Gegenteil, ich muss Ihnen sagen, dass Gambrin und ich vorgestern Nacht gefangen genommen wurden. Ich kam frei, sie sitzt vermutlich noch immer in der feuchten Zelle in der Pipeline."

„Pipeline?", fragt Manhard.

„Ja, dieser Eisenbaron hat oben auf der Ebene, wo die Gärten sind, eine Wasserleitung angelegt. Alles Wasser, das ihr pumpt, fließt nicht, wie ihr glaubt, in eure eigene Zisterne, der Baron leitet das Wasser direkt nach Eisenstadt, oder nach sonst irgendwo. Wir haben noch nicht genau herausgefunden, wohin, weil wir erwischt worden sind."

Manhard scheint langsam zu begreifen.

„Was sagt Ihr, Gambrin ist bei den Grauen?"

„Wenn ich mich nicht schwer täusche."

„Ja, ja, aber Ihr", stottert Manhard, „Ihr seid ja frei."

Ro sucht nach Worten, fängt an, hält ein, versucht es noch einmal: „Ja, ich bin eben der Stiefelträger", sagt er dann, „und ich konnte mich aus dem Verlies befreien, Gambrin konnte ich leider nicht mitnehmen, und darum bin ich wiedergekommen, um sie da herauszuholen."

Manhards gute Laune hat augenblicklich in den größten vorstellbaren Kummer umgeschlagen, ein Kummer der nun als Jammer ungehindert aus ihm herausbricht.

„Aber, Herr", sagt Manhard, „wie kann so etwas möglich sein, und was machen wir nun, wenn Gambrin, oh, es ist nicht auszudenken, was geschieht, wenn Gambrin dem Baron ausgeliefert wird, mein Gott, ach, was soll ich nur tun?"

Ro versucht ihn zu beruhigen.

„Manhard, hören Sie, ich bin gekommen, um Gambrin zu befreien, aber bitte lassen Sie das Jammern. Das bringt uns jetzt nicht weiter."

Manhard nickt, schnäuzt sich in ein rot geblümtes Taschentuch und sagt:

„Ja, ja, Herr, Ihr habt Recht. Ich bin kein Held, ich bin eher das, was man einen Hasenfuß nennt. Warum man mich ausgerechnet ausersehen hat, mitten in diesem Schlamassel... Verzeihung, ich beruhige mich gleich."

„Das ist gut, Manhard. Ich habe eine Idee, lassen Sie mich noch ein, zwei Stunden schlafen. Ich kann mich bei Tag ohnehin nicht auf die Suche machen. Ich werde selbst runterkommen, wenn Sie ein Frühstück..."

Manhard unterbricht ihn und versichert, dass er dem jungen Herrn das beste Frühstück servieren werde, das er imstande sei, aufzutreiben, und was er, Ro, wünsche, sei ihm Befehl, und als ob er seine Angst mit Beflissenheit zu überspielen versuchte, reißt der Redefluss erst ab, als Ro sich auf die andere Seite dreht und ihm so unmissverständlich klar macht, dass er jetzt schlafen will.

19. Noch ein Traum

Ro beschließt, sich beim Träumen bewusst zu werden, dass er träumt. Er hat das noch nie getan. Meistens war es so, dass er im Traum merkte, dass er träumte, und dann fing er an zu fliegen oder lief durch Wände oder sprang aus dem Fenster. Diesmal aber hat er einen Plan. Er will im Traum herausfinden, wo Gambrin steckt. Er hat keine Ahnung, ob das klappen wird. Der Traum aber, in dem Timor aufgetaucht ist, hat ihm den Mut gegeben, an eine solche Möglichkeit zu glauben.

Nach kurzer Zeit ist er eingeschlafen und Ro „erwacht" tatsächlich wieder. Dabei steht er im Zimmer neben seinem Bett und sieht sich selbst schlafen. Das heißt Ros realer Körper liegt schlafend da, während er selbst, Ros Ich, neben dem Bett steht und auf seinen Körper heruntersieht.

Das ist ja fantastisch, sagt sich Ro, fühlt sich an, als ob man zwei Körper hätte, einen, der schläft und einen, der wacht.

Ro entschließt sich zu fliegen, und tatsächlich, es gelingt, er erhebt sich und schwebt zur Decke des Zimmers, er stößt mit den Händen gegen die Zimmerdecke, und diese gibt nach, als ob sie aus Watte wäre. Mit etwas Kraft schiebt er erst die Hände durch das Dach, dann den Kopf. Halb noch im Zimmer, halb auf dem Dach, kommt sich Ro wie ein Korken vor, der halb in der Flasche steckt. Er gibt sich einen Ruck und der ganze Körper flutscht aus dem Dach. Ro sieht sich um, es ist Morgen, die Sonne aber ist hinter einer Wolkendecke versteckt. Er breitet die Arme aus und fliegt los. Über die Dächer hinüber zum großen Rad, wo die erste Schicht ihre Runden dreht. Als er über den Platz fliegt, scheint es ihm, als flöge er in einen Nebel von Gefühlen hinein, der von den Menschen aufsteigt, wie ein Schleier aus Traurigkeit und Erschöpfung. Wie auf einer Galeere, denkt Ro, eine Schar von Verdammten, wo keiner das tut, was er gern tut.

Ro fliegt zur Stadt hinaus. Er sieht den felsigen Aufstieg, den er letztes Mal mit Gambrin gemacht hat. Diesmal geht's locker. Einfach steigen. Er denkt hinauf, und er steigt hinauf, er denkt hinunter und sinkt sanft ab, oder links oder rechts, gerade so, wie ihm der Sinn steht. Im Nu hat Ro die Hochebene erreicht. Er schwebt jetzt zu der Mauer, hinter der die alte Brunnenstube mit dem Eingang in die Pipeline verborgen liegt. Der Schieber, den Gambrin gezogen hat, ist noch offen, der Eingang in den Stollen frei. Ro wundert sich darüber, er hätte angenommen, dass die Grauen ihn wieder schließen, sobald sie merkten, dass jemand unerlaubt in den Stollen eingedrungen ist. Wäre der Eingang verschlossen, Ro käme doch hinein. Wie er sich durch das Dach ins Freie gewuchtet hat, so würde er sich hier durch die Brunnenstube hinunter in den Stollen zwängen.

Nun scheint das aber nicht nötig. Ro fliegt durch das schmale Loch hinunter in den unterirdischen Gang.

Ros Traumaugen durchdringen die Dunkelheit, als ob sie aus Licht wären. Er fliegt entlang der Pipeline und erreicht bald das Lager der Wasserwache. Der Platz ist verlassen, das Feuer gelöscht. Die Tür zur Zelle ist nur angelehnt.

Ro schwebt langsam in die Zelle hinein. Da überkommt ihn ein dumpfes Gefühl, ein Grauen. Als ob gleich der Stollen einstürzen oder ein Ungeheuer hervorschießen würde oder, nein, es ist das Gefühl, dass etwas Böses in der Nähe ist, etwas so Finsteres und Grauen Erregendes, dass er kaum mehr die Kraft hat, sich nach Gambrin umzuschauen. Doch er spürt deutlich, dass Gambrin nicht mehr da ist.

Plötzlich steht eine Gestalt in der Ecke der Zelle und starrt ihn an. Es ist kein Grauer. Der Mann trägt ein großes grünes Tuch um den langen, hageren Leib geschlungen, ein Arm hält das Tuch an der Schulter, und die Hand, die das Tuch hält, ist leuchtend weiß, fast durchscheinend, wie milchiges Glas. Durchscheinend wirkt auch der kahle, mit zwei winzigen Ohren gespickte Schädel, der sich endlos weit nach hinten zu dehnen scheint, während die Wangenknochen weit hervorstehen.

Dies alles würde Ro aushalten, ihm sind im Traum schon öfter irgendwelche Monster begegnet, wenn nicht die Augen wären, diese roten Augen, als ob sich flüssige Glut darin wälzte, wie das Magma eines ausbrechenden Vulkans. Ro fühlt, dass alles Böse und Finstere, alles Vernichtende aus diesen Augen kommt. Er beginnt zu zittern, sein Herz zieht sich zusammen, wird schwer wie ein Stück Blei. Die Hand des Grünen löst sich und streckt sich Ro entgegen, wird lang und länger, Ro versucht zurückzuweichen, er fängt an zu keuchen, hat nur noch einen Gedanken: Erwachen, Herrgott im Himmel, erwachen, was soll ich tun, ich muss meinem Körper befehlen, dass er aufwacht, ich muss ihm befehlen, sich zu bewegen. Immer stärker umschließt ihn eine eisige Kälte, die Angst wird bodenlos und Ro stürzt in einen Abgrund, tiefer und tiefer, bis ihn die Dunkelheit verschlingt.

„Körper, beweg dich!“, schreit Ro, „wenigstens den großen Zeh, mach schon!“

Ro erwacht schweißgebadet von seinem eigenen Schrei. Langsam kommt er zu sich und wird sich allmählich bewusst, was geschehen ist.

„Verdammt!“, Ro schlägt mit der Faust auf die Decke, „warum lass ich mich derart in Panik versetzen, der Kerl kann mir nichts antun, er ist nur im Traum.“ Ro flucht vor sich hin, ärgert sich, weil er fest davon überzeugt ist, dass er das Monster hätte besiegen können, wenn er nur keine Angst gehabt hätte. „Du bist ein Anfänger, Ro, ein blutiger kleiner Schisshase, gegen den Manhard ein Supermann ist. Du stehst kurz vor dem Ziel, und anstatt dieses Klappergestell beim Schlafittchen zu packen, nimmst du Reißaus!“

Er steht auf und geht hinunter zu Manhard, der ihm ein passables Frühstück serviert.

„Ich werde bis zum Abend warten“, sagt er zu ihm.

„Und Gambrin, wo ist Gambrin?“, fragt Manhard besorgt.

„Ich glaube, sie haben sie fortgebracht, das heißt, ich bin sicher, dass sie nicht mehr im Stollen ist."

„Wohin fortgebracht?", jammert Manhard.

„Ich weiß es nicht, aber ich werde es herausfinden", antwortet Ro und erhebt sich. Nachdenklich bleibt er stehen, lässt noch mal den Traum Revue passieren. Wie soll ich bloß die Angst überwinden, wenn ich wieder einmal auf Traumreisen gehe und mir dieses Scheusal begegnet?

20. Was im Buch steht

Nach dem Frühstück geht er wieder hinauf ins Zimmer, öffnet seinen Rucksack und holt das kleine Buch mit dem abgewetzten grauen Deckel hervor. Er schlägt die erste Seite auf: Baron zu Eisenstadt. Wanderung ins Landesinnere. Ein Reisebericht.

Das ist ja noch schöner! Vom Baron stammt das Buch, denkt Ro, er schlägt das Inhaltsverzeichnis auf, und liest die Kapitelüberschriften:

1. Woher der Fluss kommt
2. Die Radstadt
3. Das Tal der Paläste
4. Die goldenen Dächer von Auro
5. Die Turmschlucht
6. Eisenstadt
7. Wo der Fluss mündet

Ro ist ganz aufgeregt, seine Hände zittern. Der Alte hat ihm offensichtlich ein Buch mitgegeben, in dem alles über dieses geheimnisvolle Land steht, was man wissen muss. Ro blättert weiter und kommt zum Vorwort.

Zwar würde Ro nach dem ersten Satz gleich weiterblättern, er hat sich noch nie für Vorworte interessiert, aber etwas sagt ihm, es diesmal trotzdem zu tun.

Geneigter Leser,

lesen Sie dieses Vorwort aufmerksam, es ist entscheidend für den Verlauf Ihres weiteren Lebens.

Die Lektüre dieses Buches bewirkt, dass Sie glauben, dass alles, was Sie gelesen haben, Ihre eigene Erfahrung sei. Sie werden überzeugt sein, in diesem Buch stehe Ihr eigenes Leben, und wenn Sie das Buch gelesen haben, werden Sie eine Reise unternommen haben, von der Sie glauben, es sei Ihr höchstpersönliches Reiseerlebnis. In Wirklichkeit aber haben Sie nur ein Buch gelesen. Sie werden das Buch weglegen und die Wanderung ins Innere des Landes nicht mehr selbst unternehmen, denn Sie werden überzeugt sein, dass Sie eben dort, im Landesinneren, schon waren. Und wer macht schon zweimal hintereinander dieselbe Reise. Dies gilt auch für einzelne Kapitel oder Abschnitte. Lassen Sie mich, geneigter Leser, geneigte Leserin, also noch einmal wiederholen: Jedes Wort, jeder Satz, jede Seite, jedes Kapitel und das ganze Buch wird sich in Ihrem Gedächtnis und in Ihrer Wirklichkeit so einprägen, als ob es Ihr ureigenstes Erlebnis wäre, und jedes auch noch so kleine bisschen dessen, was Sie gelesen haben, wird Ihnen das wirkliche Erleben des Landesinneren möglich machen. Und nach dieser kleinen Einführung wünsche ich ein vergnügliches Leseerlebnis.

Ro schlägt das Buch zu. Was hat das zu bedeuten?

Wenn er liest, was zum Beispiel in der Eisenstadt los ist, wird er selbst nie bis dahin kommen? Falls Gambrin wirklich bis nach Eisenstadt verschleppt worden ist, würde er sie nie befreien können, weil er meint, er habe in Eisenstadt schon alles erledigt, was zu erledigen ist? Warum in aller Welt kam der Alte auf die Idee, ihm dieses Buch mitzugeben? War die Frage nicht, die Ro ihm gestellt hat, wie er Gambrin rausholen kann? Soll das eine Falle sein? Und noch etwas: Warum hatte der Alte Tränen in den Augen, als er in Ros Traum auftauchte und Timor in den Keller zurücktrieb? Eine Hecke von dornigen Fragezeichen.

Während Ro nachdenkt, fallen ihm die Augen zu und er steht plötzlich wieder neben seinem schlafenden Körper, zwängt sich aus dem Dach und schwebt hinauf zur Brunnenstube. Wieder fliegt er durch den Einstieg unter dem offenen Schieber, gleitet durch den Stollen und steht schließlich in der Zelle. Statt der unheimlichen Gestalt steht ein Gnom da, dick und grünlich mit riesigen Ohren, einer spitzen Nase, auf der erdbeergroß eine rote Knolle wabert. Er hat ein rasiermesserbreites Grinsen im Gesicht.

„Erwischt“, knarrt der Gnom wie ein verrostetes Gartentor, „erwischt.“

„Ja“, sagt Ro, „die Frage ist nur, wer wen erwischt hat. Und die Antwort ist, dass du mir diesmal nicht entwischst.“

„Das wagst du nicht, das wagst du nicht, das wagst du nicht“, japst der Gnom wie eine gesprungene Grammophonplatte.

„Lass stecken“, fährt Ro ihn an, „du bist hier in

meinem Traum und darum werde ich mit dir machen, was ich will. Zuerst will ich wissen, wo Gambrin ist."

„Ich werde es dir nicht sagen, nie, nie nie!" Der Gnom ist außer sich, hüpft auf seinen fetten Pfostenbeinen auf und ab und popelt in seiner Erdbeernase.

„Also schön", sagt Ro, „du willst es ja nicht anders. Wer bist du?"

„Das musst du doch wissen, schließlich träumst du mich!", erwidert der Gnom unverschämt.

„Ja", sagt Ro, „und weil du in meinem Traum bist, mag ich dich." Der Gnom schreit auf und sagt: „Nein, das darfst du nicht sagen! Du hast Angst vor mir, du hasst mich! Du ekelst dich vor mir."

„Nein", sagt Ro, „ich mag dich, ich hab dich sogar von ganzem Herzen lieb, schließlich träume ich dich ja."

Der Gnom schreit und quietscht, jammert und winselt und schrumpelt dabei langsam zusammen. Schließlich fleht er Ro an, er solle sich doch bitte vor ihm ekeln und ihn nur ein klein wenig hassen, oder ihn fürchten, sonst habe er kein Leben mehr.

„Gut", sagt Ro, „ein klein wenig ekelst du mich. Aber dafür musst du mir sagen, wo Gambrin ist."

Der Gnom atmet auf und wird gleich wieder etwas größer.

„Gut, ich sage dir, wo sie ist, aber du darfst mich nie mehr lieb haben."

„Mit so was wie dir mache ich keine Geschäfte", bleibt Ro hart, „also, wo ist Gambrin?"

„Sie haben sie weggebracht, mehr sag ich nicht."

Ro schaut den Gnom an und denkt, dass er ihn im Grunde genommen wirklich mag.

„Nein“, schreit der Gnom, „du hasst mich, hast Angst, Ekel, bitte, bitte, bitte.“

„Also schön, ich verabscheue dich noch einmal, aber nur wenn du mir alles erzählst.“

„Huch, das war knapp“, sagt der Gnom schwitzend. „Also schön, sie haben Gambrin zum Baron gebracht und der hält sie im Schloss gefangen. Der wartet nur darauf, dass du kommst. Und wenn du kommst, wird er dir einen Empfang bereiten, der sich gewaschen hat. Hääääh.“

„Du bist wirklich ein hässlicher, abscheulicher Widerling“, sagt Ro.

Der Gnom fängt an zu wachsen. Mit breitem Grinsen sagt er: „So ist‘s recht. Noch etwas Ekel und wir sind bald wieder voll bei Kräften.“

„Ich mag deine Popelnase“, sagt Ro.

„Ha, du meinst es nicht aufrichtig“, kreischt der Gnom, „Lügen wirken nicht.“

Der Gnom hat Recht, er wächst weiter, wir immer hässlicher, aus seinen Beinen treten Geschwüre, und seine Zähne werden immer länger.

Ro wirft sich dem Gnom an die Brust und ruft: „Du bist ein Teil von mir, wie könnte ich dich hassen, ich liebe dich, ich liebe dich, ich liebe dich.“

Da fällt der Gnom in sich zusammen, kleine Flammen zucken aus seinem Körper und bald ist nur noch ein Häufchen Asche von ihm übrig.

„Schade“, sagt Ro laut, „ich hätte ihn fast noch brauchen können und ihn nach dem Büchlein fragen sollen.“

21. Die Weiterreise

Es wird Nacht, Ro erhebt sich und geht zu Manhard hinunter. Als er in die Stube tritt, kommt Manhard aufgeregt aus der Küche.

„Junger Herr, sie ist immer noch nicht da!“

„Guten Abend, Manhard, wie geht’s?“

„Schlecht geht’s“, erwidert Manhard, „ich bekomme graue Haare, Ihr wisst nicht, was es heißt, wenn Gambrin nicht wiederkehrt.“

„Sie haben mir nicht alles über sie erzählt, nicht wahr?“

„Mich bindet ein Schwur, ich kann nicht alles sagen. Ihr müsst Gambrin finden, Ihr müsst!“

„Es wird nicht einfach sein. Sie ist die Gefangene des Barons.“

„Oh heiliger Fluss“, jammert Manhard, „warum bist du versiegt, warum lässt du uns im Stich? Du hast uns doch ein Zeichen der Hoffnung gegeben, indem das Rinnsal zum Bach geworden ist, und nun sieht alles noch viel hoffnungsloser aus, Gambrin ist die Gefangene des Barons, hätte es schlimmer kommen können?“

„Manhard“, sagt Ro bestimmt, „Sie dürfen nicht

verzweifeln, das hilft niemandem. Wenn Sie mir schon nicht alles sagen können, weil Sie ein Schwur bindet, so bringen Sie mir etwas zum Umziehen! Ich muss andere Kleider anziehen, damit ich nicht auffalle. Ein möglichst unauffälliges Stück, mit Kapuze vielleicht, damit ich mich darunter verbergen kann.

Dann brauche ich einen anderen Tragsack, mein Rucksack fällt zu sehr auf. Zudem sollten Sie mir die Haare schneiden."

Manhard verschwindet seufzend und erscheint bald wieder mit ein paar Kleidern, alle aus dem grauen Stoff geschnitten, der Ro beim ersten Mal in der Radstadt schon aufgefallen war. Dann holt er eine Schere und schneidet ihm die Haare.

„Gut so", sagt Ro, als ihm Manhard den Spiegel hinhält. Er wählt ein langes einteiliges Gewand mit Kapuze aus, bindet seinen Gürtel um und steckt das Messer hinein.

„Nein", ruft Manhard entsetzt aus, „Waffen sind streng verboten, das Messer darf niemand sehen, sonst könnt Ihr gleich auf die Wache gehen und sagen, Ihr seid der Stiefelträger."

Ro steckt das Messer in eine der tiefen Taschen seines neuen Gewandes.

„Was will der junge Herr essen, bevor er geht?"

Ro packt den Rucksack aus und stopft die Öljacke und die Lebensmittel des Alten in den leinenen Beutel, den ihm Manhard gebracht hat.

„Nichts, ich habe jetzt keinen Hunger, außerdem habe ich noch eine ganze Menge Proviant."

Oh, da ist er aber bei Manhard an den Falschen

geraten. Bevor Ro nicht noch etwas zu sich genommen hat, lässt ihn Manhard nicht gehen.

Schließlich wirft Ro den Leinenbeutel über die Schulter und gibt Manhard die Hand.

„Eine Frage hätte ich noch, Manhard. Sind Sie wirklich der Onkel von Gambrin?"

Manhard senkt den Blick, wie ein Kind, das ertappt worden ist, zögert hin und her und sagt schließlich: „Nein, ich bin nicht verwandt mit ihr. Man hat sie mir eines Tages gebracht und mich gebeten, für ihr Wohl zu sorgen. Und das habe ich getan."

„Wer hat sie gebracht?"

„Es waren Männer aus Auro, aber mehr darf ich nun wirklich nicht sagen."

„Eines muss ich noch wissen", beharrt Ro, „was werden Sie diesen Männern sagen, wenn sie wiederkommen und nach Gambrin fragen?"

„Es wird niemand kommen. Auro erleidet dasselbe Schicksal wie wir. Es wird niemand die Kraft und den Mut haben, überhaupt bis nach Radstadt zu kommen. Überall stehen die grauen Wachen des Barons. Darum seid vorsichtig, junger Herr, seid vorsichtig, geht nur nachts und taucht am Tage unter. Wenn Ihr jetzt loszieht, geht bis ins Tal der Paläste. Sucht dort den gelben König."

Ro gibt Manhard die Hand. Der drückt sie an seine Stirne, beschwört ihn noch einmal, vorsichtig zu sein und Gambrin so schnell wie möglich zurückzuholen. Ro nickt und verspricht das Beste versuchen, dann eilt er in den Keller und schlüpft hinaus in die Nacht.

Er überquert wieder den Fluss und sucht sich

langsam und vorsichtig einen Weg. Er kommt nur mühsam vorwärts, denn das Gelände ist wild und steinig. Gestrüpp und Felsen, umgefallene Bäume, Dornen. Manchmal verwünscht Ro die Dunkelheit, dann wieder ist er froh darum.

Da, er hört ein Fauchen! Im Unterholz glimmen zwei Augen. Ro zieht das Messer aus dem Futteral. Langsam nähert er sich dem Augenpaar, das starr in seine Richtung schaut. Das Fauchen wird schwächer, obwohl Ro nur noch ein paar Schritte von dem Tier entfernt ist. Er macht das Feuerzeug an und sieht einen Dachs, der mit einer Pfote in der Falle sitzt!

„Ruhig, ich hol dich da raus, keine Angst. Armes Vieh. Schön brav sein! Ich tu dir nichts, und du tust mir nichts, einverstanden." Ro berührt vorsichtig das Tier. „So, jetzt werden wir das Eisen aufklappen und uns die Pfote ansehen. Mein Gott, dich hat's aber ganz schön erwischt. Ich werde dich verbinden."

Der Dachs ist ganz ruhig. Auch als Ro das Tellereisen aufzwängt, macht er keinen Versuch, wegzurennen. Geduldig lässt er sich verarzten. Und selbst als Ro fertig ist, geht er nicht.

„So, jetzt verschwinde", sagt Ro, „ein paar Tage wird es aber noch wehtun."

Der Dachs aber rennt nicht davon. Und als Ro weitergeht, humpelt das Tier hinter ihm her. Ro dreht sich um.

„Du hast wohl Hunger und Durst, was? Also schön. Hier." Er nimmt eine Flasche aus der Tasche, gießt etwas Wasser in die hohle Hand und streckt sie dem Dachs hin. Gierig leckt er das erfrischende Nass.

„Bist am Verdursten, armes Vieh", sagt Ro und gießt

weiter, bis der Dachs die halbe Flasche geleert hat. Dann gibt er ihm ein Stück Brot.

„So, das reicht, ich muss selbst auch noch etwas haben. Wer weiß, wie weit ich noch gehen muss, bis ich wieder etwas zu essen bekomme.“

Ro geht weiter, der Dachs folgt ihm. Ro lässt ihn gewähren, was soll er auch tun, er hat ihn aus der Falle befreit und gefüttert, nun bringt er es nicht übers Herz, ihn davonzujagen.

Im Morgengrauen stößt Ro auf eine Brücke. Gespenstisch erhebt sie sich über den trockenen Fluss. Auf der anderen Seite kann Ro ein großes Gebäude erkennen.

Bin ich schon im Tal der Paläste? fragt sich Ro und überquert den Fluss. Ein richtiger Palast mit Türmchen und Erkern steht am anderen Ufer. Er traut seinen Augen nicht. Die Fenster sind alle dunkel.

Die werden wohl noch schlafen, denkt Ro und geht um den Palast herum, bis er an eine Hütte kommt. In der Hütte brennt Licht. Ro klopft.

22. Der gelbe König

Ro klopft noch einmal. Nichts geschieht. Endlich geht die Tür auf und ein Mann mit langem blonden Haar steht in der Tür. Er trägt ein braunes bodenlanges Gewand.

„Was willst du?"

„Ich suche den gelben König."

Der Mann späht in die Dunkelheit.

„Bist du allein?"

„Nein", sagt Ro, „da ist noch ein Dachs, aber der ist sehr wohlerzogen."

Der Mann lächelt, bittet Ro herein und schließt sofort die Tür.

„Was willst du?"

„Ich suche für den Tag eine Bleibe, weil ich nur in der Nacht reisen kann."

„Bist du auf der Flucht?"

„Nein", sagt Ro, dem der Mann sehr merkwürdig vorkommt. Hoffentlich habe ich mich nicht auf etwas eingelassen, das ich später bereue, denkt Ro und fügt laut hinzu:

„Wissen Sie, wo der gelbe König sein könnte?"

„Wenn du mit mir vorlieb nehmen willst", sagt der Mann und lächelt wieder.

„Sie? Ich dachte, Sie seien der Gärtner. Ein König wohnt doch in einem Palast."

„Es gibt Zeiten, da wird der König ein Bettler, und es gibt Zeiten, da wird der Bettler ein König. Es gibt aber auch Zeiten, da sind alle Bettler."

„Der Baron auch?", fragt Ro.

„Ja, der Baron auch."

„Er ist ein Dieb!"

„Er gibt allen Wasser."

„Aber er stiehlt das Wasser den Radstädtern und er unterdrückt sie. Sie sind seine Leibeigenen. Sie müssen sich für ein paar Flaschen Wasser versklaven. Selbst aber leitet er alles Wasser in seine eigenen Zisternen."

„Von diesem Wasser leben die Radstädter, die Bewohner von Auro und die von Eisenstadt."

Ro weiß nicht, ob er dem Mann trauen kann. Wenn jemand den Baron verteidigt, dann muss etwas faul sein. Doch Manhard hat gesagt, er solle nach dem gelben König fragen. Ro tastet sich weiter vor: „Sind Sie allein?"

„Ja, ich bin allein. Meine Diener und Mägde habe ich nach Hause geschickt. Ich kann ihnen keinen Lohn mehr zahlen, ich bin ein Bettler geworden, der Fluss..."

„Ich weiß, alle sagen, der Fluss sei schuld. Ich möchte wirklich mal wissen, warum der Fluss ausgetrocknet ist, und warum es nicht mehr regnet."

„Diese Fragen stellen wir nicht, mein Sohn. Wir leben so, wie es uns gegeben ist, in Reichtum oder in Armut."

„Wissen Sie, was mein Vater gesagt hat? Wer arm bleiben will, der wird es bleiben. Wer aber reich werden will, muss ein Dieb werden, ein Betrüger und vielleicht sogar ein Mörder."

„Das ist eine sehr radikale Ansicht", sagt der gelbe König, „vielleicht war dein Vater sehr enttäuscht."

„Nein", sagt Ro, „er war zornig, weil er es nicht verstehen konnte, wie die Leute, die die Armut kennen, sie hinnehmen, ohne sich zu wehren." Er schaut den Mann mit durchdringenden Augen an. Dieser König, denkt Ro, sieht zu wenig nach König aus und fügt hinzu: „Und Sie, sind Sie wirklich arm?"

„Viel ist mir nicht geblieben."

„Kein einziges königliches Zeichen?"

Plötzlich donnert es an die Tür und eine Männerstimme ruft: „Aufmachen! Sofort aufmachen!"

Wie ein Blitz fährt der gelbe König zu Boden, reißt eine Luke auf, schubst Ro hinein, schließt sie und schiebt in Windeseile den Tisch darüber. Ro sitzt im Dunkeln und versucht mitzuhören, was über ihm passiert.

„Seid Ihr allein?", herrscht die Stimme den König an.

Ro hört Schritte von mehreren Männern, die in die Hütte kommen.

„Hier ist nichts", donnert die Stimme nach einer Weile, „schaut auf dem Dachboden nach!"

Das Loch, in dem Ro steckt, ist klein, bald tut ihm vom Kauern der Rücken weh. Ro überlegt, was er machen würde, wenn sie ihn jetzt erwischten. Noch einmal würde er ihnen nicht so leicht entkommen. Die Stiefel sind vermutlich irgendwo beim Baron. Ohne sie wird es schwierig sein, das Land anders zu verlassen als durch den Tunnel. Nach einer Weile bewegen sich die Schritte in Richtung Tür.

„Wir werden ihn finden, und wehe dem, der ihm Unterschlupf gewährt."

Die Tür fällt ins Schloss, und Ro muss in seinem unbequemen Versteck ausharren, bis der gelbe König die Bodenluke öffnet.

„Du kannst herauskommen. Sie sind weg."

Mühsam klettert Ro aus dem Loch.

„Warum haben Sie mich nicht verraten?"

„Weil ich kein Verräter bin, sondern ein König."

„Im Bettlergewand", ergänzt Ro.

„Ja", sagt der König, „sie suchen dich, wer bist du?"

„Wenn ich das selbst wüsste. Bisher dachte ich, ich bin Ro, der seinen Vater sucht. Doch seit ich dieses Land zum ersten Mal betreten habe, komme ich mir wie ein Krieger vor. Ein Krieger ohne Waffen, ich muss ein Mädchen, das ich hier kennen gelernt habe, vor diesem Baron retten."

„Gambrin?"

„Woher wissen Sie… Woher kennen Sie ihren Namen?"

„Wer kennt ihren Namen nicht?"

„Die Grauen haben sie erwischt und nach Eisenstadt gebracht. Ich muss sie befreien, denn ich bin schuld, dass sie gefangen wurde." Ro muss gähnen.

„Ich verstehe", sagt der gelbe König, „du kannst auf dem Dachboden schlafen, und wenn es Abend ist, zeige ich dir den Weg nach Eisenstadt."

„Vielen Dank", sagt Ro, „ich würde ich gern wissen, was Sie früher getan haben, als der Fluss noch Wasser führte."

„Ich wohnte im Palast und war der König."

„Und Ihre Untertanen?"

„Es braucht keine Untertanen, um ein König zu sein. König sein ist eine Frage der Krone. Hast du einen Kopf, der gerade auf dem Hals sitzt, dann hält die Krone, hast du aber einen Kopf, der schief sitzt, dann fällt sie dir runter."

„Ja", nickt Ro, ohne zu verstehen, was der König gemeint hat. „Und doch ist ein König ohne Volk eine merkwürdige Vorstellung."

„Nicht merkwürdiger als ein Stiefelträger ohne Stiefel."

„Die Stiefel habe ich verloren, sie werden wohl beim Baron sein. Sind Sie Gambrin schon einmal begegnet?"

„Ja, ich bin ihr Vater, wie sollte ich sie da nicht kennen."

„Ihr Vater?", Ro weiß nicht, wo ihm der Kopf steht, „ich dachte, ihr Vater war Schmied und ist von den Grauen umgebracht worden."

„Das stimmt", sagt der gelbe König, „aber der Schmied war ihr Pflegevater. Gambrin wurde als kleines Mädchen in die Radstadt gebracht, weil die Weisen von Auro der Königin vorausgesagt haben, dass Gambrin ihren fünfzehnten Geburtstag nicht erleben wird, wenn sie in Auro bleibt. Der Schmied und seine Frau haben Gambrin dann aufgezogen."

„Ist Gambrin schon fünfzehn?", fragt Ro erstaunt.

„Noch nicht, aber in zwei Tagen. Und wenn sie bis zu ihrem Geburtstag nicht nach Auro geht, ist die Gefahr vorbei, wenn sie aber nach Auro gebracht wird, oder selbst nach Auro geht, dann sind ihre Tage gezählt."

„Gott sei Dank ist sie in Eisenstadt", sagt Ro und atmet auf.

„Oh, das ist kein Grund zur Beruhigung, der Baron kennt die Weissagung und es kann gut sein, dass er Gambrin nach Auro bringen wird, um seine Macht zu demonstrieren."

„Und da soll man noch schlafen können", sagt Ro entsetzt, „ich muss gleich los nach Auro!"

Doch der gelbe König winkt ab. „Nein, du musst jetzt schlafen. Bei Tag hast du keine Chance. Hier, nimm diesen Trank. Das wird dir helfen."

Er reicht Ro einen Becher mit einer gelben, süßen Flüssigkeit. Ro trinkt, ohne noch viel zu überlegen, dann klettert er auf den Dachboden, wickelt sich in eine Decke und schläft sofort ein.

23. Gambrins Vater

Ro liest im Buch. Er liest trotz der Warnung im Vorwort, doch er versteht kein Wort, die Buchstaben tanzen. Seine Augen versuchen die Sätze zu bändigen, vergeblich! Ro spürt, dass er verstehen muss, was das Geheimnis des Buches ist, doch das Buch verweigert sich. Da wacht er auf und merkt, dass er geträumt hat. Er spürt dem Traum nach. Soll er es wirklich lesen? Er kramt das Buch hervor und schlägt es auf.

Es regnet. Schon seit Tagen. Der Himmel ist so düster, dass es scheint, er hätte die Sonne verschluckt und würde sie erst wieder hergeben, wenn er die Erde ersäuft hat. Typisch für dieses Land, denkt Ro. Entweder verdorrt alles oder es herrscht Sintflut. Die Straße ist rot, zu rotem Schlamm vermatschte Erde mit Pfützen. Die Pfützen würden den düsteren Himmel spiegeln, wenn sie vom trommelnden Regen nicht in Bewegung gehalten wären. Ro bückt sich, versucht zu sehen, was er einmal im Kino gesehen hat, wenn ein Tropfen in Zeitlupe ins Wasser fällt, versucht den Aufschlag zu erhaschen, wenn die Kugel auf die Oberfläche schlägt, eine Welle auslöst, wie ein winziger Ball noch einmal hochspringt, eine zweite Welle, zurückfällt, eins wird mit dem Wasser. Aber er sieht es nicht, es geht zu schnell. Zeitlupe wäre ohnehin die beste Geschwindigkeit, in der Zeitlupe hätte man Zeit für die Zeit. Oft stellt Ro sich vor, dass er einen Ring hätte, den er nur einmal zu drehen brauchte und schon ginge die Zeit noch halb so schnell, beim zweiten Mal drehen noch ein Viertel, und so weiter, bis die Zeit still stünde, fast jedenfalls. Dann wäre Zeit, die Dinge wirklich zu betrachten.

Ro hält inne, er reibt sich die Augen, liest den Abschnitt noch einmal. Tatsächlich, hier steht, was er erlebt hat und sogar was er gedacht hat. Wenn das so ist, denkt Ro, dann steht in dem Büchlein meine ganze Geschichte, bis hierher.

Ro schlägt das Vorwort auf:

Alles, was Sie in diesem Buch lesen, werden Sie nicht selbst erleben können.

„Wenn ich aber die Dinge, die ich lese, schon erlebt habe", sagt er laut zu sich, „kann es gar keine Probleme geben."

Ro liest weiter, hat Mitleid mit Timor, ärgert sich über sich selbst, wie er mit Gambrin streitet, schmunzelt über seine Wut beim Schraubenzählen, freut sich schon im Voraus über den Dachs, kriecht beim gelben König noch mal in das Loch, erwacht auf dessen Dachboden und liest, wie er anfängt zu lesen.

Ro schlägt das Buch zu. Soll er weiterlesen? Zu sehr würde es ihn interessieren, ob er Gambrin findet, wie und wann, ob der Baron sie nach Auro bringt und ob er verhindern kann, dass sie stirbt. Etwas in ihm warnt ihn davor, weiterzulesen. Er schlägt noch einmal das Vorwort auf:

Alles, was Sie in diesem Buch lesen, werden Sie nicht selbst erleben können.

Die Lektüre dieses Buches bewirkt, dass Sie glauben, dass alles, was Sie gelesen haben, ihre eigene Erfahrung sei. Sie werden überzeugt sein, in diesem Buch stehe ihr eigenes Leben, und wenn Sie das Buch gelesen haben, werden Sie ein Reise unternommen haben, von der Sie glauben, es sei Ihr höchstpersönliches Reiseerlebnis, in Wirklichkeit aber haben Sie nur ein Buch gelesen.

Ro kann zwar nicht fassen, wie seine eigene Geschichte, die er erlebt hat, in das Buch gekommen ist, noch weniger aber kann er sich vorstellen, dass die Fortsetzung der Geschichte, seine eigene Zukunft also, drin stehen soll. So sehr sich Ro auch anstrengt, er kann der Versuchung nicht widerstehen:

Ro geht hinunter. Der gelbe König steht am Herd und kocht.

„Guten Tag, junger Mann, gut geschlafen?"

„Ich habe geträumt, ich würde in einem Buch lesen, in dem meine eigene Geschichte steht."

„Ein merkwürdiges Buch."

„Ja, das habe ich auch gedacht." Ro nimmt seinen Beutel und zeigt dem gelben König das graue Büchlein.

„Da steht meine Geschichte drin, zumindest der Teil, der mit eurem Land zu tun hat. Es stimmt alles, bis in

die Gegenwart. Als der Teil kam, wo es um die Zukunft geht, habe ich aufgehört zu lesen, war mir zu unheimlich."

„Das kann ich gut verstehen", sagt der gelbe König, „wer will schon wissen, was die Zukunft bringt."

„Ja", sagt Ro, „wenn man weiß, was die Zukunft bringt, kann man nicht mehr wählen. Die Freiheit geht verloren, und man ist ein Sklave dessen, was man weiß. Trotzdem möchte ich zu gern wissen, wo Gambrin ist, ob sie nach Auro gebracht wird, und ob sie ihren Geburtstag überlebt."

„Und wozu möchtest du das wissen?"

Ro zögert. Ja, warum will er das wissen? Weil er unter allen Umständen verhindern will, dass Gambrin umkommt. Doch wenn er es wüsste, dass Gambrin überlebt, dann würde er nichts tun, und wenn er wüsste, dass sie stirbt, dann würde er gar nicht erst versuchen, sie zu retten.

„Ja, es hätte keinen Sinn, es zu wissen", antwortet Ro und fährt nach einer Pause fort: „Was ich noch fragen wollte: Wenn Gambrin Ihre Tochter ist und die Mutter ist die Königin von Auro, warum…"

„Die Frage habe ich erwartet", lacht der gelbe König. „Wir haben Gambrin gezeugt, die Königin von Auro und ich, weil wir uns liebten. Doch sie liebte einen anderen mehr."

„Gleichzeitig?"

Der König senkt den Blick. Seine Augen bekommen einen traurigen Ausdruck. „Bald nach Gambrins Geburt haben wir uns getrennt."

„Kinder werden nie gefragt, ob sie geboren werden wollen", sagt Ro bitter.

„Wenn sie aber einmal da sind, werden die Eltern auch nicht mehr gefragt, ob sie das Kind wollen. Es ist einfach da. Hier, iss, du hast eine lange Nacht vor dir."

Ro isst still und versucht sich vorzustellen, wie man die Zukunft verhindern könnte, wenn der schlimmste Fall eintritt und Gambrin in diese Stadt gebracht wird. Eine Prophezeiung ist eine Prophezeiung, entweder man glaubt daran, oder man glaubt nicht daran. Wenn man daran glaubt, dann kann man nur so handeln, dass sie in Erfüllung geht, auch wenn man meint, dagegen zu handeln. Wenn man nicht daran glaubt, dann hat man vielleicht eine Chance.

„Ich glaube nicht an die Prophezeiung dieser Weisen von Auro, und mögen sie auch noch so weise sein. Wenn man an die Prophezeiung glaubt, dann heißt das, dass die Zukunft nicht mehr frei ist, und ich weigere mich zu glauben, dass es nur eine Zukunft gibt. Ich werde Gambrin rausholen, wenn sie nach Auro gebracht wird. Zeigen Sie mir den Weg. Ich muss aufbrechen."

Ro steht auf, trinkt im Stehen ein Glas Wasser und nimmt seinen Beutel. „Jetzt müssen Sie noch einen Blick in mein Buch werfen, gelber König, ich möchte zu gern wissen, was Sie darin sehen."

Der gelbe König öffnet das Buch und liest…

Ro steht im unteren Raum der Hütte und merkt erst jetzt, was passiert ist: „Verflixt, ich habe bis jetzt im Buch gelesen, und dachte, alles sei wirklich passiert", murmelt Ro. „Ich war doch oben im Bett, als ich zu lesen anfing! Wo war ich die ganze Zeit? Wie bin ich hierher gekommen?"

Ro schaut sich um. Es ist niemand im Raum. Eben war der gelbe König noch da, er hat ihm das Buch gegeben, und nun ist er verschwunden.

„Hej", ruft Ro, „gelber König, wo sind Sie, hej, machen Sie keine Dummheit, Sie dürfen das Buch nicht zu Ende lesen, sonst ist Ihr Leben vorbei, ohne das Sie es selbst gelebt haben!" Ro rennt zur Tür, öffnet sie und ruft hinaus: „Hej, König, hören Sie auf zu lesen!"

Statt des gelben Königs erscheint der Dachs. Er wedelt mit dem Schwanz und scheint sich zu freuen, dass Ro wieder da ist.

„Dachs", sagt Ro verzweifelt, „ich suche den gelben König. Er muss sofort aufhören zu lesen, er soll mir das Buch wiedergeben!"

Der Dachs rennt ihm zwischen den Beinen durch in die Küche, Ro hört einen Schrei, etwas fällt zu Boden. Er rennt in die Küche und sieht den gelben König auf einem Bein durch die Küche humpeln und herzerweichend jammern.

„Autsch, mein Fuß, oh das tut weh! Wer hat mich gebissen, mich, den gelben König, in seinem eigenen Haus?"

Schnell hebt Ro das graue Buch vom Boden auf.

„Es war der Dachs, er hat Sie vor einer Katastrophe bewahrt. Kaum dass Sie mit dem Lesen angefangen hatten, waren Sie auch schon verschwunden. Ich habe keine Ahnung wohin. Der Dachs hat Sie im Gegensatz zu mir gesehen und in den Fuß gebissen, damit Sie mit dem Lesen aufhören. Sie wären vermutlich aus dem Buch nicht mehr herausgekommen."

Der gelbe König schaut mit schmerzverzerrtem

Gesicht erst auf den Dachs, dann auf das Buch in Ros Hand und schließlich auf Ro. Er schüttelt den Kopf. „Das übersteigt mein Fassungsvermögen! Ich habe gelesen, dass du nach mir riefst und dann hinausgingst, plötzlich kam der Dachs zur Tür herein und biss mir in den Fuß. Da muss ich das Buch vor Schmerz fallen gelassen haben."

„Sie sind wieder da, das ist die Hauptsache", sagt Ro, „und ich muss jetzt gehen."

24. Auf dem Weg nach Auro

„He, Dachs, wo bist du?“, ruft Ro. Doch der Dachs ist bereits wieder nach draußen gelaufen.

Der gelbe König sitzt auf einem Hocker und verarztet seine Wunde

„Ganz schön bissig, dein Dachs.“

„Ich kann mir nicht erklären, wie er Sie sehen konnte. Für mich waren Sie wie vom Erdboden verschluckt.“

„Wenn ich jetzt zurückdenke, war es, als ob ich in einem anderen Bereich gewesen wäre, als ob mich das Buch in sich aufgenommen hätte. Ich hatte nicht den Eindruck, ich würde lesen. Vielmehr war es, als ob ich selbst in dem Buch wäre und alles ganz normal erleben würde.“

„Ich erkläre es mir so“, sagt Ro, „dass man in das Buch hineinkommt, wie ich in dieses Land hineingeraten bin. Man liest zwar, aber man steckt mittendrin und glaubt alles in Wirklichkeit zu erleben. Darum steht im Vorwort auch:

Alles, was Sie in diesem Buch lesen, werden Sie nicht selbst erleben können.“

„Und du meinst, man könne sich für immer in dem Text verlieren?“

„Das weiß ich nicht, ich vermute, dass man wieder aussteigen kann, wenn man das Buch zu Ende gelesen hat. Es ist alles im Kopf geschehen, der Körper hat nur dagesessen und gelesen. Nichts war wirklich erlebt."

„Es dämmert", sagt der gelbe König.

„Ja, es wird höchste Zeit", erwidert Ro, „wann ist Gambrins Geburtstag?"

„Übermorgen. Du kannst es bis morgen früh schaffen, in Auro zu sein. Dort musst du dich im Palast melden, aber nicht am Haupttor. Geh um den Palast herum, bis du zu den Gärten kommst. Dort gibt es einen gelben Rosenstrauch, der an der Mauer wächst, am Fuß dieses Rosenstraußes findest du eine Klingel. Ziehe daran und warte. Wenn jemand erscheint, dann sage: 'Ich bin das Kind der Mutter Königin.'„

„Werde ich tun", sagt Ro und fügt augenzwinkernd an, „obwohl meine Mutter eine einfache Landarbeiterin war und schon längs tot ist. Ich kann mich kaum noch an sie erinnern."

„Man hat immer mehr als nur eine Mutter", sagt der gelbe König.

So ein Blödsinn, denkt Ro, man hat eine Mutter und die hat einen auf die Welt gebracht, und dann sagt er lachend: „Sie denken wohl, ich weiß nicht, wie man Kinder macht?"

Der König verzieht den Mund. Irgendwie scheint ihm die Sache peinlich. „Du musst, wie gesagt, diesen Satz aussprechen, dann lassen sie dich hinein."

„Meine Mutter", fährt Ro unbeirrt weiter, „hat mich geboren, als sie auf dem Feld war und für die Kapitalisten schuftete."

„Kapitalisten?", wiederholt der gelbe König, „ich verstehe dieses Wort nicht, aber ich weiß vielleicht, was du meinst."

„Von Politik habt ihr hier unten wohl keine Ahnung", sagt Ro. „Ich müsste mal Vater hierher bringen, der würde euch ein paar Dinge beibringen. Eines würde mich noch interessieren, bevor ich gehe. Sie sind der Vater von Gambrin. Wer ist denn ihre Mutter?"

„Das wirst du noch früh genug erfahren."

Genau wie Gambrin, denkt Ro, die hat sich auch dauernd mit Geheimniskrämerei interessant gemacht. Am liebsten hätte er sich gleich mit ihrem Vater gestritten, doch er sagt nur: „Die einen haben mehr als eine Mutter, die anderen haben gar keine!"

Der gelbe König lächelt, dann reicht er Ro zwei volle Flaschen Wasser und ein kleines Kästchen.

„Gib das Gambrin, wenn du sie siehst, und sag ihr, dass ich in Gedanken immer bei ihr bin."

Ro verstaut die Flaschen und das Kästchen in seinem Beutel und bricht auf.

Während Ro wieder zurück zum Fluss geht, kommt ihm der Dachs entgegen. Sie begrüßen sich wie alte Freunde und setzten den Weg gemeinsam fort, der Dachs immer ein Stück hinter ihm. Um sich während der Wanderung zu beschäftigen, fängt Ro mit dem Dachs ein Gespräch an.

„Hallo, Dachs. Das war der gelbe König. Wir haben über Mütter gesprochen. Merkwürdig, immer wenn ich längere Zeit allein bin, meldet sich Vater. Ich rede in Gedanken mit ihm und stelle mir vor, wo er jetzt sein könnte, aber an meine Mutter denke ich fast nie, da ist immer Großmutter, die sich neben Pa stellt, zu gern hätte ich Mutter gekannt. Ein Mensch, der seine Mutter nicht kennt, ist nur ein halber Mensch."

Sie haben das Flussbett überquert und gehen jetzt in die anbrechende Nacht hinein. Der Wald ist hier nicht so dicht, der Weg längst nicht mehr so wild und steinig. Schön müsste es sein, bei Nacht den Fluss hinabzurudern! Man könnte die Sterne betrachten und seinen Gedanken nachhängen. Die ganze Spannung und Furcht wäre weg, denn alle hätten genug Wasser und der Baron keine Macht mehr über die Menschen. Alle könnten freundlich zueinander sein, die Grauen würden ihre Uniformen ablegen und Gemüse pflanzen.

Gegen Mitternacht macht Ro eine Pause. Er lehnt sich an einen Baum und holt etwas zu essen für sich und den Dachs aus dem Leinenbeutel. Dann trinken sie. Der Dachs kuschelt sich zu ihm.

„Wie konntest du den gelben König sehen, als er im Buch las? Ich war sicher, dass er nicht in der Hütte war. Wie hast du es geschafft, in das Buch hineinzukommen und ihn in den Fuß zu beißen? Eine Glanzleistung, das muss ich dir sagen!"

Plötzlich hebt der Dachs den Kopf und späht flussaufwärts. Ro hört Stimmen und verzieht sich ins Dickicht eines Strauches. Erste Schritte nähern sich. Ein paar Meter vor Ros Versteck kommen sie zum Stehen. Es sind zwei Graue.

„Und ich sage dir", hört Ro den Ersten, „die Blutwurst von Einor ist die beste in Eisenstadt, da können alle anderen Metzger zusammenpacken."

„Hör mir auf mit Einor, da solltest du mal die von

Kramm kosten, das nenne ich Würste, das nennen ich einen Metzger."

„Vergiss es! Kramms Würste sind aus Hühnermist."

„Man merkt, dass du ein Schwein bist, wenn's ums Essen geht, du schwärmst für Einar, und Einar musste seinen Laden schließen, weil er kein Fleisch mehr bekam, und weißt du, warum?"

„Weil es nirgends mehr Fleisch gibt."

„Falsch! Weil Einar Menschenfleisch verkauft hat, und zwar schön in Würste verpackt."

Ro muss sich Mühe geben, nicht zu erbrechen. Am liebsten würde er davonschleichen. Doch er kann nicht weg. Erstens stehen die beiden Grauen so nah vor ihm, dass er sich niemals unbemerkt zurückziehen könnte, und zweitens hofft er, von den beiden etwas über Gambrin zu hören. Doch sie reden nur von Würsten, es ist zum Aus-der-Haut-Fahren. Die Männer streiten sich weiter über Einar und Kramm, über Menschenfleisch und Hühnermist. Nach einer Weile gehen sie weiter und verschwinden flussabwärts.

Gerade will Ro aus seinem Versteck herauskommen, als er erneut Stimmen hört. Wieder tauchen zwei Graue auf und verschwinden in dieselbe Richtung. Und so geht es weiter. Bestimmt zwei Stunden verharrt Ro im Dickicht und wartet, bis an die hundert Graue vorbeigezogen sind.

25. Die Dächer von Auro

Das ist ja die reinste Völkerwanderung, denkt Ro, was wollen die alle in Auro? Aus Gesprächsfetzen, die er in seinem Versteck aufgeschnappt hat, ist das ganz eindeutig hervorgegangen. Er hat erfahren, dass in Auro irgendein Ereignis stattfinden wird, welches die Grauen mit großer Spannung erwarten. Welcher Art aber dieses Ereignis sein soll, hat Ro nicht mitbekommen. Als es eine ganze Weile still bleibt, kriecht er aus dem Dickicht hervor, nimmt einen großen Schluck aus der Wasserflasche und geht dann den Männern nach.

„Auf, Dachs!"

Für den Rest der Nacht begegnen sie niemandem mehr, und gegen Morgen sehen sie die Dächer von Auro, die im ersten Sonnenlicht glänzen. Ro zieht sich die Kapuze ins Gesicht und geht weiter bis zum Stadttor. Es herrscht ein emsiges Treiben, Leute gehen ein und aus und überall stehen Graue herum, die sich miteinander streiten.

„Man wird nicht lange fackeln, das sag ich dir, man wird so kurzen Prozess machen, dass den Leuten gar nicht in den Sinn kommt, etwas zu unternehmen", hört er einen sagen. – „Nein, du liegst so schief wie deine Nase“, gibt ein Zweiter zurück, „es wird eine lange Prozedur werden, man wird es langsam machen, schön Schritt für Schritt, damit die Leute auch mitbekommen, was es heißt, sich gegen den Baron aufzulehnen.“ – „Und wenn's Aufruhr gibt?“, fragt ein Dritter herausfordernd. „Dann werden wir für Ordnung sorgen, du Knallkopf, warum glaubst du, sind wir hier zusammengezogen worden“, macht ihn der Erste fertig.

Was hat das zu bedeuten, denkt Ro, wollen sie jemanden vor Gericht bringen und aburteilen? Wer ist die Person, mit der man kurzen Prozess oder eine lange Prozedur machen will, doch nicht etwa... Er hat ein mulmiges Gefühl im Magen, denkt an Gambrin, denkt an die Worte des gelben Königs: ‘Gambrin wurde als kleines Mädchen in die Radstadt gebracht, weil die Weisen von Auro der Königin vorausgesagt haben, dass Gambrin ihren fünfzehnten Geburtstag nicht erlebt, wenn sie in Auro bleibt.‘

Sie haben es geschafft, Gambrin fünfzehn Jahre lang von Auro fern zu halten, und nun?

Zwei Tage vor ihrem fünfzehnten Geburtstag wird sie hierher geschleppt, nur weil er, Ro, beweisen wollte, was für ein cooler Typ er ist. Und während er mit tief ins Gesicht gezogener Kapuze den Palast sucht, geht im noch einmal die Nacht in der Pipeline durch den Kopf. Er sieht, wie er sich mit Gambrin streitet, während sie auf der Lauer liegen, hört die Wasserwache, wie sie ihre dümmlichen Witze erzählen, wie sie lachen, dass es im Stollen widerhallt, fühlt, wie sie der Graue am Kragen packt und in die Zelle wirft. Dann hört er Gambrin, die sagt: ‚Ich weiß nur, dass du rauskommst, bei mir bin ich nicht so sicher.'

Und genauso ist es auch gekommen, er erwachte auf den Putzfäden, und Gambrin wurde höchst wahrscheinlich nach Eisenstadt verschleppt.

Inzwischen ist Ro beim Palast angekommen. Wie der gelbe König ihm geraten hat, geht er um den Palast herum, bis er zu der langen Mauer kommt, die die Gärten umrundet. Ro sucht den Rosenstrauch, doch ihn trifft beinahe der Schlag, als er feststellen muss, dass es Hunderte von Rosensträuchern gibt, die an der Mauer wachsen.

Was hat der gelbe König gesagt, bei einem Rosenstrauch gibt es eine Klingel? Hier kann ich bis übermorgen suchen, um eine Klingel zu finden. Irgendwie habe ich das Gefühl, er habe noch etwas mehr gesagt als nur Rosenstrauch, aber ich weiß es nicht mehr. Verflixt, du bist wirklich zu vertrottelt, Ro! Er ärgert sich grün und blau, beginnt den ersten Rosenstrauch zu untersuchen, den zweiten, den dritten.

Nach einer Stunde hat er erst einen Bruchteil der Sträucher abgesucht. Er setzt sich erschöpft ins Gras und kramt gedankenverloren im Beutel. Dabei fällt ihm das graue Büchlein in die Finger. Er zieht es hervor und sieht es sich an.

„Ich hab's", sagt Ro halblaut, „ich lese die Stelle nach, wo der gelbe König mir von dem Rosenstrauch erzählt hat."

Er schlägt das Buch auf und nimmt sich vor, nur gerade diese eine Stelle anzusehen und ja nicht den Fehler zu begehen, bis in die Gegenwart weiterzulesen.

„Es dämmert", sagt der gelbe König.

„Ja, es wird höchste Zeit", erwidert Ro, „wann ist Gambrins Geburtstag?"

„Übermorgen. Du kannst es bis morgen früh schaffen, in Auro zu sein. In Auro musst du dich im Palast melden, aber nicht am Haupttor. Geh um den Palast herum, bis du zu den Gärten kommst. Dort gibt es einen gelben Rosenstrauch, der an der Mauer wächst,

„Aha, ein gelber Rosenstrauch also."

Ro springt auf und merkt erst jetzt, dass alle Rosensträucher, die er bisher untersucht hat, verblüht sind. Er läuft weiter um die Mauer herum, bis er auf den einzig blühenden Rosenstrauch trifft. Er ist gelb. Kurz schaut Ro noch mal ins Buch:

Am Fuß dieses Rosenstrauches findest du eine Klingel. Ziehe daran und warte. Wenn jemand erscheint, dann sage: 'Ich bin das Kind der Mutter Königin.'„

Er untersucht die Mauer und findet einen Griff aus Eisen. An diesem zieht er einige Male und wartet. Schließlich öffnet sich über ihm ein kleines Fenster.

„Was willst du?", fragt eine Frauenstimme.

„Ich bin das Kind der Mutter Königin."

„Oh", sagt die Stimme erfreut, „das ist schön. Geht noch ein paar Schritte weiter. Dann kommt eine Tür, ich mach gleich auf."

Ro tut, wie die Stimme geheißen und trifft nach ein paar Schritten auf die Tür.

Eine Hand erscheint und zieht Ro in den Garten.

Eine Frau in Gärtnerschürze steht vor ihm, tastet ihn von oben bis unten ab.

„Wir haben schon lange gewartet. Manche haben die Hoffnung schon aufgegeben, ich aber wusste es immer, dass Ihr kommt, bevor es zu spät ist. Es sind so grauenvolle Dinge geschehen…"

„Bitte", sagt Ro, „bitte, alles der Reihe nach! Welche grauenhaften Dinge sind passiert?"

Die Frau unterbricht ihn: „Ich darf Euch nichts erzählen. Die Mutter Königin weiß alles. Sie wird Euch gleich erzählen, was Ihr wissen wollt. Kommt, ich bringe Euch zu ihr."

26. Die Mutter Königin

Die Gärtnerin eilt mit Ro durch den Garten, in dem neben Kräutern und Blumen auch Gemüse und Früchte wachsen. Er ist geometrisch angelegt, die Wege führen im Kreis, und die Beete sind rund.

„Komischer Garten", murmelt Ro.

Die Gärtnerin schaut ihn freundlich an: „Hier ist das Herz von Auro."

In der Mitte des Gartens steht ein Brunnen. Ro schaut hinein

„Der Brunnen ist beinahe versiegt", sagt die Gärtnerin, „Ihr wisst ja..."

Ja, Ro weiß es, und er mag die Frage, ob man vielleicht hier weiß, warum das Wasser versiegt ist, gar nicht mehr stellen. Sie würde ihm genauso wie alle anderen in diesem Land sagen, dass man diese Frage nicht stellen könne, weil eine solche Frage genauso wenig vernünftig sei, wie nach dem Grund für das Wachstum der Pflanzen oder der Farbe des Himmels zu fragen. Sie nehmen es hin, wie man das Wetter hinnimmt. Dabei hat es mit der Fabrik etwas zu tun, denkt Ro, wenn ich nur wüsste, was? In dem Buch heißt das erste Kapitel *Woher der Fluss kommt*, was ich aber gelesen habe, war einfach meine Geschichte, wie ich in die Fabrik kam, wie ich den Alten traf, wie ich den Schlüssel gefunden habe und so weiter, von einer klaren Information, woher der Fluss kommt, keine Spur.

Bevor er weiter seinen Gedanken nachhängen kann, sind sie an der Tür angekommen, die in den Palast führt. Die Gärtnerin klingelt und übergibt Ro einer anderen Frau, die sehr streng aussieht. Nicht gut Kirschen essen mit der, denkt Ro, sieht aus wie die Lehrerin der Lehrerinnen.

Die Strenge führt ihn durch lange Gänge und Treppen in ein Gemach, in dem eine Badewanne steht. Dann klatscht sie in die Hände, Mädchen mit dampfenden Krügen kommen herein. Sie schütten heißes Wasser in die Badewanne. Ein angenehmer Geruch von Rosen verbreitet sich und füllt langsam den Raum. Die Strenge macht ein Zeichen und die Mädchen verschwinden.

„Der junge Herr kann jetzt baden, wenn er etwas braucht, hat er hier eine Glocke."

Sie verlässt den Raum, Ro ist allein und überlegt sich, ob er wirklich Lust auf ein Bad verspürt. Es kommt ihm sehr merkwürdig vor, dass man jetzt Zeit zum Baden hat, wo doch alles danach aussieht, dass Gambrin nach Auro gebracht werden soll und sich in höchster Gefahr befindet. Er geht auf eine Tür zu, öffnet sie. Ein halbes Dutzend Augenpaare schauen ihn an, kichernde Mädchen, die sich hinter vorgehaltener Hand unverständliches Zeug zutuscheln. Ro schließt gleich wieder die Tür. Hier kommt er nicht raus. Und andere Türen gibt es nicht. Er öffnet ein Fenster und schaut, ob es nicht eine Möglichkeit gibt, auf diesem Weg zu verschwinden. Doch! Ein gewaltiger Efeu rankt sich an der Palastmauer hinauf. Ro schwingt sich aus dem Fenster und beginnt zu klettern.

Hinauf!, ich muss hinaufsteigen, unten ist nur der Garten, da laufe ich bestimmt dieser Gärtnerin in die Hände. Ich muss herausfinden, wer die Stadt regiert, wann sie mit Gambrin kommen, ob Gambrin überhaupt kommt. Plötzlich öffnet sich ein Fenster direkt neben Ro, und eine Frau mit einer Krone sieht ihn freundlich an.

„Sieh da, der Stiefelträger kommt durchs Fenster."

„Die wollten mich baden, da unten."

„Das ist so üblich in meinem Palast", erwidert die Frau, und Ro kommt sie sehr königlich vor mit diesem roten Stein, der auf ihrer Brust funkelt.

„Ich finde, es gibt im Augenblick andere Probleme als Rosenbäder."

„Kann man dem Schicksal entrinnen?", fragt die Königin.

„Das weiß ich nicht", sagt Ro, „probieren kann man es auf jeden Fall."

„Willst du nicht hereinkommen?", fragt die Königin.

„Nein, danke, ich will wissen, was mit Gambrin ist."

„Sie wird heute Abend hierher gebracht."

Ro schwingt sich auf den Fenstersims und kauert nur einige Zentimeter vor dem Gesicht der Königin.

„Als Gefangene?"

„Als Braut."

„Was?", schreit Ro und springt ins Zimmer, „als Braut? Und wer ist der Bräutigam?"

„Der Baron“, sagt die Königin mit tonloser Stimme. „Sie kommen, um die Hochzeit zu verkünden, doch wenn Gambrin hier ist, wird sie sterben.“

„Ich halte nichts von Prophezeiungen“, sagt Ro verächtlich.

„Dann hältst du auch nichts von dir selbst“, sagt die Königin, und ihre Worte sind wie Pfeile, die sie auf Ro abschießt, „du selbst bist eine Prophezeiung. Gambrin hat sie uns überbracht, und sie hat unsere Hoffnung genährt und unseren Mut am Leben erhalten.“

„Hören Sie, Königin“, sagt Ro, „wir müssen verhindern, dass Gambrin diesen Baron heiratet, das ist jetzt das Wichtigste.“

„Sie wird sterben, Stiefelträger, bevor die Hochzeit auch nur verkündet werden kann. Die Prophezeiungen der Weisen von Auro haben sich noch immer erfüllt.“

„Sie erfüllen sich nur, weil Sie daran glauben, weil ihr alle daran glaubt. Alles, was gefürchtet wird, wird wahr.“

„Stammt das von dir, Stiefelträger?“

„Nein“, gibt Ro zu, „das hat mein Vater immer gesagt.“

„Und wo ist dein Vater?“

„Er ist verschwunden und ich wollte ihn suchen, stattdessen bin ich in euer Land geraten, und Gambrin hat mich schon mit ihren Träumen verrückt gemacht und ihrem Wissen von der Zukunft.“

„Lebt er noch, dein Vater?“

„Solange ich seine Leiche nicht gesehen habe, glaube ich, dass er lebt.“

„Ich möchte keine Leiche sehen“, sagt die Königin mit

Tränen in den Augen, „es gibt nur eine Möglichkeit, der Baron darf die Stadt nicht betreten."

Ro schüttelt den Kopf. „Die Stadt ist voller Wächter, die Grauen hocken an jeder Straßenecke."

„Aber wenn ein Mutiger hinausginge und den Baron aufhielte, dann könnte man vielleicht verhindern, dass Gambrin nach Auro gebracht wird."

Plötzlich hören sie Trompetenstöße, Rufe, Lärm. Die Königin rennt aus dem Zimmer auf einen Gang hinaus.

„Sie sind schon da, heiliger Fluss, da ist Gambrin, man nimmt mir mein Kind."

Die Königin sinkt in die Knie und fängt an zu schluchzen. Ro rennt zu ihr, packt sie an den Schultern und schüttelt sie.

„Königin, stehen Sie auf, seien Sie stark! Wir brauchen einen Plan. Ich habe eine Idee, aber Sie müssen mir helfen. Bitte!"

Die Königin erhebt sich langsam und wischt sich die Tränen ab.

„Verzeihung, ich habe die Fassung verloren, es tut mir Leid. Du hast Recht. Ich werde dir helfen. Es steht eine Prophezeiung gegen die andere…"

„Vergessen Sie doch endlich all diese Prophezeiungen, sorgen Sie dafür, dass Gambrin heute Abend einen Augenblick allein ist, damit ich mit ihr reden kann."

„Das ist unmöglich, es wird ein Riesenbankett geben, es werden unzählige Wachen hier sein, man wird sie auf Schritt und Tritt bewachen", sagt die Königin resignierend.

„Ich hab's", ruft Ro, „die Toilette! Einmal muss sie auf die Toilette, ich werde dort auf sie warten. Sagen sie ihr, nach der Hauptspeise muss sie sich einen Augenblick zurückziehen. Man wird sie bis zur Toilette begleiten, aber dann wird man sie allein lassen."

„Gut", nickt die Königin, „wir werden es versuchen. Und du, du versteckst dich im Schrank der Toilette. Ich werde dafür sorgen, dass dich niemand sieht."

27. Ein Wiedersehen

Ro hätte noch tausend Fragen. Wie es mit dem Wasser steht in Auro, wer es ihnen bringt, ob sie es auch kaufen müssen wie in der Radstadt und womit. Er möchte wissen, warum der Baron Gambrin heiraten will und warum das in Auro geschehen soll, wenn er doch weiß, dass die Prophezeiung Gambrins Tod vorausgesagt hat. Will er sie töten, statt heiraten, glaubt er nicht an die Prophezeiung, oder hat er Absichten, die bisher noch niemand durchschaut hat?

Die Königin ist so sehr in Eile, dass er all seine brennenden Fragen für sich behalten muss.

„Ich muss jetzt gehen und dafür Sorge tragen, dass alles klappt", sagt die Königin, „was wirst du tun?"

„Ich werde baden", sagt Ro, „bis es so weit ist, dauert es bestimmt noch eine ganze Zeit. Doch bevor Sie gehen... Sie sind Gambrins Mutter, nicht wahr?"

Die Königin nickt. „Ja, aber ich habe mein Kind noch nie gesehen. Man hat sie nach der Geburt direkt aus Auro hinausgebracht, damit die Prophezeiung nicht in Erfüllung gehe. In der Radstadt ist sie vom Schmied und seiner Frau aufgezogen worden."

„Das weiß ich“, unterbricht sie Ro, „auch ihren Vater kenne ich. Er hat mich gestern bewirtet.“

Die Königin schaut zu Boden, will etwas sagen, schweigt dann aber. Ro ist die Situation unangenehm. Der gelbe König scheint auch so ein Wespennest zu sein, in das man lieber nicht stechen sollte.

„So, ich muss jetzt gehen“, sagt sie, „ich werde jemanden rufen, der dich ins Bad bringt.“

„Nein, nein, ich kenne den Weg“, sagt Ro. Er geht zurück in das Zimmer und zum Fenster, durch das er hereingekommen ist, und klettert über den Efeu zurück in das Zimmer mit der Badewanne. Das Wasser ist noch warm. Er zieht sich schnell aus und gleitet wohlig hinein.

Der betörende Duft des Rosenöles lässt Ro einschlummern. Er sieht eine grüne Wiese vor sich, einen Bach mit einer Autogarage, eine Straße, auf der Lastwagen vorüberdonnern. Ro geht zur Garage und fragt nach seinem Vater. Ein Mann in blauem Overall zeigt in die Garage. Ro geht hinein und sieht seinen Vater Schrauben zählen.

„Die brauchst du nicht zu zählen, Pa“, sagt Ro, „ich weiß, wie viele es sind, ich kann es dir sagen.“

Der Vater wendet sich ihm zu und lächelt: „Das sind meine Schrauben, und Mutter hat Kartoffeln.“

„Wo warst du so lange?“, fragt Ro, „ich habe dich gesucht!“

„Dreihundertvierundzwanzigtausendsechshundertsiebenundachtzig ist eine stolze Zahl.“

„Bei mir waren es weniger“, erwidert Ro, „sag Pa, soll ich aufhören, dich zu suchen, bist du für immer fort?“

Der Vater lächelt und zählt weiter seine Schrauben:

„Achtundachtzig, neunundachtzig, dreihundertvierundzwanzigtausendsechshundertneunzig…“

Ro hört ein Klopfen und erwacht.

„Herein.“

Als Gambrin eintritt, fällt Ro der Unterkiefer auf die Brust.

„Du? Wie konntest du…“

„Schscht“, sagt sie, „ich habe mich nur für einen kurzen Moment wegschleichen können. Wir haben nicht viel Zeit.“

„Wir können abhauen, gleich jetzt, hier durchs Fenster“, sagt Ro und fährt auf, doch dann setzt er sich schnell wieder, weil er merkt, dass er nackt ist.

„Ich kann nicht abhauen, der Palast ist von den Grauen umstellt, wir kämen keinen Schritt weit“, sagt Gambrin und wendet ihre Augen aus dem Fenster, damit Ro sich nicht zu schämen braucht. Dann fährt sie fort: „Meine Mutter, die Königin, hat mir gesagt, dass du einen Plan hast, ist das der Plan, einfach durchs Fenster und fliehen?“

„Nein“, sagt Ro. „Mein Plan ist perfekt, er wird funktionieren, aber sag, ist der Baron auch da?“

„Ja“, erwidert Gambrin, „er hat mich hierher gebracht, damit ich sterbe oder seine Frau werde. Er sagt, es gäbe nur zwei Möglichkeiten, mich aus der Welt zu schaffen, entweder erfüllt sich die Prophezeiung oder ich werde seine Frau.“

„Bei dem ist das Geschirr wohl vollständig in die Brüche gegangen“, sagt Ro, „ist der zu blöde, um zu merken, dass du ihn umbringen kannst, wenn du mal seine Frau bist?“

„Da täuschst du dich. Würde ich so etwas versuchen, würde sein Nachfolger Auro einfach das Wasser abstellen, und die Stadt wäre in ein paar Tagen menschenleer. Er hat alles Wasser, wir haben nichts, seine Zisternen sind voll, unsere Krüge sind leer, seine Macht ist unbegrenzt."

„Hast du eine Ahnung, was dir gemäß der Prophezeiung passieren könnte?"

„Nein, ich weiß nur, dass das eine nicht besser ist als das andere. Sterben oder heiraten, wo ist da der Unterschied."

„Das also ist meinen Plan", sagt Ro, „bitte, schau mal kurz weg, ich muss aus der Wanne steigen."

Ro trocknet sich ab und zieht die frischen Kleider an, die für ihn bereitgelegt worden sind.

„Um die Gefahr, dass die Prophezeiung in Erfüllung geht, möglichst klein zu halten, müssen wir sofort anfangen. Ich habe ein Buch, das du lesen musst."

„Ich schwebe in Todesgefahr und du sagst mir, ich soll ein Buch lesen", entrüstet sich Gambrin.

„Lass mich doch ausreden", erwidert Ro ärgerlich, „es ist nicht irgendein Buch. Wenn du darin liest, verschwindest du aus der Wirklichkeit. Ich habe es beim gelben König, deinem Vater, probiert."

„Meinem Vater?"

„Ja, ich habe gestern bei ihm übernachtet und er hat mir ein Geschenk für dich mitgegeben."

Ro überreicht das Kästchen. Gambrin öffnet es und zieht ein buntes Halstuch heraus. Sie wickelt es um ihren Hals.

„Schön! Es steht dir gut", sagt Ro, „aber lass dir schnell erklären, wie das mit dem Buch funktioniert."

Er erzählt in knappen Worten vom Buch und von dessen merkwürdigen Eigenschaften. Er schlägt Gambrin vor, dass sie sofort mit dem Lesen beginnt und möglichst schnell herausfindet, wann die Gegenwart beginnt.

„Du wirst dann alles, was du erlebst, nicht wirklich erleben, sondern nur lesen. Selbst wenn du sterben müsstest, würdest du nur lesen, dass du stirbst. Du bleibst in dem Buch drin…"

„…und wie komme ich wieder raus?"

„Das ist ein schwieriger Punkt. Ich weiß es noch nicht so genau. Was ich bei mir herausgefunden habe, ist, sobald du im Buch liest, dass du das Buch einem anderen weitergibst, dann kommst du in die Wirklichkeit zurück."

„Und wenn es nicht drin steht, dass ich das Buch weitergebe."

„Dann, ja, das ist ein Risiko, aber ich bin sicher, dass du im Verlauf der Geschichte das Buch weitergibst. Das Buch kann man gar nicht dauernd selbst behalten."

„Eine etwas windige Hoffnung", sagt Gambrin und zieht die Nase hoch, „also gut, ich probiere es. Schlimmer als diesen Baron zu heiraten oder zu sterben kann es nicht sein. Und was wirst du tun?"

„Wenn du einfach vom Erdboden verschwindest, dann wird der Baron zuerst alles absuchen. Er wird jeden Winkel der Stadt durchsuchen lassen, seine Grauen werden kein Haus, keinen Keller, keinen Dachboden auslassen. Erst werden sie den Palast auf den Kopf stellen, dann den Rest der Stadt."

„Dann werden sie auch dich erwischen", ruft Gambrin, „und dann, Gnade dir der Fluss."

„Um mich brauchst du dich nicht zu sorgen, ich komme schon irgendwie weg“, sagt Ro, aber seine Stimme klingt nicht allzu überzeugt.

„Warte!“, sagt Gambrin, „wenn es für mich klappt, warum soll es nicht auch für dich, ich meine, für uns klappen…“

28. Die Verlobung

Gambrin muss ihre ganze Überredungskunst einsetzen, um Ro zu überzeugen, gemeinsam mit ihr in dem Buch zu lesen, damit beide verschwinden können.

Ro schweigt lange und Gambrin fragt:

„Was überlegst du noch?“

„Ob meine Chance, aus dem Palast zu entkommen, nicht größer ist, wenn ich es anders als mit dem gefährlichen Buch versuche.“

„Aha“, meint Gambrin, „für dich ist das Risiko zu groß, für mich aber ist es genau richtig.“

„Darum geht's nicht“, antwortet Ro, „und fang nicht schon wieder an zu streiten.

Ich habe den ganzen langen Weg nur gemacht, um dich zu befreien.“

„Wenn du nur meinetwegen hierher gekommen bist, dann fühle ich mich ebenso für dich verantwortlich, wie du dich für mich. Ich sag es dir noch einmal: Wenn du heil aus diesem Zimmer kommst, kommst du sicher nicht heil aus dem Palast. Solltest du doch heil aus dem Palast kommen, dann kommst du bestimmt nicht heil aus der Stadt…“

„Und wenn ich doch heil aus der Stadt komme, dann wäre ich draußen."

„Und was würdest du tun?"

„Ich würde schnurstracks in die Eisenstadt gehen und herausfinden, was mit dem Wasser passiert."

„Das kann ich dir auch sagen, dafür brauchst du deinen Kopf nicht zu riskieren. Der Baron füllt so viel wie gerade gebraucht wird in Amphoren ab und beliefert damit die übrigen Städte, die dafür einen ungeheuren Wucherpreis zahlen müssen. Das ist alles. Und je weniger Wasser wir haben, um so teurer wird es werden, bis es keinen Menschen mehr geben wird, der nicht vollkommen von ihm abhängig ist."

„Begreifst du denn nicht, wenn wir gemeinsam in dem Buch lesen, kann es passieren, dass wir es bis zum Ende durchlesen und nichts mehr verändern können. Es bliebe dann alles, wie es ist, wir würden vielleicht den Baron besiegen, wer weiß, aber in Wirklichkeit…"

„Das habe ich begriffen, trotzdem haben wir keine andere Wahl."

„Weißt du was?", fragt Ro, um Gambrin auf eine andere Fährte zu setzen, „der Bach, der aus dem Tunnel kommt, ist etwas angeschwollen. Ich brauchte ein Boot, um durchzukommen, mit den Stiefeln wäre es nicht gegangen."

„Wirklich?", staunt Gambrin, „das ist eine gute Nachricht. Also, komm schon, fangen wir an!"

Zeitlupe, denkt Ro, jetzt müsste man wieder einmal die Zeitlupe einschalten können, alles durchdenken, alles genau…

„Gambrin, es wird Zeit!" Die Strenge mahnt vor der Tür.

Gambrin schlägt das Buch auf und legt Ro den Arm um die Schulter.

„Wir, ach ähh, ich", ruft Gambrin, „ich komm ja schon, nur noch einen kleinen Augenblick..."

„Nein, das ist noch nicht die richtige Stelle." Ro blättert, bis er das vierte Kapitel gefunden hat, „ja hier..."

Sie beugen sich über das kleine Buch und beginnen zu lesen.

Gambrin liest:

„Gambrin, es ist Zeit", mahnt die Stimme der Kammerzofe an der Tür. Gambrin schaut Ro fest in die Augen und flüstert: „Ich kann jetzt nicht fliehen, ich werde mit dem Baron gehen und so versuchen, dem Land zu helfen."

Ro sieht ihr traurig nach, als sie hinaus auf den Gang huscht. Die Kammerzofe nimmt sie in Empfang und führt sie durch die langen Flure des Palastes in einen geheimen Raum, wo ihre Mutter auf sie wartet.

Als die Königin ihre Tochter, die sie seit der Geburt nicht mehr gesehen hat, erblickt, kann sie sich der Tränen nicht erwehren. Sie eilt auf Gambrin zu und schließt sie fest in die Arme. Gambrin spürt die Liebe, die sie umhüllt wie ein warmer Mantel.

Behutsam löst sie sich aus der Umarmung und schaut ihre Mutter an. „Königin, wir müssen jetzt nach vorn blicken. In einer Stunde werde ich dem Baron versprechen, seine Frau zu werden. Es gibt keinen anderen Ausweg."

Die Königin schüttelt den Kopf: „Doch, es gibt immer einen Ausweg."

„Diesmal nicht", erwidert Gambrin ernst, „ich habe mit dem Baron gesprochen. Er hätte Euch gefangen genommen und nach Eisenstadt in die Gefangenschaft gebracht, dann wären die Menschen von Auro ganz der Willkür der Grauen ausgesetzt gewesen. Wenn ich seine Frau werde, kann ich versuchen, das Schlimmste zu verhindern."

„Er ist ein Zerstörer, an seiner Seite wirst du nichts als Elend und Verzweiflung erleben."

„So weit wird es nicht kommen. Der Stiefelträger…"

„Er mag ja ein hoffnungsvoller junger Mann sein", unterbricht sie unwirsch die Königin, „aber er ist zu unerfahren und zu schwach, um diesem Tyrannen und seinen ruchlosen Gefolgsleuten machtvoll entgegenzutreten."

„Habt Vertrauen, es wird alles gut werden. Und wenn es vorüber ist, werden wir eine Woche lang zusammensitzen und feiern, erzählen und essen und schlafen. Ich kann kaum erwarten, alles von Euch zu erfahren. Wisst Ihr, wie sehr ich mich gefreut habe zu hören, dass ich auch eine Mutter in Auro habe."

„Mutter hat man nur eine", sagt die Königin kühl."

„Nein, ich habe zwei", widerspricht Gambrin, „eine in der Radstadt und eine in Auro, und beide liebe ich."

Die Königin senkt den Blick und nickt gedankenverloren, dann fasst sie sich wieder. „Lass uns gehen!" Sie ruft die Kammerzofe, und Gambrin wird ins Umkleidegemach geführt, wo bereits alle warten, um ihr ins Brautkleid zu helfen. Sie lässt alles mit sich geschehen, niemand spricht ein Wort. Als die Zofen ihr zum Schluss den mit Apfelblüten bestickten Schleier aus weißer Seide ins Haar stecken, sieht sie unbeschreiblich schön aus. Die Zofen stehen sprachlos da, und als die Mutter erscheint, um Gambrin abzuholen, scheinen sie aus einem Traum zu fallen.

Die Königin geleitet Gambrin durchs Schloss, und der festlich gekleidete Hofstaat schließt sich an.

Umgeben von seinen Männern wartet der Baron in der Halle. Er ist in einen schwarzen Mantel gehüllt, und ein prächtiger Federschmuck ziert seinen Adlerhelm. Ein triumphierendes Lächeln umspielt seine schmalen Lippen, als er sich vor der Königin und seiner Braut verbeugt. Ohne den Gruß zu erwidern, führt die Königin Gambrin gemessenen Schrittes an ihm vorüber.

„Eure Männer müssen die Waffen hier ablegen, so will es unsere Tradition", sagt die Königin, nachdem der Baron ihnen nachgekommen ist. Dieser lächelt bitter, gibt aber seinen Leuten ein Zeichen, worauf sie ihre Hacken ablegen.

Fanfaren erklingen, Gambrin und ihre Mutter überschreiten die Schwelle des Thronsaals, der Baron mit zwei seiner Männer folgt. Gambrin lässt sich auf ihrem Stuhl nieder, während der Baron ihr gegenüber Platz nimmt. An ihre Seite setzt sich die Königin. Der Zeremonienmeister gibt den Musikern ein Zeichen. Es wird still im Saal. Nun erscheint der Höchste der Weisen von Auro in einem silbrig schimmernden Mantel. Er stützt sich auf einen goldenen Stab. Sein altes Haupt ist von weißem Haar umkränzt und sein Blick flackert. Er stellt sich vor den Baron und Gambrin und spricht mit unterdrücktem Zittern in der Stimme:

„So es denn gekommen ist, wie die Prophezeiung

es vorausgesagt hat, beugen die Weisen von Auro ihr Haupt vor der unerbittlichen Macht des Schicksals und sie erteilen den Segen für einen Bund, mit dem keiner gerechnet, den keiner geglaubt, und von dem keiner weiß, was er bringen wird. Und so jemand etwas einzuwenden hat gegen den Bund, solle er nach dem alten Brauch vortreten und seine Meinung kundtun."

Im Saal herrscht Totenstille. Der Alte wendet sich um, wartet, wendet sich wieder Gambrin zu, dreht sich noch einmal der ganzen Gesellschaft zu und sagt dann:

„Keiner! Es ist keiner da, der seine Stimme erhebt gegen den Bund unserer Gambrin mit dem Baron zu Eisenstadt."

29. Ros Lesereise

Ros liest seine Geschichte:

Gambrin geht hinaus und Ro bleibt allein im Zimmer zurück. Gedanken sausen ihm durch den Kopf und treffen ihn wie Peitschenhiebe: Gambrin wird also den Baron heiraten, sagt er sich, dieser wird sie nach Eisenstadt zurückbringen und ihr dort einen Käfig bauen, den er mit den Goldplatten der Dächer von Auro schmückt. Gambrin weiß nicht, was sie tut, sie muss den Verstand verloren haben!

Ro schwingt den Beutel mit seinem ganzen Hab und Gut über die Schulter, klettert aus dem Fenster über den Efeu hinunter in den Garten. Und er wird schon erwartet. Der Dachs steht schwanzwedelnd unter einem Rosmarinstrauch.

„Dachs, ich brauche ein sicheres Versteck, bis alles vorüber ist, kannst du mir helfen?“

Der Dachs dreht sich um und wackelt zielstrebig auf einen Geräteschuppen los, der sich im hinteren Teil des Gartens befindet. Ro öffnet die Tür und tritt in den Holzverschlag ein. Durch ein Fenster dringt etwas Licht, ein unangenehm süßlicher Geruch erfüllt die Luft. Der

Dachs scharrt verbissen an einem Bodenbrett und lässt sich davon nicht abbringen, bis Ro mit einer Spitzhacke das Holz herausgewuchtet hat. Ein unerträglicher Gestank dringt herauf. Mit seinem Feuerzeug leuchtet Ro hinunter. Was er sieht, lässt ihn erstarren: Er schaut in eine Grube voller Leichen. Der Geruch nimmt ihm den Atem. Ro will so schnell wie möglich den grauenvollen Ort verlassen. Er springt auf und läuft direkt der Gärtnerin in die Arme.

„Wohin so hastig?“

„Weg von hier, das ist ein Leichenhaus.“

„Ach, der Stiefelträger hat unsere Grube gefunden. Das ist gut so, dann weiß Er wenigstens, was hier geschieht.“

„Ich weiß gar nichts“, sagt Ro, „ich sehe nur die Berge von Leichen und rieche diesen fürchterlichen Gestank, den ich wohl nie mehr aus der Nase bekommen werde.“

„Es sind Graue, die Wächter des Barons. Wir beseitigen sie, wo immer wir können.“

Ro denkt an den Mann, dem er das Bein gestellt hat und der nicht mehr aufgestanden war. Er mag noch immer nicht daran denken, dass er ihn vielleicht getötet hat. Es war Notwehr, er wollte Gambrin helfen. Doch das hier ist noch viel grässlicher, dies ist Krieg, ein heimtückischer, grauenvoller Krieg.

„Ich dachte, hier ist das gute Herz des Landes, wo die Königin Mutter gerecht regiert.“

„Der Hass und die Liebe entspringen demselben Brunnen, Stiefelträger.“

„Weiß sie davon?“

Die Gärtnerin nickt: „Wir und die Königin sind eins.“

„Und wenn kein Wasser mehr kommt, werden alle zu Bestien. Warum, Herrgott noch mal, seid ihr nie in den Tunnel gegangen, um nachzusehen, warum kein Wasser mehr kommt."

„Was hinter unserem Land ist, das können wir nicht beeinflussen."

„Das kenne ich, alle redet ihr so! Aber wenn ihr immer nur redet und nie versucht, hinter die Wahrheit zu kommen, wird sich nie etwas ändern!"

„Es liegt nicht in unserer Macht."

„Aber Graue umbringen, das könnt ihr! Wenn der Baron merkt, was hier los ist, wird er sich rächen und ein Blutbad anrichten in der Stadt."

„Ob wir verhungern, weil die Dürre alle Ernten vernichtet, oder ob wir im Kampf sterben, wo liegt der Unterschied?"

Plötzlich stehen zwei Wächtern des Barons in der Tür des Geräteschuppens, einer tritt vor, springt in die Grube hinunter und ruft:

„He, da liegen unsere Männer, zwanzig oder mehr. Bring die beiden sofort zum Baron und erzählt ihm, was hier los ist, das gibt die rechte Würze fürs Hochzeitsfest!"

Ro reagiert schneller als seine Gedanken nachkommen. Er schreit:

„Achtung, da hinten!!!", und springt schneller als er denken kann an den verdutzten Wächtern vorbei zurück zur Efeuranke. Hinter sich hört er die Schreie der Wächter. Er klettert die Ranke hoch, schwingt sich ins Zimmer und rast durch den Palast, um nach Gambrin zu suchen. Er muss sie warnen. Wenn der Baron

von den Leichen hört, wer weiß, wozu er dann fähig sein wird. Endlich erreicht er den Festsaal und sieht einen alten Mann in einem Silbergewand vor Gambrin und der Königin stehen. Gambrin trägt ein weißes Hochzeitskleid, Ro erkennt sie beinahe nicht mehr, stolz und schön sitzt sie neben ihrer Mutter und schaut den Baron an.

Sie kam mir immer wie ein Junge vor, denkt Ro, dabei ist sie das schönste Mädchen, das ich je gesehen habe. Der Baron, dieses Scheusal, darf sie nicht bekommen, niemals!

Der Alte mit dem Silbergewand wendet sich um, schaut erwartungsvoll die anwesende Gesellschaft an, wartet, wendet sich wieder Gambrin zu, dreht sich noch einmal um und sagt dann:

„Keiner! Es ist keiner da, der seine Stimme erhebt gegen den Bund unserer Gambrin mit dem Baron zu Eisenstadt."

„Doch, ich", hört Ro sich sagen, „ich, Ro, habe etwas dagegen."

Ein Raunen geht durch den Saal, der Baron schaut zur Tür, und die Blicke der beiden treffen sich. Ro lässt den Baron nicht aus den Augen und fährt fort: „Der Baron hat kein Recht, Gambrin zu seiner Frau zu nehmen, denn er liebt sie nicht."

Der Baron verzieht sein Gesicht zu einer Grimasse und brüllt: „Woher kommt denn dieses Ungeziefer? Her mit dem Bürschchen, wir werden es zerquetschen wie eine Wanze!"

„Das ist deine Sprache!", ruft Ro, „gut, wenn es alle einmal hören: Mehr als Gewalt und Hass kennst du nicht. Gambrin, sag nein, solange du noch kannst."

Im Saal herrscht Totenstille.

Bevor der Baron seine Männer anweisen kann, Ro unschädlich zu machen, steht Gambrin auf und ruft in den Saal:

„Schaut ihn an, er ist der Stiefelträger, von dem ich geträumt habe, er würde uns das Wasser wiederbringen. Ich habe mich nicht getäuscht. Der Bach ist angeschwollen. Und wenn wir nicht aufgeben, wird der Fluss wieder Wasser führen, wie früher."

„Was", schreit der Baron, „so belohnst du meine Großzügigkeit? Du hättest Herrin von Eisenstadt werden können, ich hätte dir die Krone über das Land verliehen, alle hätten dir zu Füßen gelegen, du Närrin."

Der Baron greift in seinen Mantel. Plötzlich blitzt ein Dolch auf.

„Gambrin!", schreit Ro. Doch es ist zu spät, der Baron stößt Gambrin den Dolch in die Brust und ruft:

„Nimm dies für deinen Verrat. So wird es allen ergehen, die sich mir widersetzen. Den Stiefelträger!"

Von allen Seiten stürzen sich Graue auf Ro. Es gibt kein Entrinnen. „Werft ihn in den Kerker, ich werde mir das Bürschchen selbst vorknöpfen."

30. Entkommen

Ro und Gambrin lassen das Buch sinken und sehen sich an.

„Du bist tot und ich gefangen, klingt nicht gut", sagt Ro.

„Ich fühle mich aber sehr lebendig", sagt Gambrin „und du kommst mir frei vor, wie ein Fisch im Wasser."

„Ist das nun alles geschehen, oder wird alles noch geschehen?", fragt Ro.

„Es ist dein Buch", erwidert Gambrin.

„Nach dem, was im Vorwort steht, müsste alles, was du gelesen hast, passiert sein. Das heißt, du bist zwar im Buch gestorben, in der Wirklichkeit aber lebst du noch."

„Sehr aufschlussreich!", sagt Gambrin spöttisch. „Du musst mir nur noch verraten, ob ich als Leiche im Palast liege und gleichzeitig mit dir hier über mich als Leiche diskutiere, oder ob sie nur im Buch liegt."

Ro schlägt das Vorwort auf und liest Gambrin die ersten Sätze vor:

Alles, was Sie in diesem Buch lesen, werden Sie nicht selbst erleben können.

Die Lektüre dieses Buches bewirkt, dass Sie glauben, dass alles, was Sie gelesen haben, ihre eigene Erfahrung sei. Sie werden überzeugt sein, in diesem Buch stehe ihr eigenes Leben, und wenn Sie das Buch gelesen haben, werden Sie ein Reise unternommen haben, von der Sie glauben, es sei Ihr höchstpersönliches Reiseerlebnis, in Wirklichkeit aber haben Sie nur ein Buch gelesen.

„In diesem Falle", kombiniert Gambrin, „liege ich nur im Buch als Leiche, in Wirklichkeit aber bin ich hier mit dir. Gut, dann müsste man noch wissen, welche Zeit jetzt ist. Wird gleich die Hochzeit beginnen oder ist sie schon vorüber?"

„Ich werde rausgehen und nachsehen."

„Nein, warte!", sagt Gambrin, „lass mich machen."

Sie öffnet vorsichtig die Tür, huscht hinaus und ist auch gleich wieder zurück.

„Die Königin wird bald hier sein. Ich habe die Kammerzofe gefunden und ihr gesagt, meine Mutter solle hierher ins Badezimmer kommen. Ihr sind beinahe die Augen aus dem Kopf gefallen, als sie mich gesehen hat."

Wenn Gambrin so voller Eifer ist, dann mag ich sie richtig, denkt Ro, wie gern würde ich ihr sagen, dass sie als Braut wunderschön war. Doch das lass ich wohl lieber, sonst wird sie eingebildet und meint noch, ich wolle etwas von ihr.

„Meine Güte, Kinder, wo habt ihr gesteckt", ruft die Königin, als sie den Raum betritt.

Gambrin hält den Finger vor den Mund. Die Königin aber ist so aufgeregt, dass es ihr nicht gelingt, ihre Stimme zu dämpfen:

„Wir haben euch überall gesucht, wir haben das ganze Haus auf den Kopf gestellt. Ach, ihr hättet den Baron sehen sollen. Er war außer sich vor Wut, er ließ zweihundert Wächter kommen, und die haben jeden Winkel des Schlosses durchkämmt…“

„Dann hat er die Leichen im Geräteschuppen gefunden?“

Die Königin erbleicht, versucht sich zu fassen und stottert schließlich:

„Leichen im Geräteschuppen… Woher weißt du… Nein, der Baron hat sie nicht… Aber du offensichtlich…“

„Und die Wächter, haben sie nichts von den Leichen gesagt?“

„Nein, Gnade uns der Fluss, wenn der Baron erfährt, dass wir seine Männer beseitigen.“

„Denken Sie, dass es viel bringt, wenn man ein paar Wachen des Barons ermordet?“, fragt Ro und fixiert die Königin.

„Der Baron hat es nicht anders verdient, und…“

„Liebe und Hass entspringen demselben Brunnen“, unterbricht sie Ro.

„Das ist unsere Rede, aber sie ist geheim“, sagt die Königin fassungslos. „Woher weißt du das alles?“

„Mutter“, sagt Gambrin, „wo ist der Baron?“

„Er ist wieder nach Eisenstadt gegangen, nachdem er dich nicht gefunden hat, die Beschämung war zu groß für ihn.“

„Er wird es wieder versuchen“, sagt Gambrin.

„Auro ist eine Kaserne der grauen Wächter geworden“, sagt die Königin ernst, „er hat so viele Männer in der Stadt gelassen, dass wir in ein paar Wochen alle Vorräte für sie aufgebraucht haben werden. Das Unglück ist nur aufgeschoben. In ein, spätestens zwei Monaten werden wir am Ende sein."

„Bis dahin muss das Wasser wiederkommen", sagt Ro. „Entweder aus den Zisternen des Barons oder noch besser aus dem Fluss. Ich muss nach Eisenstadt gehen und herausfinden, wohin das Wasser geleitet wird, das sie in der Radstadt pumpen."

„Ich werde mitkommen", sagt Gambrin bestimmt.

„Ihr seid zu zweit und sie sind hunderte, wie wollt ihr das schaffen?"

Ro nimmt die Landkarte aus der Hosentasche.

„Zwischen Auro und Eisenstadt liegt noch ein Dorf oder eine Stadt."

„Ein Turm", sagt die Königin. „Der Turm steht in einer Schlucht und es wohnt nur ein Mann darin."

„Da müssen wir zuerst hin", sagt Ro, „ich bin sicher, dort werden wir mehr erfahren."

„Ich fürchte, dass du dich täuschst. Im Turm wohnt der Rufer und er ist nicht ganz richtig im Kopf. Er verkündet jeden Morgen und jeden Abend seine Lehren, doch die Worte sind sinnlos."

„Denken Sie auch so über den gelben König?", fragt Ro und lauert auf eine Antwort.

Wider Erwarten schreckt diese Frage die Königin nicht.

„Nein, der gelbe König ist ein würdiger Mann. Er ist arm und sein Palast ist leer, aber er ist bei Verstand. Und er hat noch nie jemandem etwas zu Leide getan."

„Er behauptet, er sei mein Vater", sagt Gambrin. „Aber

ich habe ihn nicht oft gesehen und kann nur sagen, was ich für ihn fühle.“

„Und?“, fragt Ro.

„Zuerst hat man uns getrennt, weil man mich in die Radstadt brachte wegen der Prophezeiung, dann hast du ihn verlassen, Mutter. Jedes Mal, wenn ich ihn besuchte, wusste er nicht, was er mit mir reden sollte. So haben wir oft geschwiegen und nur gefühlt.“

Die Königin gibt sich einen Ruck, nimmt Gambrin und Ro bei der Schulter und geht mit ihnen zum Fenster.

„Schaut euch unser schönes Auro an. Es hatte goldene Dächer. Jetzt sind sie grau, weil wir das Gold dem Baron für Wasser geben mussten. Bald werden wir kein Gold mehr haben und Auro wird grau sein wie Eisenstadt. Der Feind ist verschlagen und roh. Seid vorsichtig. Denkt immer einen Schritt weiter, als ihr zu denken glaubt. Hört immer einen Moment länger hin, als ihr glaubt hinhören zu müssen und schaut immer zweimal hin, bevor ihr handelt. Doch wenn ihr handelt, tut es ohne zu zögern und ohne zu zweifeln. Wenn ihr aber Angst habt, wenn alles hören und sehen und denken keine Klärung bringt, dann stellt euch das Glück vor!“

Was ist Glück? fragt sich Ro und denkt an seinen Vater, als er mit einem Fußball nach Hause kam, den er Ro zum Geburtstag schenken wollte und immer sagte: „Ich bin glücklich, bin ich glücklich.“ Ro war auch glücklich über das Geschenk, aber Pa war noch glücklicher, übers Schenken.

„Hier in dieser Stadt sind meine beiden Mütter“, sagt Gambrin. „Die Königin und die Frau des Schmieds. Wie geht es ihr, lebt sie?“

„Ja“, sagt die Königin, „wenn alles vorüber ist, werden wir sie einladen, sie und den gelben König und die Leute von Radstadt, und sieben Tage werden wir tanzen und feiern und erzählen, ein Fest werden wir feiern, wie wir noch nie ein Fest gefeiert haben.“

„Ein Fest“, sagt Ro, „ich bin dabei.“

31. Die Turmschlucht

Ro und Gambrin sind spät am Abend aufgebrochen und laufen auf den Hügelkamm, der sich hinter Auro erhebt, Richtung Eisenstadt. Da der Weg am Fluss entlang zu gefährlich, die andere Seite des Flusses zu unsicher ist, ließ sie die Königin erst gehen, als sie versprochen hatten, den Umweg über die Hügel zu nehmen. Die Landschaft ist kahl, nur ab und zu wächst ein Dornbusch oder ein einsamer Strauch. Hinter den Hügeln dehnt sich eine riesige Steppe aus, deren Größe in der Nacht nur erahnt werden kann. Sie gehen schweigend hintereinander her, in einigem Abstand folgt der Dachs. Als er sich ihnen anschloss, wollte Gambrin ihn verscheuchen, aber Ro wehrte sich für seinen Begleiter, erzählte ihr, was er alles schon mit ihm erlebt hatte und erklärte ihr auch, dass der Dachs die Leichen gefunden hatte.

„Leichen, von denen ich nichts wusste", hatte Gambrin geantwortet. Und Ro war erst da klar geworden, dass er eine ganz andere Geschichte im Buch gelesen hatte als sie.

Sie kommen an einer zerfallenen Wasserstelle vorbei.

Früher muss es hier Menschen und Tiere gegeben haben, Hirten vielleicht, jetzt ist alles braun und verdorrt. Gambrin setzt sich. „Wie heißt denn der Dachs?", fragt sie.

„Ich habe ihm keinen Namen gegeben, Dachs halt!", sagt Ro.

„Typisch Jungs", findet Gambrin, „ein Lebewesen muss doch einen Namen haben, sonst hat es keine Seele."

Ro zuckt mit der Schulter und Gambrin sagt: „ Er erinnert mich an meinen verstorbenen Ziehvater, den Schmied, der war auch so plump und niedlich zugleich. Wie findest du denn Schmidl?"

Ro widerspricht nicht, und so heißt der Dachs von nun an Schmidl. Obwohl er Schmidl für einen fürchterlicher Namen hält, aber er mag nicht streiten. Am liebsten würde er gar nicht sprechen und seinen Gedanken nachhängen. Er war nämlich gerade dabei, all die Fragen aufzuzählen, auf die er gern eine Antwort gehabt hätte. Dabei war er beim Alten in der Fabrik angekommen, den er viel hätte fragen können: was mit dem Fluss ist, woher er kommt und wohin er führt, warum er ihm das Buch gegeben hat, ob er weiß, was Ro hier tut, und dass dieses Abenteuer Ro das Leben kosten kann. Was hat die Maschine mit dem Ganzen zu tun, warum ließ ihn der Alte Schrauben zählen, und hat er den Schlüssel absichtlich in den Putzfäden verloren? Je mehr er darüber nachdenkt, umso deutlicher wird sein Gefühl, dass der Alte eine viel bedeutendere Rolle spielt, als er es sich bisher vorgestellt hat. Nur welche? Und Timor, was war mit Timor, dem komischen Kauz?

Was hat er geschwafelt? Irgendetwas von Wasser, das aus einem Felsen springt und vom königlichen Schiff, vom westlichen Land, und dass sie ihm zujubeln, weil er sie befreit hat. Und was war mit dem Skelett? Als er durch den Tunnel ging, da war doch dieses Skelett, hatte der auch versucht, auf die andere Seite zu kommen und war gescheitert?

„Gambrin", fragt Ro, „kannst du mir sagen, warum der Baron dich heiraten wollte? Ich meine, ist doch vollkommen unlogisch. Er hat dich geschnappt und er hätte dich unschädlich machen können. Als ich nach Auro kam, da habe ich zwei Wächtern zugehört, die miteinander sprachen und ich meine verstanden zu haben, dass der Baron die Absicht hatte, dich in Auro zum Tode zu verurteilen. Stattdessen wollte er dich heiraten."

„Der Baron ist ein merkwürdiger Mann. Er ist nicht nur böse! Auch wenn

es so scheint. Er wollte mich heiraten, weil er mich liebt."

Ro fällt aus allen Wolken: „Er behauptet, er liebt dich?"

„Nein", erwidert Gambrin, „ich glaube wirklich, dass er mich haben wollte. Als Herrin von Eisenstadt und als seine Frau."

„So einer kann doch nicht lieben. Er kann nur herrschen, er kann nur Macht ausüben."

„Hast du ihn gesehen?", fragt Gambrin.

„Nein", gibt Ro kleinlaut zu, „ich habe ihn nur gelesen."

„Dann kannst du dir kein Urteil bilden."

„Und du", fragt Ro zögernd, „liebst du ihn etwa auch?"

„Ich habe Mitleid mit ihm“, gibt Gambrin zu, „er ist ein einsamer, grauer Mann, der nicht weiß, was es heißt, einen Manhard zu haben oder einen gelben König. Er hat nur Wasser und Gold und Menschen, über die er verfügen kann.“

Ro sagt nichts mehr und trottet schweigend weiter. Wen habe ich?, überlegt er, Großmama, gut, und Pa, aber der ist fort, meine Schulfreunde, die sind irgendwo. Auf der Straße gibt es keine Manhards und keine gelben Könige. Ich habe mich nicht einmal selber. Ich habe nur die Straße und die Hoffnung, Pa zu finden. Und jetzt habe ich dieses Land und Gambrin, die mitkommt, um den Baron zu besiegen, wie ich bisher glaubte.

„Dann willst du den Baron gar nicht unschädlich machen?“, fragt Ro.

„Es gibt verschiedene Möglichkeiten den Baron unschädlich zu machen. Die beste wäre, ihn nützlich zu machen.“

„Ich glaube, das Böse kann man nicht gut machen. Er hat deinen Pflegevater töten lassen, er hat die Radstädter versklavt, er plündert Auros Gold, er will alles haben, sogar dich, das Beste, was ich bisher hier angetroffen habe. Nein, grau kann nicht bunt werden, grau ist grau, böse ist böse.“

Würden sie bei Tage gehen, hätte Ro sehen können, dass Gambrin rot geworden ist, als er sagte, sie sei das Beste, das er hier angetroffen habe. Gambrin ist froh über die Dunkelheit und schreitet nur etwas schneller aus. Ro hängt weiter seinen Gedanken nach: Die Leichen im Gartenhaus. Abgemurkst wie Karnickel und verscharrt. Die Königin hat wohl auch ihre dunklen Seiten.

Es gibt so viele Graue, wie kann sie nur glauben, mit ein paar Dutzend weniger könne man das Problem lösen.

Andererseits gefiel es Ro, wie sie ihn und Gambrin an sich gezogen und gute Ratschläge erteilt hat. Ro hat fast alle vergessen, nur ein Satz ist ihm im Gedächtnis geblieben: ‚Wenn ihr aber Angst habt, wenn alles hören und sehen und alles denken keine Klärung bringt, dann stellt euch das Glück vor!'

„Was hat die Königin gesagt übers Sehen und Hören?", fragt Ro.

„Man soll zweimal hinschauen und zweimal hinhören und zweimal überlegen, bevor man handelt", antwortet Gambrin.

„Aber wenn man handelt, soll man zuschlagen, ohne Wenn und Aber", ergänzt Ro.

„Ja, so ungefähr."

„Und was hältst du davon?"

„Na ja, die Erwachsenen denken, sie könnten einen mit solchen Weisheiten weiterhelfen."

Die Landschaft wird immer schroffer, sie müssen absteigen, um den Felsen auszuweichen und kommen bald am Fuß des Hügelkamms an.

Das Flusstal verengt sich auf wenige hundert Meter. Sie erreichen eine Straße, die neben dem Flussbett entlangläuft. Schmidl ist unmittelbar hinter ihnen und macht Geräusche, die wie zischendes Husten klingen. Ro schaut sich um.

„Es bleibt uns nicht viel anderes übrig, wir müssen die Straße nehmen."

„Lass uns ganz leise und mit Abstand gehen", meint Gambrin.

Ro nickt. Er und Schmidl gehen voraus, Ro nimmt das Messer aus der Tasche und steckt es in den Gürtel. Plötzlich erschallt von weitem eine Stimme aus dem Dunkel:

„Du greifst nach den Sternen, du erhebst deine Hand und stellst deinen Fuß auf die Erde, doch vom Wasser hast du keine Kunde, du kennst nicht den Namen der Steine, du weißt nicht, wer die Winde entfesselt, und die Blumen sind dir fremd. Stelle nur deinen Fuß auf die Erde, erhebe deine Hand und greife nach den Sternen. Die Blumen werden über dich lachen, die Winde werden dir aus der Wüste den Staub schicken, das Wasser aber, das Wasser wird über dich kommen, und die Steine werden dich am Ende bedecken."

„Das muss der Rufer sein, von dem Mutter gesagt hat, er sei nicht richtig im Kopf. Da kann die Turmschlucht nicht weit sein. Komm, statten wir dem Mann einen Besuch ab!"

32. Der Rufer

Das Tal hat sich noch stärker verengt, Felswände steigen links und rechts auf, die Straße ist dreißig Meter über dem Flussbett abenteuerlich aus dem Felsen herausgehauen. Der Morgen taucht die Wände in ein unwirkliches Licht. Nach kurzer Zeit kommen sie an einen aus großen Steinen errichteten Turm, der mitten im Flussbett steht. Ro bemerkt Zinnen und kleine Fenster, kein Verputz, nur die rohen aufeinander gemauerten Steine. Wenn der Fluss Wasser führen würde, müsste der Turm einen trotzigen Anblick bieten, auf dem Trockenen sieht er verloren aus. Von der Straße führt eine schmale Brücke hinüber.

„Da kommen zwei Wanderer ihres Weges“, hören sie die Stimme aus dem Turm, „was führt Euch in dieser notvollen Zeit in meine einsame Gegend.“

„Wir suchen Hilfe“, ruft Ro hinauf, „öffnet uns das Tor, der Tag kommt herauf.“

„Ha, Ihr scheut das Tageslicht! Was seid Ihr für Gelichter, finstere Gesellen!?“

„Das würden wir Ihnen gern bei einem heißen Tee erzählen.“

Es dauert eine ganze Weile, bis das Tor aufgeht und ein Mann mit spitzem Bart herausschaut.

„Ist da nicht noch sonst ein anderer, der Einlass heischt in falschem Namen, um zwielichtige Pläne zu verwirklichen in meinem Haus?!"

„Nein."

„So kommt denn herein, und was Ihr mir wünscht, werde ich Euch wünschen."

Der Spitzbärtige winkt mit der Hand.

Ro gibt Schmidl noch schnell ein Stück Brot und etwas Wasser, bevor sie ihn zurücklassen, dann treten er und Gambrin ein. Über eine steile Holztreppe kommen sie in ein Turmzimmer, in dessen Kamin ein Feuer lodert.

„Setzt Euch und wärmt die Knochen. Wisset, das Feuer ist dem Menschen zugetan, und Licht und Wärme spendet es, es vermag die Nacht aufzuhellen und die Kälte erträglich zu machen, doch wehe dem, der nicht Abstand zu wahren weiß. Er wird sich brennen und sein Mantel wird zum Flammengrab."

Der Spitzbärtige nimmt eine Kanne, die auf den Gluten des Kaminfeuers steht und gießt eine grüne Flüssigkeit in zwei Tassen. Ro schlürft das heiße Gebräu, das zugleich süß und herb schmeckt.

„Das ist Ro und ich bin Gambrin, und Ihr seid der Rufer, nicht wahr?", fragt Gambrin und schaut den Spitzbärtigen an.

„Was eröffnet Ihr Euren Namen ohne Furcht. Wisst Ihr nicht, dass wir in der Stunde des Schweigens angekommen sind, da jeder seinen Namen verbirgt und keiner dem anderen traut. Wehe, wenn ich Euren Namen weiß, habe ich Macht über Euch, denn der Name offenbart seinen Träger."

„Gewiss", sagt Gambrin, „aber wir wissen, dass Ihr der Rufer im Turm seid und dass Ihr uns nicht verratet, da wohl auch Ihr nichts anderes wünscht, als dass das Wasser wiederkommt."

Der Rufer schaut sie mit großen Augen an.

„Ja", sagt er plötzlich ernst, „das Wasser, Ihr habt Recht, doch wenn es nicht kommt?"

„Wir sind auf dem Weg zum Baron", erklärt Gambrin weiter, „und wir brauchen Eure Hilfe. Wir müssen wissen, wie wir unbemerkt nach Eisenstadt gelangen. Wie kann man sich dort verstecken? Wisst Ihr, wo der Baron genau wohnt? Wir brauchen eine Karte."

„Hach, was Ihr da plappert", antwortet der Rufer, „wer nach Eisenstadt will, der braucht ganz andere Dinge als einen Plan der Stadt."

„Und das wäre?", fragt Ro lauernd und merkt, dass ihm der Mann unsympathisch ist.

„Er muss erst wissen, was Er von dort will", ruft der Spitzbärtige triumphierend aus, „ich sehe Eure Stirnen, sie sind unvorbereitet, ich sehe Eure Hände, sie zittern, ich sehe Eure Füße, sie stolpern. Ihr wollt nach Eisenstadt, und was macht Ihr, wenn Ihr da seid?"

„Wir werden den Baron zwingen, das Wasser gerecht zu verteilen", sagt Ro und merkt beim Sprechen, wie kindisch und trotzig es klingt. Und es hätte ihn nicht erstaunt, wenn der Rufer angefangen hätte zu lachen, zu grölen oder zu spotten. Doch das Gegenteil ist der Fall.

„Das sind hohe Ziele, Jüngling, edel und hilfreich. Doch seid Ihr nicht gewappnet, auch nur den Fuß des Berges zu erklimmen, den Ihr Euch vorgenommen, denn bei Euch sind nur Worte, da ist kein Grund und keine Kühle der Gedanken."

„Ihr solltet uns lieber sagen, was wir zu tun haben, statt uns den Mut zu nehmen", sagt Gambrin, „auch Ihr wollt schließlich, dass das Wasser wiederkommt, oder täusche ich mich da?"

„Da täuscht sich die junge Dame nicht", antwortet der Rufer und zeichnet mit seinen Händen Wellenlinien in die Luft, „doch ich wiederhole, es genügt nicht, den Baron seiner Macht berauben zu wollen, Ihr müsst wissen, wen ihr berauben wollt, und wie und wann."

„So bald wie möglich und so schnell wie möglich", sagt Ro, dem das Geschwätz auf die Nerven geht, doch er reißt sich zusammen und schaut ihm auf die Kehle. „So sagt uns doch, was Ihr uns zu sagen habt, Rufer, wir sind müde und würden uns gern tagsüber ein wenig erholen, damit wir heute Abend für die letzte Etappe ausgeruht sind."

„Sehr wohl", sagt der Rufer und hält sich den Hals, „dann esst und schlaft!"

Er gibt Gambrin und Ro etwas Zwieback und zwei Mohrrüben. Ro nimmt aus seinem Leinenbeutel den Proviant, den ihm der Alte mitgegeben hat: eine Dose mit Ölsardinen, Brot und Käse. Der Rufer starrt mit Stilaugen auf die Leckerbissen und Ro lädt ihn ein. Mit verkniffenem Mund und rollenden Augen setzt er sich dazu.

Nach dem Essen führt er sie ins zweite Turmzimmer und zeigt ihnen die Betten. „Hier könnt Ihr schlafen, es wird Euch niemand stören."

„Heute Abend werdet Ihr uns erzählen, worauf es ankommt“, sagt Ro, dem die plötzliche Schweigsamkeit des Rufers nicht geheuer ist. „Haben wir Euch gekränkt?“, fragt er ihn deshalb.

„Ich denke gerade nach“, bekommt er zur Antwort.

„Der Baron kennt mich“, sagt Gambrin, „Ro haben seine Männer gesehen.“

„Das reicht“, sagt der Rufer. „Alles, was seine Männer sehen und hören, hört und sieht auch er. Er ist wie der Adler, der im Flug mit einem Blick das ganze Land überblickt.“

Der Rufer lässt die beiden allein.

„Er gefällt mir nicht, irgendetwas ist faul“, flüstert Ro.

„Die Tür lässt sich nicht verschließen, wir sollten wachen“, sagt Gambrin, „erst schläfst du zwei Stunden, dann ich.“

Gambrin ist wirklich patent, denkt Ro und schlüpft ohne sich auszuziehen unter die Decke.

Nach zwei Stunden weckt sie ihn, meldet: „Keine besonderen Vorkommnisse„ und legt sich hin. Auch während Ros Wache geschieht nichts. Erst als Gambrin zum zweiten Mal Wache hält, weckt sie ihn vor der Zeit.

„Jemand kommt die Treppe herauf. Stell dich schlafend, wenn ich rufe, drehst du dich sofort aus dem Bett!“

Gambrin versteckt sich hinter der Tür. Leise geht das Schloss, jemand tritt ein. Ro hört nur, wie die Schritte näher kommen, immer näher, genau auf sein Bett zu. Er versucht die Augen einen winzigen Schlitz breit zu öffnen, um zu sehen, wer es ist, doch da gellt Gambrins Schrei.

„Ro!"

Ro dreht sich blitzschnell auf die Seite; er lässt sich aus dem Bett fallen und sieht, dass der Eindringling ein Grauer ist, in der Hand hält er eine Hacke. Aufgeschreckt durch Gambrins Schrei hat er sich zu ihr umgewandt. Ro dreht sich noch einmal um seine Achse, so dass er direkt zwischen den Beinen des Mannes zu liegen kommt. Nun packt er dessen rechtes Bein mit den Händen und beißt ihm mit voller Kraft in die Wade. Der Graue heult wie ein Hund auf. Ro spürt wie die Hose zwischen seinen Zähnen feucht und warm wird. Der Mann fällt hin und Gambrin stürzt sich auf ihn. Ro zückt sein Messer und hält es ihm an die Kehle.

„Ich bin der Rufer", jammert die Gestalt, „ich wollte nur einen Scherz machen." Der Graue zieht eine strumpfartige Maske vom Gesicht und entpuppt sich tatsächlich als der Rufer. „Ich habe mich nur verkleidet, ich wollte Euch einen Schreck einjagen, damit Ihr nicht unvorsichtig seid."

Der Mann liegt immer noch am Boden, Ro spuckt einen Stoffetzen aus und richtet sich langsam auf. Gambrin steht über ihnen und schüttelt den Kopf:

„Ein Grauer, wirklich zum Verwechseln ähnlich. Woher habt Ihr die Maske?"

33. Die Maske

Der Rufer setzt sich auf Ros Bett. Mit verzerrter Miene zieht er das Hosenbein hoch und betrachtet die Bisswunde an seiner Wade.

„Ein Hund hätte nicht schlimmer zubeißen können", sagt er vorwurfsvoll.

„Woher habt Ihr die Maske", wiederholt Gambrin.

„Ich wollte Euch gar nichts tun", jammert unbeeindruckt der Rufer weiter, „ich wollte Euch nur beweisen, dass man vorsichtig sein muss, dass die Gefahr überall lauert."

„Wir waren doch vorsichtig, verehrter Herr", sagt Ro, „und haben Wache gehalten."

„Ich will jetzt wissen, woher Ihr die Maske habt!" Gambrin klingt gereizt und der Spitzbärtige winselt:

„Ich habe sie einmal gemacht, um mich unter die Grauen zu mischen. Ich ziehe sie an, wenn sie hier vorbeikommen, und sie merken dann nicht, dass sie jemand belauscht."

Jetzt spricht er wenigstens normal, denkt Ro.

„Ihr habt die Maske gemacht. Das glaube ich nicht.

Sie ist so perfekt, das kann nur ein Künstler", bohrt Gambrin weiter.

Sie nimmt dem Rufer die Maske aus der Hand und streift sie über den eigenen Kopf.

„Mensch, Gambrin", schreit Ro, „du siehst aus wie der Baron! Aber genau! Das gibt es doch nicht! Ein Spiegel, ein Spiegel, das musst du sehen!"

Ro ist ganz aus dem Häuschen und der Rufer schlägt die Hände vors Gesicht.

„Nein, nein, das geht nicht", jammert er, „das dürft Ihr nicht tun, das wird nicht gut, das schafft Ihr nicht, die Maske ist zu stark, sie wird Euch zerstören."

„Was erzählt Ihr da?", fragt Gambrin mit der Stimme des Barons.

„Du machst mir Angst mit dem Ding", sagt Ro zu ihr, „bitte lege sie wieder ab."

Gambrin streift die Maske wieder vom Gesicht und gibt sie Ro.

„Jetzt bist du an der Reihe!", sagt sie herausfordernd, und Ro streift sich die Maske über den Kopf.

„Du bist soeben dreißig Jahre älter geworden", ruft Gambrin, „mindestens. Ein braun gebrannter Mann mit einer Riesennase und einem tropfenförmigen Muttermal auf der linken Wange."

Ro glaubt, Gambrin wolle ihn auf den Arm nehmen, aber als der Rufer Gambrins Beschreibung bestätigt, steigt ihn ihm ein Verdacht auf:

„Kann ich einen Spiegel haben?"

Der Rufer schlurft mit schmerzverzerrtem Gesicht hinaus und kommt nach einer Weile mit einem Spiegel zurück. Ro schaut in den Spiegel.

„Das ist mein Vater, das heißt, ich bin im Moment mein Vater.“ Schnell zieht er die Maske herunter und schaut den Rufer an: „Rufer, sagt, was ist mit dieser Maske?“

„Sie ist das Meisterwerk eines Verwandlers, der einmal bei mir war. Das ist schon viele Jahre her. Er war auf der Flucht und ich habe ihm das Leben gerettet. Dafür hat er sie mir geschenkt. Man kann sich in jeden beliebigen Menschen verwandeln.“

„So etwas könnten wir gebrauchen, Gambrin, was meinst du?“

„Wenn er sie uns überlassen würde…“, sinniert Gambrin und schaut den Rufer an.

„Nein, bittet nicht den Rufer um das Gift seiner späten Tage, gefährlich ist sie, viel zu gefährlich. Stark muss man sein, wie der Turm im Fluss, stark, um ihr den eigenen Willen aufzuprägen, aufzuprägen dem Fremden, stark, wie der Wind. Nach kurzer Zeit schon kehrt sich die Kraft um, und sie beginnt aufzuprägen dem Träger den Willen. Drum haltet ein, verzichtet, vergesst.“

„Alles geht, wenn man nur stark genug will“, sagt Gambrin, und Ro nickt:

„Was soll schon gefährlicher sein, als das, was wir vorhaben. Rufer, erklärt uns, wie man sie gebraucht.“

„Wisst Ihr auch zu tragen die Verantwortung, wisst Ihr es wirklich, Ihr allein wollt, was Ihr wollt. Ich habe geredet mit Engels Zungen, zu hindern versucht Eurer tollkühnes Ansinnen, denn in das Bild, das Ihr in die Maske hineintragt, in das Bild werdet Ihr verwandelt, wenn Ihr sie zu lange tragt.

Ihr dürft sie zwar tragen, doch kurz nur, auf dass

sie ihre Kraft nicht entfalte, denn alsbald gibt es keinen Weg zurück."

Jetzt spricht er wieder so geschwollen, denkt Ro und merkt, dass er gar nicht genau zugehört hat, was der Rufer gesagt hat.

„Also nur kurz, und ich kann mich in jede beliebige Person verwandeln. Und was ist mit den Kleidern?"

„Die Maske wird kleiden nicht nur das Gesicht. Habe ich nicht ausgesehen wie ein wirklicher Wächter, und nun, bin ich nicht wieder in meinen ausgebeulten Kleidern?"

Tatsächlich, das hat Ro noch gar nicht gemerkt. Der Rufer trägt weder die Hose noch den langen grauen Mantel des Wächters.

„Und warum habe ich mich in meinen Vater verwandelt?", fragt Ro plötzlich, „und Gambrin in den Baron?"

Der Rufer kommt nicht dazu, Ros Frage zu beantworten. Denn unten donnert jemand ans Tor. Der Rufer springt auf, geht ans Fenster und ruft hinunter:

„Ha, du bist es! Trete in meinen Turm und sei mein Gast, du ewiger Wanderer zwischen den Welten, der du mein Bruder bist, und tränenreicher Freund."

Der Rufer steigt die Treppen hinunter, um das Tor zu öffnen.

„Mir kommt das alles wie ein falsches Spiel vor. Ich weiß nie, was ich ihm glauben kann, was gelogen und was die Wahrheit ist", sagt Ro.

„Er ist ein Wasserloser, wie wir alle. Das hat ihn zum Narren gemacht", beruhigt ihn Gambrin.

„Und", fragt Ro eindringlich, „hat er uns nicht umbringen wollen, hat er nicht selbst die Maske angezogen und ist ein Grauer geworden. Nur um uns zu erschrecken. Da ist doch was faul."

„Ich glaube, er wollte uns eine Lektion erteilen, damit wir nur ja nicht unvorsichtig sind, wenn wir nach Eisenstadt kommen."

Der Rufer kommt die Treppe herauf und verkündet freudestrahlend:

„Timor, der Wanderer zwischen den Welten, ist da, er wird Euch geleiten, er wird Euch führen, er wird Euch Stock und Pfeil, Stecken und Weiser sein. Mein Gott, denkt Ro, der hat uns gerade noch gefehlt!

Tatsächlich, Timor tritt ins Zimmer, ausgemergelt und weiß wie eine Wachskerze.

„Timor, ach Timor, der Stiefelträger! Timor, wir werden ihn leiten das letzte Stück in die Stadt des eisernen Herrn, der Schlag soll ihn treffen, ach, Timor, die Sonne sein Haupt versengen, die Wasser seine Leiche ins Meer tragen."

„Hallo Timor", sagt Ro, „auch in der Gegend, nett, dich wieder mal zu treffen."

„Oh, das Herz des Stiefelträgers ist voller Verachtung, Timor, doch wir werden es ihm verzeihen, denn er weiß nicht, was er sagt, noch was er tut, er kennt das westliche Land noch immer nicht. Timor wird ihn führen und die Herrin, dass sie sicher nach Eisenstadt kommen."

Ro schaut Gambrin an. Sie wiegt den Kopf hin und her.

„Ich habe dich nicht gerufen", sagt Ro zu Timor, „du hast mir bei unserem letztes Treffen gesagt, ich könne dich rufen. Ich werde es tun, doch im Augenblick brauchen wir dich nicht."

Timor zieht eine große Karte aus seiner Tasche und breitet sie auf dem Bett aus.

„Timor, ach Timor, siehst du die Straßen von Eisenstadt und hier die Keller und hier die unterirdischen Gänge. Und hier die Wasserzisternen mit ihren Leitungen, oh, Timor kennt alle Fallen und alle Verstecke."

„Die Karte wäre vielleicht was wert, wenn wir sie ohne dich haben könnten, Timor", sagt Ro.

„Oh, warum spricht er so mit uns", fängt Timor an zu jammern, „wir haben ihm nichts getan, dem Stiefelträger, oh, wir gehen, Timor, zurück in den Tunnel, Timor, man will uns hier nicht, man braucht uns nicht, Timor, oh, das war anders, als wir gehofft, als wir geglaubt, Timor, komm."

Gambrin geht auf Timor zu, legt ihm ihre Hand auf die Schulter und sagt:

„Wir wissen deine Hilfe zu schätzen, Timor, du bist unser Führer durch die Fallen und Verstecke von Eisenstadt."

Timor springt auf seinen dünnen Stelzenbeinen auf und nieder und flötet:

„Unsere Herrin, ja, sie ist von königlichem Geschlecht, sie ist würdig, geführt zu werden, Timor, haben wir das gehört, sie hat uns die Würde verliehen und den Kranz, nie werden wir das vergessen, Timor, nie."

Ro fühlt sich, als hätte man ihm die Hosenbeine abgesägt. Er wird wohl oder übel in den sauren Apfel beißen und mit dieser Nervensäge nach Eisenstadt gehen müssen.

34. Timors Geheimnis

Am Abend brechen Ro, Gambrin und Timor auf. Der Rufer hatte ihnen noch einen Sack voller Ratschläge mit auf den Weg gegeben, doch Ro hat sie alle schnell wieder vergessen.

Je mehr gute Ratschläge, um so weniger verlässt man sich auf sich selbst. Timor plappert die ganze Zeit, als ob er Wörter verschluckt hätte, die alle möglichst schnell wieder an die frische Luft wollten. Ro hält sich an Schmidl, der neben ihm her trottet wie ein alter Freund. Nachdem sich die Schlucht noch einmal verengt hat, wird sie jetzt wieder allmählich breiter.

„Ich finde es merkwürdig, dass es hier keine Sperren gibt“, sagt Ro, „es wäre doch ein Leichtes für den Baron, hier schon seine Stadt abzusichern. Er muss sich ja sehr sicher fühlen.“

„Eisenstadt ist eine Festung“, sagt Gambrin, „du wirst es schon sehen, und alle übrigen Bewohner unseres Landes haben gar keine Lust, Krieg zu führen oder jemanden anzugreifen.“

Ro und Gambrin versinken wieder in Schweigen. Nur Timor plappert weiter, halblaut für sich, von den kalkadischen Felsen, dem Befreier des Landes und der königlichen Barke.

Plötzlich erinnert sich Ro an den Traum, den er gehabt hatte, bevor sie aufgebrochen waren. Er und Gambrin haben nämlich noch mal etwas geschlafen, nachdem Timor erschienen war.

Wie ging der Traum noch mal, überlegt Ro. Irgendetwas mit der Eisenstadt, niemand war dort, nur der Baron, der stunden- und tagelang in den unterirdischen Gängen der Stadt umherirrte. Und als ich kam und ihm sagte, ich werde ihm jetzt seine Macht nehmen, sagte er, dass er darauf gewartet hätte. Und dann habe ich ihn berührt, und er hat sich in einen Vogel verwandelt oder in einen Drachen. Und dann hat er sich in die Lüfte erhoben, hat gelacht und gerufen: „Nun bist du der Baron, nun kannst du warten, bis einer kommt und dich berührt." Eine unbeschreibliche Trauer hatte Ro im Traum erfasst, ein Frieren, das ihm ins Innerste seines Herzens drang, eine Verzweiflung, die alles auslöschte. Was der Traum wohl zu bedeuten hat? Ihn schaudert jetzt noch, wenn er daran denkt. Ro bückt sich und streicht Schmidl übers Fell.

„Schmidl, du lässt mich nicht im Stich, nicht wahr, auch wenn's in Eisenstadt brenzlig werden sollte."

„Niemand wird dich allein lassen", sagt Gambrin, „deshalb sind wir ja gemeinsam aufgebrochen."

Gambrins Stimme ist ganz sanft geworden, und plötzlich spürt Ro, wie sehr er sie mag.

„Timor, ach Timor, nun fängt es an", ruft Timor, „nun geht es los und du fürchtest dich nicht, nicht wahr, Timor, wir werden es diesmal ganz anders anfangen, diesmal wird niemand uns hindern, diesmal werden wir den Stiefelträger haben, der die Zahl kennt, die Stiefelträgerzahl!"

Timor verlässt den Weg und bedeutet den anderen, ihm zu folgen. Nach einem steinigen kurzen Aufstieg ist er plötzlich wie vom Erdboden verschluckt.

„Er war doch gerade noch da", sagt Ro, und Gambrin schüttelt den Kopf.

Doch da taucht Timor wie aus dem Boden gewachsen wieder auf und zischt: „Hier runter, hier, Stiefelträger, Herrin du auch, doch den Dachs lassen wir oben."

„Der Dachs kommt mit", sagt Ro bestimmt und nimmt Schmidl unter den Arm.

Dann klettern sie hinunter in den Schacht.

„Es sieht genauso aus wie damals, als wir zur Pipeline hinuntergestiegen sind", sagt Gambrin.

„Nein, Herrin, das ist ein alter Stollen, den niemand mehr kennt, nur die Karte von Timor, und wir werden nun unter der Erde nach Eisenstadt laufen. Nur eines müssen wir noch kennen, die Zahl. Stiefelträger, nenne uns die Zahl!"

„Welche Zahl", wundert sich Ro, „ich kenne keine Zahl, und wozu brauchen wir eine Zahl."

„Das wirst du schon sehen", ruft Timor. „Oh Timor, nun wird sich alles weisen!"

Ro nimmt die Laterne aus dem Leinenbeutel und entzündet eine Kerze. Sie gehen vor, bis sie an eine eiserne Tür kommen. Timor macht Sprünge und stelzt mit seinen dünnen Beinen vor und zurück, obwohl es in dem engen Gang gar keinen Platz gibt für solche Tänze.

„Timor, beruhige dich“, sagt Ro, „du bist unser Führer und als solcher hast du Nerven wie Drahtseile, verstanden?“

„Oh, der Stiefelträger weiß nicht, er hat keine Ahnung, oh, Timor ist sehr aufgeregt, nun wird die Zahl kommen, die Zahl, oh Stiefelträger, sag Timor die Zahl, dann kann er die Tür öffnen und hindurchschreiten.“ Timors Augen bekommen plötzlich etwas Starres, als ob etwas von ihm Besitz ergriffe, immer ruheloser wird er, stelzt auf seinen Hacken hin und her und öffnet die Hand, als ob die Zahl ein Geldstück wäre. „Gib, gib, gib, gib“, gackert er.

„Ich habe keine Zahl“, sagt Ro „und ich würde sie dir nicht geben, wenn ich sie hätte, du kommst mir vor wie ein Huhn, das gackert, weil es meint, ein Ei gelegt zu haben, in Wirklichkeit aber hat es nur geschissen.“

Timor erstarrt augenblicklich und fängt dann an zu weinen: „Der Stiefelträger ist böse zu Timor, sehr, sehr böse, und ungerecht, sehr ungerecht.“

„Timor, erzähle uns, was mit der Zahl ist, welche Zahl musst du haben“, versucht Gambrin Timor zu beruhigen.

Timor sinkt in sich zusammen. Wie ein Häufchen Elend sitzt er am Boden und zittert.

„Es ist die Zahl des Zählers, es ist die Zahl der Geduld, es ist die Zahl des Zähnebeißens, oh, Timor hat sie verschmäht, hat den Kopf zu hoch gehalten und faul war er, hat sich neben das Fass gestellt und gelacht über das Zählen, über den Auftrag, über die Windmaschine, über alles, ach, was haben wir die Nase oben gehalten und ist uns der Kopf vom Hals gefallen, Timor, oh Timor.“

„Ich weiß", ruft Ro, „er will die Zahl der Schrauben wissen, vermutlich hat auch er in der Fabrik Schrauben zählen sollen und hat die sinnlose Arbeit abgelehnt, was ich ihm nicht verübeln kann, ich weiß selbst nicht, warum ich bis zum Ende gezählt habe, das ganze Fass voller Schrauben." Ro überlegt einen Augenblick. „Aber ich muss euch enttäuschen, ich kann mich an die Zahl nicht mehr erinnern. Ich habe so viel Wut in die Zählerei gesteckt, dass ich nicht mehr weiß, wie viel Schrauben es waren. Warte, irgendetwas mit dreißigtausend, oder dreihunderttausend, nein, so viele waren es nicht, verdammt, ich weiß es nicht mehr." Ro schaut Timor an. „Und wozu brauchst du die Zahl?

„Timor muss die Zahl wissen, denn das Schloss der Tür für den Gang nach Eisenstadt öffnet sich nur mit der Zahl des Stiefelträgers."

„Ich hab keine Stiefel, schon lange nicht mehr", sagt Ro ärgerlich und überlegt, wie er zu dieser Zahl kommen könnte, er hat sie doch noch wiederholt, als er zum Alten ging.

„Ich muss kurz schlafen, im Traum werde ich die Zahl suchen gehen", sagt er dann, „das ist unsere einzige Chance."

Gambrin zieht ihre Jacke aus und breitet sie am Boden aus. „Gute Idee, Ro, hier kannst du schlafen!"

Ro schaut Gambrin an, lächelt gequält und legt sich dann nieder. Es ist beinahe ein Ding der Unmöglichkeit einzuschlafen, wenn man unbedingt einschlafen möchte, denkt Ro, aber ich muss es versuchen, einatmen, die Gedanken vorbeiziehen lassen, ausatmen...

Timor und Gambrin versuchen so still wie möglich

zu sitzen, für Timor eine Tortur. Gambrin lehnt sich an die Wand und schließt die Augen, wie um Ro zu helfen. Nach kurzer Zeit dämmert sie weg. Sie findet sich im Gang wieder und hat das Gefühl, ihr Körper liege hinter ihr, schlafend. Sie dreht sich um, tatsächlich, dort lehnt er an der Mauer und scheint zu schlafen, daneben räkelt sich Timor, und neben Timor liegt Ro. Gambrin muss erst begreifen, was hier passiert ist. Irgendein Teil hat sich von ihrem Körper gelöst und wandert selbständig herum, während der Rest schläft. Wie im Traum, nur, dass ich nicht schlafe, sondern wach bin, während der Körper schläft, denkt sie. Gambrin geht auf die Tür mit dem Zahlenschloss zu. Sie stemmt ihre Hand dagegen und dringt durch die Eisenplatte wie durch Watte. Sie zwängt sich hindurch und sieht auf der anderen Seite der Tür eine Zahl geschrieben: zweiunddreißigtausendsechshundertzweiundvierzig. Gambrin jubelt vor Freude. Sie nimmt sich vor, sofort zu erwachen, ganz plötzlich wird sie in den Körper zurückgezogen und weckt Ro auf.

„Ich hab die Zahl, Ro."

Ro, der noch gar nicht eingeschlafen ist, schüttelt ungläubig den Kopf. „Und wie lautet sie?"

„Zweiunddreißigtausendsechshundertzweiundvierzig."

Ro denkt lange nach.

„Fast, du liegst fast richtig, aber das Ende der Zahl, das Ende ist falsch, ich glaube, es waren zwanzig, nicht vierzig. Wollen wir es versuchen?"

35. Eisenstadt

Timor springt zur Tür, dreht am Schloss und ruft: „Es ist die Zahl, die Zahl, zwei, drei, null, sechs, zwei, zwei, null. Wer hätte das gedacht, Herrin, Ihr habt es getroffen."

„Na ja", sagt Ro „bis auf die letzte Zahl hat sie's herausgefunden."

Gambrin stößt Ro an und lacht: „Niemand wird deinen Triumph schmälern."

Die Tür springt auf und Timor läuft vor, kommt aber gleich wieder zurück.

„Brauchst du kein Licht Timor?", fragt Gambrin.

„Nein, Herrin, Timor kennt die Dunkelheit, er ist mit ihr befreundet, er lebt im Tunnel und seine Füße haben längst zu sehen gelernt."

„Schmidl", sagt Ro, „wenn irgendwo die Grauen lauern, dann mach dich bemerkbar, beiß mich in den Schuh, oder sonst was, ja?"

Schmidl klopft mit dem Schwanz auf den Boden wie zum Zeichen, dass er verstanden hat.

Merkwürdig, wie mir das Tier ans Herz gewachsen ist, denkt Ro, als ob es schon immer zu mir gehörte.

Es ist das Einzige, was ich wirklich mit mir nehmen möchte, wenn das alles hier einmal überstanden ist, und vielleicht Gambrin. Aber was soll die auf der anderen Seite, sie ist hier geboren und zu Hause. Ein Gefühl von Wehmut packt Ro. Im Grunde kann er genauso gut hier bleiben. Immerhin kennt er schon ein paar Leute. Den gelben König, Manhard, die Königin, den Rufer und bald wird er den Baron kennen lernen und unschädlich machen. Ro ist fest davon überzeugt, obwohl er keine Ahnung hat, wie sie das zustande bringen werden.

„Zuerst muss der Stiefelträger die Stiefel finden, das ist das Wichtigste", lässt sich Timor aus dem Dunkel vernehmen, als ob er Ros Gedanken gelesen hätte. „Kommt her, ich werde euch sagen, wo sie sich befinden." Timor breitet die Karte auf dem Boden aus: „Hier sind wir, in diesem alten Kanal, oh, Timor, wie lange haben wir darauf gewartet, oh Herrin, wenn sie wüsste, wie oft Timor gehofft, den Kopf in den Armen, oh Stiefelträger, werde er sanft, sanft wie die Morgensonne, denn das Ziel, oh das Ziel, Timor, so kurz davor, nun nur nicht tapsen, nun alles schön fein, alles schön listig, alles der Reihe nach und nicht tapsen! Und hier ist das Hauptquartier, das Schloss der Macht, das graue, ach Timor, hab Acht, nur nicht tapsen, nur schlau und leise und schnell. Haaaa, hier, hier sind die Stiefel."

„Und warum muss ich zuerst die Stiefel haben, Timor, ach Timor?", fragt Ro, der all seine Beherrschung zusammennehmen muss, um sich über Timor nicht lustig zu machen. Er hält dessen nervöses Gelispel fast nicht aus.

„Ohne die Stiefel ist der Stiefelträger kein Stiefelträger, nicht, Herrin, das sieht jeder ein, denn nur der Stiefelträger besiegt den Baron, sonst keiner."

„Also schön, und wie kommen wir zu diesen Wunderstiefeln?"

„Hier", ruft Timor, „in diesem Zimmer„ und zeigt mit seinem langen, dünnen Finger auf ein kleines Quadrat auf dem Stadtplan. „Hier in der Siegerhalle, hier müssen sie sein, Stiefelträger, hier, denn er, der Baron stellt alles, was er erobert, dorthin, oh Timor, nun kann er das Wissen gebrauchen, alles."

„Gut, und wie kommen wir dahin?", fragt Ro ungeduldig.

„Ha, durch diesen Gang hier, die alte Leitung, die keiner mehr kennt, die nur auf der Karte von Timor noch steht, kommt vor, kommt vor, schnell, wir werden die Stiefel jetzt rauben, ach Timor, dass es so weit noch gekommen, sind wir nicht listig, sind wir nicht klug, und mutig und, hach, bald wird der kalkadische Felsen, mein Timor, bald wird aus ihm der Fluss, Timor, ach Timor…"

Und so plappert Timor weiter, als ob er ein Tonbandgerät verschluckt hätte. Gleichzeitig rennt er so schnell durch den Gang, dass Ro und Gambrin Mühe haben, Schritt zu halten. Sie laufen keuchend und schnaufend hinter Timor her, bis dieser stehen bleibt und nach oben zeigt.

„Hier oben, ach Herrin, hier oben muss sie sein, Stiefelträger, Timor weiß, hier oben, die Siegerhalle des Barons. Seht ihr die Leiter? Sie wird Timor hinaufführen und wir werden die Stiefel, ach Timor, die Stiefel, ein

Seufzen ist das, nicht mehr lange, dann werden wir die Stiefel, die Stiefel…“

„Und, was werden wir währenddessen tun?“, unterbricht ihn Ro unwirsch.

„Der Stiefelträger und die Herrin, sie werden warten, warten, bis Timor wiederkommt, begebt euch nicht zu früh in höchste Gefahr, nicht zu früh“, sagt Timor, „wir müssen die Stiefel, die Stiefel…“

„Timor, du wirst keinen Blödsinn anstellen, nicht wahr!“, sagt Gambrin.

Doch ihre Worte scheinen Timor schon nicht mehr zu erreichen, seine Augen blitzen, er scheint wie besessen nur noch einen Gedanken zu kennen, und den Willen, diesen Gedanken auf Teufel komm raus umsetzen zu wollen. Schon ist er über die Leiter verschwunden und Ro und Gambrin hocken im Kerzenlicht und warten.

„Die Karte hat er dagelassen“, sagt Gambrin. Ro fährt mit dem Finger die Wege nach, die zum Palast führen, und versucht sich die Stadt vorzustellen.

„Weißt du, wer Timor eigentlich ist?“, fragt Ro nach einer Weile..

„Ja“, sagt Gambrin, „Timor war selbst einmal Stiefelträger. Er kam vor ein paar Jahren nach Radstadt.“

„Mit den Stiefeln?“

„Ja“, sagt Gambrin, „er kam und ich dachte, ich sehe nicht richtig, er war zwar der Stiefelträger, aber er war nicht der Stiefelträger, von dem ich geträumt hatte. Ich war ganz verwirrt. Er wurde bald von den Wachen erwischt und landete im Gefängnis von Radstadt. Eines Tages war er einfach verschwunden, nur die Stiefel, munkelte man, seien im Gefängnis zurückgeblieben.“

Ro versinkt in Schweigen, das kommt ihm alles merkwürdig vor. Sagte nicht Timor, er habe Schrauben zählen müssen, dass es ihm aber zu dumm gewesen war, und dass er deshalb nicht mehr weitergekommen sei, da ihm die Zahl für das Türschloss gefehlt habe. Dann wäre Timor der falsche Stiefelträger gewesen, hatte seine Aufgabe nicht zu Ende gebracht.

Etwas aber will Ro nicht einleuchten: Wenn Timor, wie Ro auch, im Gefängnis eingeschlafen und ohne die Stiefel in der Fabrik wieder erwacht war, wie waren dann die Stiefel wieder in den Tunnel gekommen? Schließlich hatte er die Stiefel beim ersten Mal im Beiboot gefunden. Entweder gibt es mehrere Stiefelpaare oder jemand hat die Stiefel aus Radstadt wieder zurückgebracht.

„Findest du nicht, Timor ist schon etwas lange weg?", unterbricht Gambrin die Stille, „hoffentlich haben sie ihn nicht erwischt!"

„Würde mich nicht wundern, wenn er seinen Mund auch da oben nicht halten konnte und sie ihn entdeckt haben. Was sollen wir tun?"

„Ich habe eine Idee, ich ziehe die Maske über und suche die Umgebung ab."

„Lass uns zuerst die Karte anschauen."

„Ich glaube, ich habe sie schon im Kopf", sagt Gambrin. „Ich lasse sie dir hier, du kannst sie ja noch anschauen, bis ich wiederkomme."

Gambrin zieht sich die Maske über und verwandelt sich augenblicklich in einen grauen Wächter.

„Nicht zu lange aufbehalten", fleht Ro, „du weißt, was der Rufer gesagt hat. Sei schnell wieder hier, ja?"

Der Wächter nickt und verschwindet schnell im Loch am Ende der Leiter.

Nun ist Ro ganz allein und er kann ungestört seinen Gedanken nachhängen. Er spürt, dass es nun ums Ganze geht, und dass er nur auf sich selbst zählen kann. Auf Timor ist kein Verlass. Und Gambrin? Ro zweifelt, ob sie im entscheidenden Moment da sein kann. Irgendetwas sagt ihm, dass er dann allein sein wird.

36. Die Stiefel

Ro wartet. Wie lange er schon wartet, könnte er gar nicht sagen. Wenn man wartet, vergeht die Zeit ganz anders als sonst. Langsamer, Zeitlupe. Eine Zeitlupe, die Ro verwünscht. Er will nichts vermasseln aus Ungeduld, andererseits will er auch nichts verpassen. Wenn Timor und Gambrin oben in Gefahr geraten würden, und er bliebe hier unten sitzen, er würde sich hinterher Vorwürfe machen. Gambrin darf nicht noch einmal in die Klauen des Barons geraten, das wäre für Ro unerträglich. Das Warten wird immer schlimmer. Bei der Vorstellung hinaufzuklettern und irgendwo oben Gambrin zu begegnen, durchzuckt ihn plötzlich ein Schrecken.

„Schmidl, ich würde sie nicht einmal wieder erkennen, sie sieht ja wie ein normaler Grauer aus, ich wäre darauf angewiesen, dass sie sich zu erkennen gibt, und damit könnte sie sich gleichzeitig verraten. Wir hätten etwas ausmachen sollen, irgendein Zeichen! Mein lieber Schmidl, was sind wir für Anfänger."

Der Dachs kommt zu ihm und kuschelt sich an seine Seite, Ro krault ihn zwischen den Ohren und grübelt weiter.

Er stellt sich seinen Vater vor, was der in dieser Situation gemacht hätte. Er hätte bestimmt nicht gewartet, er wäre hinaufgeschlichen, und sie hätten ihn nach kurzer Zeit erwischt. Er ist einfach nicht der Typ für den Widerstand, er hat das Herz zu sehr auf der Zunge, er kann keine Geheimnisse für sich behalten, rennt gleich mit dem Kopf durch die Wand. Gerade das mag Ro an ihm, aber warum ist er dann in den Widerstand gegangen. Dort brauchen sie kaltblütige, verschwiegene Leute, die in jeder Situation verbergen können, wer sie wirklich sind. Wie Spione müssen sie sein, die Guerilleros, nicht wie Waschweiber. Ro hört, wie jemand die Leiter heruntersteigt. Der jemand hechelt, als ob er keine Luft bekommen würde. Es ist ein Grauer, Gambrin. Sie erreicht die unteren Leitersprossen, lässt sich fallen. Ro fängt sie auf.

„Was ist los?"

Der Graue stöhnt und japst nach Luft, zwischen den ächzenden Lauten stößt er ein paar Worte hervor:

„Die... Maaaa... Maaaske... weeeeg. Ich erstiiick..."

Ro reißt an der Maske, die sich aber nicht abnehmen lässt, es ist, als ob sie mit dem Gesicht verschmolzen wäre.

„Es... brennt .. Feuer..."

Es scheint, dass die Maske sich auf die Haut einbrennt. Ro nimmt seinen Leinenbeutel, holt eine Wasserflasche heraus und leert sie über die Maske. Das lässt sie erstarren, nach einer Weile wird sie schlaff wie ein Lumpen, die Nase hängt schräg, überall entstehen Falten. Ro nimmt den Kopf in die Hände und zieht an den Haaren. Mit einem Ruck gibt die Maske nach und löst sich vom Gesicht. Gambrin kommt zum Vorschein. Sie ist hochrot im Gesicht und japst nach Luft:

„Das war knapp, du lieber Platzregen."

Ro hält ihren Kopf in den Armen und sagt: „Gott sei Dank! Was war denn los?"

„Timor, er ist verschwunden. Ich vermute, er hat die Stiefel angezogen. Sie waren nicht in der Siegerhalle. Ich habe sie zufällig in einem anderen Raum gefunden."

„Und wo sind sie jetzt?", fragt Ro.

„Ich hab sie unter den Mantel gesteckt und wollte zurück. Aber plötzlich schloss sich die Maske immer enger um die Nase und den Mund, ich bekam immer weniger Luft, bis ich das Gefühl hatte, ich müsste ersticken. Ich wollte die Maske abnehmen, aber es ging nicht, sie wurde nur immer enger und begann warm zu werden, schließlich heiß und immer heißer, ich hatte das Gefühl von einer glühenden Masse erdrückt zu werden."

Gambrin greift in den Mantel und holt die Stiefel hervor.

„Die Maske scheint den Träger nach einiger Zeit zu ersticken", meint Ro, „das hat uns der Rufer nicht gesagt."

„Nein, es ist etwas anders", widerspricht Gambrin. „Erst als ich die Stiefel in die Hand nahm und wieder herunterkommen wollte, da hat die Maske angefangen zu brennen, als ob sie mich hindern wollte, etwas gegen den Willen der Figur zu machen, die sie war."

„Ein Grauer."

„Hmja", bestätigt Gambrin, „genauso war es. Ich

glaube, die Maske lässt dich leben, so lange du das tust, was die Maske tun würde, wenn sie keine Maske wäre."

„Aha", sagt Ro, „etwas kompliziert, aber ich weiß, was du meinst. Und Timor? Was ist mit Timor?"

„Ich bin sicher, dass er der Versuchung nicht widerstehen konnte und in die Stiefel geschlüpft ist. Die Stiefel aber haben ihn nicht gewollt, so ist er verschwunden, wie du damals, als sie uns eingesperrt haben. Und nun liegt er vielleicht irgendwo im Tunnel."

Ro schüttelt nachdenklich den Kopf.

„Armer Kerl, er scheint wirklich nur ein Ziel zu haben: Er will Stiefelträger sein, alles andere ist ihm egal. Dafür würde er jeden Preis bezahlen. Hoffentlich ist ihm nichts Ernsthaftes zugestoßen!"

„Timor ist zäh, mach dir keine Sorgen."

„Was machen wir nun mit den Stiefeln?", fragt Ro nach einer kurzen Pause.

„Willst du sie nicht anziehen?"

„Damit mich jeder erkennt? Du warst es doch, die mir geraten hat, vor der Radstadt die Stiefel auszuziehen!"

„Doch, doch, das war damals auch richtig. Jetzt aber brauchst du sie, wir müssen doch weiter, bis zu den Zisternen und dem Hauptquartier des Barons, und zwar unter der Erde. Zum Glück haben wir noch Timors Karte, wenigstens hat er uns die dagelassen!"

Ro zieht die Stiefel an und verstaut die anderen Schuhe im Leinenbeutel, dann hebt er die Laterne über die Karte und studiert lange, wie sie nun gehen sollen, um möglichst nahe an die Festung des Barons heranzukommen.

„Kaum zu glauben, wie das alles unterirdisch vernetzt ist“, sagt Gambrin, „der Baumeister muss ein Genie gewesen sein.“

„Wir müssen in diesem Gang bleiben und nach zehn Kreuzungen rechts gehen, dann gleich wieder links und dann sollten wir unter dem Hauptquartier des Barons sein.“

„Hast du da oben viele Graue gesehen?“

„Es hat nur so gewimmelt. Ich glaube, da gibt es nur Graue. Ich habe weder heute noch beim letzten Mal eine Frau gesehen, da gibt es nur Männer, Männer, Männer, vermutlich sperren sie die Frauen weg.“

„Die Zisternen liegen ganz nahe beim Hauptquartier des Barons. Das ist alles ein großer Komplex. Also los, gehen wir.“

„Was soll ich mit der Maske machen?“, fragt Gambrin.

„Wir müssen sie auf jeden Fall mitnehmen, wer weiß, sie könnte uns unter Umständen eine große Hilfe sein“, sagt Ro, „lass uns ein Zeichen ausmachen, damit ich dich wieder erkenne, falls du dich in jemand anders verwandelst.“

„Ich trage diesen dünnen Ring an meinem kleinen Finger. Ich glaube, er stammt von der Königin. Ich vermute, dass sie ihn mir gegeben hat, als ich von ihr weg musste. Ich habe ihn immer vergrößern lassen, damit ich ihn tragen konnte, und dabei ist er immer dünner geworden. Daran wirst du mich immer erkennen. Hast du noch etwas Wasser?“

Ro reicht ihr die Flasche, und nachdem sie getrunken hat, gibt er auch Schmidl einen Schluck.

„Gut, also los, gehen wir!“

37. Die Zisternen

Ro geht mit der Laterne voraus. Der Gang ist niedrig und staubig. Selbst hier merkt man, dass es schon Ewigkeiten her ist, dass Wasser in den Untergrund gesickert oder durch den Schacht geflossen ist. Ro stellt sich vor, wie es wäre, wenn es nur diesen Stollen gäbe und er immer hier gehen müsste. Das Leben wäre dann wohl kaum zu ertragen. Aber würde er sich deshalb umbringen? Nein, das kann er sich nicht vorstellen. Er würde versuchen hinauszukommen, egal wie lange es auch dauerte, er würde nicht aufgeben, lieber verdursten, verhungern, die Füße wund laufen, als sich selbst etwas anzutun. Doch warum wäre er so hartnäckig, was ist am Leben dran, dass man es um nichts in der Welt hergeben möchte? Vielleicht die Hoffnung, dass doch noch alles besser wird, man will nicht glauben, dass es sich nicht mehr ändert.

Warum lebe ich eigentlich?, denkt Ro. Um meinen Vater zu finden? Und wenn ich ihn gefunden habe, oder wenn ich weiß, dass er nie mehr kommt, warum lebe ich dann? Es ist ein zu kurzes Lebensziel, einen Menschen zu suchen, das hält ein paar Tage oder Wochen, aber nicht ein Leben lang. Die Königin hat doch etwas vom Glück gesagt? Wie ging das noch? Irgendetwas wie, wenn alles nichts mehr hilft, dann soll man ans Glück denken.

„Gambrin, was ist Glück?"

Gambrin sagt eine Weile nichts, dann meint sie: „Wenn wir den Baron beseitigen."

„Und dann?"

„Wenn das Wasser wiederkommt."

„Und dann?"

„Wenn wieder Friede herrscht, alle genug Wasser haben, niemand mehr unterdrückt wird."

„Und dann?"

„Was und dann„?, sagt Gambrin leicht gereizt.

„Ich meine, wenn du dein Ziel erreicht hast, ist dann das Glück da?"

„Ich weiß es nicht."

„Ich finde, Glück müsste jetzt sein und hier und immer, aber nicht erst, wenn sich etwas erfüllt, sonst lebt man immer in der Hoffnung, aber nicht im Glück."

„Ohne Hoffnung kann man nicht leben, ohne Glück schon."

Das, was Gambrin da sagt, ist bedenkenswert, aber auch gefährlich, überlegt Ro. Er möchte lieber nicht nur in der Hoffnung auf das Glück leben, er möchte es auch einmal erfahren, ein paar Tage hintereinander, ein paar Wochen, ein Jahr, einfach Glück, meine Güte, das wäre ein Leben.

„Gut", sagt er zu Gambrin, „ohne Glück kann man leben, ohne Hoffnung nicht, aber was ist mit dem Lebenssinn? Der Lebenssinn ist nicht etwas, das in der

Zukunft liegt wie das Glück, der ist jetzt. Wenn du jetzt keinen Sinn siehst, wofür du etwas tust, wozu du lebst, dann ist alles zusammen sinnlos und die Hoffnung eine Illusion."

„Wir sind da", sagt Gambrin, „und müssen das Philosophieren auf später verschieben."

„Wenn sie uns erwischen, werden sie mich nicht mehr gehen lassen, wofür habe ich dann gelebt?"

„Du wirst nicht erwischt! Und falls sie dich erwischen, hast du noch das Buch, und wir haben die Maske und überhaupt, wir werden es schaffen."

„Du bist wie mein Vater. Du hast dir noch nie überlegt, warum du auf der Welt bist, was?"

„Doch", sagt Gambrin und errötet, „ich habe immer gedacht, ich bin auf der Welt, damit ich auf dich warte, schließlich habe ich von dir geträumt, und seit dem Traum wusste ich, dass ich warten muss, und dass wir das tun würden, was wir jetzt tun. Das war mein Sinn. Wenn ich meine Aufgabe erfüllt habe, ergibt sich daraus vielleicht ein neuer Sinn."

„Ist schon gut", sagt Ro, „gehen wir rauf!" Er beginnt zu klettern.

Nach wenigen Metern kommen sie in ein Zwischengeschoss, ein Röhrensystem. Sie folgen einer der Röhren und kommen am Ende zu den Zisternen, gigantischen Reservoirs, in die die Röhren ihren Inhalt ergießen. Ein Donnern wie von einem gigantischen Wasserfall ist zu hören.

„Hierher fließt also das Radstädter Wasser und alles Wasser, das es noch gibt", schreit Ro Gambrin ins Ohr, um das Rauschen zu übertönen.

„Ja, und von hier fließt es direkt in die Abfüllhallen."

„Und von den Abfüllhallen?"

„Wird es auf der Straße zurück nach Radstadt gebracht", erklärt Gambrin.

„Das ist doch vollkommen verrückt! Warum füllt er das Wasser nicht dort ab, wo es aus der Erde kommt?"

„Er will alles unter Kontrolle haben, jeden Tropfen."

Ro schüttelt nur den Kopf, dann zeigt er fragend nach hinten, in die Richtung, aus der sie gekommen sind. Gambrin nickt, und sie gehen zurück zum Schacht, der weiter nach oben führt. Ro nimmt sich die Karte noch mal vor, er will sie aufschlagen, doch da sieht er, dass sich auf der Rückseite der Karte ein mit Bleistift gezeichneter Plan eines Hauses mit einem großen Zimmer befindet.

Ein breites Rechteck, in das ein zweites eingezeichnet ist. Um das erste Rechteck steht eine Säulenreihe, am oberen Rand ist ein Viereck, in dem *Thron* steht. Hinter dem Thron, außerhalb des großen Rechtecks, gibt es zwei ovale Kreise, die mit *Stiefelpforteneingang* bezeichnet sind.

„Das Gebäude müssen wir finden", sagt Gambrin, „das ist der Thronsaal."

„Es muss einen besonderen Zugang geben", meint Ro, „verstehe zwar nicht, was mit Stiefelpforteneingang gemeint ist, aber die Zeichnung scheint von jemandem zu stammen, der um die Stiefel wusste."

„Timor vielleicht?

„Nein, Timor kann's nicht sein, er ist nie bis Eisenstadt gekommen, weil er die Schrauben nicht gezählt hat."

„Ja, da hast du Recht. Komm, wir suchen diesen

Hintereingang. Er scheint sich direkt hinter dem Thron zu befinden."

Sie steigen die Leiter hinauf und sehen zum ersten Mal, seit sie eingestiegen sind, wieder Tageslicht. Ein schmaler Schlitz gibt den Blick hinunter auf die Straßen von Eisenstadt frei.

„Da drüben", flüstert Gambrin, „da ist die Halle mit dem Thronsaal, siehst du die Säulen, die sind alle mit dem Gold von Auro verkleidet. Wir müssen hinter das Gebäude gelangen."

„Ja, aber zuerst müssen wir von hier runter", sagt Ro, „wir sind zu hoch, auf einem Turm oder so was."

Ro steigt noch einmal die Leiter hinab und entdeckt, dass es weiter unten einen Ausstieg gibt. Er schiebt die Tür einen winzigen Spalt weit auf: Die Straße ist voll grauer Wächter.

„Da kommen wir nie durch, keine Chance. Entweder wir warten bis es Abend ist und hoffen, dass dann weniger Leute anwesend sind, oder…"

„Ja, was oder?", fragt Gambrin.

„Oder ich ziehe die Maske an und…"

„Nein, du musst mit den Stiefeln an das hintere Tor, wenn du die Maske anziehst, hast du auch gleich Mantel, Kleider und Schuhe der Grauen an."

„Dann ziehe ich die Stiefel jetzt aus, streife die Maske über und ziehe dann wieder die Stiefel an."

„Und ich?", fragt Gambrin enttäuscht, „was mache ich?"

„Ich werde nur auskundschaften, was zu tun ist. Letztes Mal bis du gegangen, jetzt bin ich dran."

„Also gut, Ro, aber pass auf dich auf, und nimm diesen Ring und steck ihn an den kleinen Finger."

Der Ring sitzt wie angegossen, Ro legt den Leinenbeutel ab und zieht die Stiefel aus und gibt beides Gambrin. Dann streift er die Maske über, entledigt sich der Wächterschuhe, nimmt die Stiefel und zwängt seine Füße hinein. Schließlich nimmt er für alle Fälle die Wasserflasche aus dem Leinenbeutel, klemmt sie sich unter den Arm und schiebt die Tür auf.

Gambrin sieht ihn durch den Spalt in der Menge der übrigen Wächter verschwinden.

38. Der Baron

Ro fühlt sich nicht wie Ro, aber auch nicht wie ein anderer. Es ist, wie wenn man zu müde ist, um einzuschlafen. Als ob er nicht ganz bei Sinnen wäre, halb schlafwandelnd und halb hellwach. Er erkennt jede Kleinigkeit, sieht einzelne Pflastersteine, ihre Farbe, ihre Umrisse, die Struktur, alles ganz genau, wenn er aber versucht, die Straße entlang zu blicken, verschwimmt sie, die Konturen werden unscharf.

Sieht so ein Grauer, ist das seine Wahrnehmung? Als ob er betrunken wäre, oder sonst irgendwie im Kopf verändert. Ros Ich schiebt sich wie ein Röhrchen in das Bewusstsein des Grauen. Er ist zwei Personen in einer. Einmal ein marionettenartiges Geschöpf, das tut, was man ihm sagt, programmiert, wie ein Roboter, und andererseits ist er Ro, so wie er sonst ist, nur kleiner, hat kaum Platz in dem engen Gefäß, das der Graue ist. Ro versucht herauszufinden, wie er den Grauen steuern kann.

„Geh langsam!"

Der Graue gehorcht ohne Widerstand.

„Geh schnell!"

Auch das funktioniert. Nun versucht Ro eine schwierigere Sache.

„Singe ein Lied!“

Der Graue hat große Mühe, formt zwar die Lippen, aber es kommen nur heiser kratzende Töne heraus.

„Ist schon gut, lass!“, sagt Ro zu seinem Grauen, „aber sag mir doch, was würdest du tun, wenn ich dir befehlen würde, den Baron umbringen?“

Die Reaktion folgt wie der Donner auf den Blitz. Der Graue schnaubt und die Maske beginnt warm zu werden und sich an Ros Gesicht zu saugen.

„War nur eine Frage. Wer will schon den großen Baron töten. Er wird noch lang leben und du mit ihm.“

Die Maske entspannt sich langsam und kühlt wieder ab.

„So, lieber Mann, eine kleine Frage möchte ich dir noch stellen. Wo ist deine Mutter?“

„Ich habe keine Mutter“, sagt die Stimme der Maske in Ros Kopf, „ich habe nur einen Herrn, das ist der Baron, der Herrscher über das Land. Ich bin sein Wächter, ich bin bereit, für ihn zu sterben.“

„Das klingt wie auswendig gelernt“, sagt Ro zur Maske, „ist das alles?“

„Ich bin ein Werkzeug, ich werde gehorchen bis in den Tod.“

„Aber deine Mutter hat dich geküsst, als du klein warst, und gehalten und getröstet, wenn du mal traurig warst, oder?“

„Ja, aber das ist lange her, jetzt bin ich ein anderer.“

„Ich verstehe“, sagt Ro, „dann gehen wir jetzt zum Baron und schauen, wie seine Befehle lauten.“

Ro geht an allen übrigen grauen Wächtern vorbei, um die Thronhalle herum, bis er an den Ort kommt, der auf der Karte mit den beiden Ovalen gekennzeichnet war.

Hier nach hinten kommt kaum jemand, denkt Ro und befiehlt: „Suche den Boden nach Spuren ab. Irgendwo hier müssen sie sein.“

Sie suchen, und tatsächlich finden sie zwei Fußabdrücke, die beinahe unsichtbar in den Steinboden eingemeißelt sind.

„So, nun stell dich in die Fußspuren.“

Der Wächter gehorcht widerspruchslos. Plötzlich bewegt sich in der Wand ein Steinquader in der Größe einer Bananenkiste, und eine türartige Öffnung kommt in der Mauer zum Vorschein.

„Aufstoßen“, kommandiert Ro, und die Maske gehorcht.

Schnell schlüpft Ro in das Gebäude, dreht sich um und befiehlt der Maske, die Tür wieder zu schließen, nachdem er sich versichert hat, dass auch innen die Abdrücke in den Boden gemeißelt sind.

Die Öffnung führt in einen kleinen Raum, in dem er nur kauern kann. Der Raum ist rechteckig, etwa zwei mal ein Meter, in der der Öffnung gegenüberliegenden Wand ist ein kleiner Sehschlitz angebracht. Ro schaut hinaus und sieht, dass sie sich im Thronsaal befinden. Ein Grauer steht stramm, direkt vor ihm, den Blick nach oben gerichtet. Da hört Ro direkt über sich die Stimme des Barons.

„Du hast weder den Stiefelträger noch die Frau?“

„Herr, wir haben alles durchsucht, wir haben…“

„Einen Dreck habt ihr. Frei sind sie, das ist, was zählt. Ihr seid nicht mehr als eine fressende und mein Wasser wegsaufende Schweineherde."

Ro wird allmählich klar, dass er sich in einem Raum befindet, der den Steinsockel bildet, auf dem der Thron steht. Der Baron muss direkt über ihm sitzen und auf den zitternden Grauen, der sich zu verteidigen versucht, hinuntersehen.

„Herr, sie können nicht in Auro sein, wir haben jeden Meter abgesucht, sie sind aber auch nicht in Radstadt. Wir haben alle Häuser auseinander genommen. Nichts."

„Dann sind sie eben beim Rufer im Turm, oder beim gelben König."

„Auch da haben wir gesucht."

„Und wo sind sie dann", schreit der Baron, dass es im Saal widerhallt.

„Der Stiefelträger muss verschwunden sein, wie letztes Mal, und die Frau mit ihm."

„Unmöglich", herrscht ihn der Baron an, „die Stiefel sind in der Siegerhalle."

„Jawohl, Herr."

Feigling, denkt Ro, dabei weiß er bestimmt, dass wir die Stiefel gestohlen haben, aber er wagt es nicht, dem Baron die Wahrheit zu sagen, weil der ihn vermutlich einen Kopf kürzer machen würde!"

Plötzlich wird die Maske ganz schlaff und Ro fürchtet, sie könnte sich im nächsten Augenblick ablösen.

„Jetzt mach bloß nicht schlapp, wir werden gleich den Baron retten, und du wirst mir dabei helfen, verstanden?"

Die Maske bekommt wieder etwas Form.

„Mach, dass du mir aus den Augen kommst, du nichtsnutziger Auswurf einer gehirnerweichten Schlampe, wenn du mir bis morgen nicht wenigstens einen der beiden herbeigeschafft hast, werde ich dich vierteilen lassen, du Ochsenmark, du Schafskopf, du elender Spulwurm! Und jetzt raus!", brüllt der Baron.

„Jawohl, Herr."

Der Graue entfernt sich.

„Und alle anderen ebenfalls raus, ich will keinen von euch sehen, unfähige Idioten, die ihr mein Wasser sauft und mein Brot fresst, ohne etwas zu leisten."

Der Saal leert sich augenblicklich, und Ro hört, wie der Baron sich auf den Thron fallen lässt.

„Baron!", ruft Ro durch den Mund der Maske, „Baron, hört Er mich?"

„Wer stört mich schon wieder", brüllt der Baron.

„Sei Er still. Es ist wichtig, höre Er zu!"

„Wer bist du, verdammt noch mal, und wo, ich kann dich nicht sehen."

„Wer ich bin, tut nichts zur Sache, wisse Er, dass ich ein treuer Diener bin. Es ist eine Verschwörung im Gang. Man will ihm nach dem Leben trachten, Herr, darum bin ich gekommen, Ihn zu warnen."

„Mehr, erzähle mehr, was, wo, wer?"

„Nicht jetzt, es sind zu viele Dinge, die mich hier nicht reden lassen. Aber komme Er um Mitternacht in den Turm östlich der Halle, die Tür wird angelehnt sein. Er wird mich dort finden, und alles erfahren. Aber komme Er allein, und sage Er niemandem etwas, der Verschwörer sind viele. Sei Er vorsichtig, komme Er allein."

„Ich werde kommen", flüstert der Baron.

Ro dreht sich um und befiehlt der Maske, die Stiefel in die Spuren zu drücken. Der Steinquader öffnet sich und bald steht er wieder vor der Mauer. Unauffällig macht er sich auf den Weg zu Gambrin zurück.

39. Das lange Warten

Gambrin ist erleichtert und freut sich, Ro heil wieder zu sehen. Er nimmt die Maske ab und erzählt alles, was geschehen ist.

„Das mit der Verschwörung war eine gute Idee“, sagt Gambrin anerkennend, „hoffentlich fällt er darauf herein.“

„Er wird“, sagt Ro selbstsicher, „ hallo, Schmidl, wie geht’s?“

Schmidl springt an Ro hoch und stößt schnaubende Laute aus.

„Es ist wie in einem Spiel, je länger man spielt, umso mehr Spaß macht es.“

„Und was werden wir mit ihm tun, wenn er kommt?“

„Wenn wir ihn einfach umbringen?“, denkt Ro laut.

„Nein!!“, ruft Gambrin außer sich. „Du darfst ihn nicht töten.“

„Das wolltest du doch, kannst du dich nicht mehr erinnern, bei Manhard im Dachzimmer? Wir warteten darauf, dass es dunkel wird, und ich fragte dich, wie man dafür sorgen könnte, dass das Wasser wiederkommt. Weißt du noch, was du gesagt hast?“

„Ja, das war damals, aber da war ich noch nicht in Eisenstadt gewesen."

„Und jetzt ist es anders?"

„Ja", sagt Gambrin. „Wir müssen ihn dazu bringen, das Wasser allen zu geben, und zwar ohne dass er die Leute versklavt oder beraubt."

„Und wie willst du das anstellen?"

„Ich weiß es nicht."

„Vielleicht mit Heiraten", sagt Ro giftig, „oder hast du noch eine andere geniale Methode…"

„Bist du eifersüchtig?"

„Nein, aber du bist blind. Ein Ungeheuer wie dieses kann man nicht mit Güte bändigen."

„Jeder Mensch trägt Gutes und Schlechtes in sich, es gibt nicht nur den Bösen oder den Guten, jeder hat alles. Wenn du das Böse vernichtest, löscht du damit auch das Gute aus."

„Böse kann nicht gut sein, wenn einer so weit gegangen ist, wie der Baron, kann in ihm nichts Gutes mehr stecken."

Ro springt auf und packt den Leinenbeutel aus. Er öffnet eine Sardinenbüchse und sie essen schweigend Zwieback, Fisch und gedörrte Früchte. Ro kann einfach nicht verstehen, wie man so stur sein kann, und Gambrin kann nicht begreifen, dass Ro sie nicht versteht. Sie spürt ganz tief in ihrem Innern, dass sie den Baron nicht einfach töten dürfen, und Ro spürt genauso fest, dass der Baron erledigt werden muss. Aber woher kommt dieses sichere Wissen, fragt sich Ro, er wollte am Anfang doch gar nicht den Tod des Barons, nur ausschalten, ihn seiner Macht berauben wollte er. Und

Gambrin? Sie hat etwas für ihn übrig. Das spürt Ro genau, und das ist das Schlimmste von allem.

Sie schweigen. Doch je näher die Nacht kommt, um so deutlicher wissen sie, dass sie einen Plan brauchen, was sie mit dem Baron machen wollen. Ro nimmt das Buch aus dem Leinenbeutel und blättert darin. Gambrin zuckt zusammen.

„Was machst du, doch nicht etwa die ganze Geschichte lesen?"

„Ich lese nur in der Vergangenheit, suche eine Stelle, als mir der Alte etwas sagte, das mir wichtig vorkam, woran ich mich aber nicht mehr genau erinnere. Ich war in einem Traum und Timor hatte die Putzfäden angezündet. Ich dachte, nun wird die ganze Fabrik brennen, doch dann tauchte plötzlich der Alte auf und schickte Timor in den Tunnel zurück. Daraufhin hat er etwas gesagt, das ich noch mal hören möchte. Damals konnte ich ihn noch nicht verstehen, weil ich zu wenig wusste. Ach, hier ist die Stelle:

„Auch wenn ich einen ganzen Sack von Fragen hätte, es fällt mir bestimmt die eine geniale Frage, die Sie von mir erwarten, nicht ein…"

„Das habe ich gesagt", erklärt Ro Gambrin, „weil der Alte von mir eine intelligente Frage hören wollte, und ich hatte schon einmal daneben gegriffen."

„…das Einzige aber, das ich wirklich wissen muss, ist, wie ich Gambrin befreien kann. Bitte sagen Sie mir, was ich tun muss."

„Das hast du wirklich gesagt?“

„Na klar, was denkst du denn, warum ich noch mal hergekommen bin?“

Gambrin legt Ro die Hand auf die Schulter und sagt: „Das finde ich fein von dir. Und du musst wissen, ich würde für dich das Gleiche tun. Komm, lies weiter!“

„Gute Frage“, sagt der Alte und neigt sich vor, „gute Frage.“ Er steht auf, geht zu einem der Bücherregale und nimmt ein kleines Buch heraus, das er Ro überreicht.

„Das ist das Buch hier“, sagt Ro und schaut auf.

„Lies das, es steht einiges drin, einiges auch nicht. Gewisse Dinge sind immer gleich, andere ändern sich jedes Mal. Gewisse Dinge sind unveränderliche Gesetze, andere warten, bis jemand kommt und sie formt. Manche Dinge zerfallen, andere verwandeln sich. Gewisse Menschen sind durch ihre Stärke stark, andere durch ihre Schwäche.“

„Der Alte…“, sagt Gambrin gedankenversunken, „ich würde ihn gern einmal sehen.“

„Er ist unberechenbar, du weißt nie, was er vorhat, er kann ekelhaft sein, aber auch sehr nett, er kann dich bewirten wie einen Fürsten, und dann kann er knauserig sein und dir tagelang nichts als ein Stück Brot, etwas Käse und eine Tomate geben. Als er mir auftrug, die Schrauben zu zählen, hätte ich ihn vor Wut ohrfeigen können, und trotzdem hab ich die Schrauben gezählt.

Ich war so unsicher nach dem Traum mit Timor, dass ich alles getan hätte, was er von mir verlangte."

„Und was bedeutet es", fragt Gambrin, „wenn er sagt, dass gewisse Menschen durch ihre Stärke stark sind und andere durch ihre Schwäche? Ist der Baron stark, weil er stark ist, und sind wir stark, weil wir schwach sind?"

„Er hat mir auch gesagt, ich soll gelassen sein, immer gelassen, warte, vielleicht finde ich die Stelle."

Ro blättert und liest vor:

Ro dreht beinahe durch. Er möchte losrennen und sofort zurück auf die andere Seite gehen, um Gambrin zu befreien.

„Nimm's gelassen, Junge, immer schön gelassen." Die Stimme des Alten!

Jetzt spinne ich wirklich, denkt Ro und vergräbt das Gesicht in den Händen. Der Alte steht hinter ihm und klopft ihm auf die Schulter.

„Weder Wut noch Hass werden dich weiterbringen. Denk an Timor, den armen Kerl, denk an Timor und nimm's gelassen."

„Timor hat's anscheinend nicht gelassen genommen", sagt Gambrin. „Ist er darum als Stiefelträger gescheitert?"

„Der Alte hat nicht viel dazu gesagt, nur eben, dass Timor keinen kühlen Kopf bewahrt hat, weil er sich von seiner Wut leiten ließ und darum die Schrauben nicht gezählt hat."

„Oder von seiner Gier", sagt Gambrin, „anstatt dir die Stiefel zu bringen, hat er sie selbst angezogen."

„Was uns das alles helfen soll, ist mir allerdings nicht klar“, sagt Ro und zuckt entmutigt die Schultern, „es ist immer dasselbe mit den guten Ratschlägen, sie nützen einem erst, wenn's schon zu spät ist.“

„Ich schlage vor, wir nehmen den Baron in den Schwitzkasten. Er muss uns Rede und Antwort stehen.“

„Einverstanden“, meint Ro, „ich werde ihm das Messer an die Gurgel halten, das wird ihn ein bisschen zum Reden ermuntern.“

Gambrin öffnet die Tür einen Spalt breit, Mondlicht scheint herein.

„Es kann nicht mehr lange dauern. Machen wir uns bereit!“

40. Mitternacht

Ro und Gambrin warten schweigend. Gambrin hinter der Tür. Das Halstuch, das sie vom gelben König bekommen hat, will sie dem Baron von hinten um den Hals schlingen. Ro steht seitlich von der Tür, hinter der Laibung, das Messer in der rechten Hand. Von draußen dringen die Geräusche der Nacht, Zirpen von Grillen, ab und zu Schritte von Wächtern. Die Spannung ist nur schwer zu ertragen. Ro sagt sich dauernd: „Gelassen, Ro, das werden wir schaffen, immer schön ruhig, denk an Timor, keine Gier, und kein Zorn!" Zu Schmidl sagt er laut: „Ganz ruhig, Schmidl, jetzt geht's um die Wurst!"

Da öffnet sich die Tür, und eine Gestalt huscht herein, so schnell, dass Ro und Gambrin gar nicht reagieren können. Sie muss auf die gegenüberliegende Seite des Raumes gesprungen sein, denn von dort hören sie die Stimme des Barons.

„Stiefelträger, wo bist du? Stell dich, ich weiß genau, dass du hier bist. Du dachtest wohl, ich falle auf deine List herein? Kein anderer sonst weiß von dem Eingang in den geheimen Raum unter dem Thron. Hast dich in den Finger geschnitten, Stiefelträger, komm schon vor, oder hast du Angst zu kämpfen!"

„Warum hast du dann nicht ein paar Wächter mitgebracht?", hört Ro sich sagen.

„Ich nehme nicht an", antwortet der Baron, „dass du glaubst, ich überlasse dich meinen Wächtern. Es ist mir eine Ehre, dich mit eigener Hand zu erledigen."

„Du willst mich also töten?"

„Oh, mit dem allergrößten Vergnügen sogar. Dann werde ich wieder Ruhe haben vor dir und ungestört mein Werk vollenden."

„Es wird der nächste Stiefelträger kommen und nach ihm wieder einer, du wirst nie Ruhe finden", sagt Ro.

„Sie werden alle scheitern, wie dieser Timor, der nicht einmal bis in Stadt hineingekommen ist. Da warst du etwas besser, ich gratuliere. Doch nun ist Schluss, komm vor, und kämpfe! Mein Dolch wird bald dein Blut schmecken."

„Ich bin bereit!", sagt Ro.

Unmittelbar bevor er mit gezücktem Messer ins Dunkel stürzen will, hört er Gambrins feste Stimme:

„Weder ein toter Baron, noch ein toter Stiefelträger werden uns das Wasser wiederbringen."

„Du bist auch da?", fragt der Baron mit zitternder Stimme.

„Ich will nicht, dass ihr euch umbringt", sagt Gambrin, „wir müssen das Wasser wieder holen.

Was denkt Ihr Euch eigentlich, Baron, eines Tages werden auch Eure Zisternen leer sein. Und dann, was dann? Alle werden wir verhungern und verdursten, zuletzt Ihr, Baron, und Eure Männer. Ist es Euer höchstes

Ziel, als Letzter zu verdursten? Ein jämmerliches Ziel, findet Ihr nicht auch?"

Eine bleierne Stille dehnt sich im Raum aus. Ro duckt sich so leise er kann, versucht in der Dunkelheit etwas zu erspähen.

„Ich wollte dich zur Herrin machen…"

Ro schleicht ganz leise an der Wand entlang, um so an den Baron heranzukommen.

„…Herrin über ein ausgehungertes, verdorrtes Land, ohne Gesetz", ruft Gambrin, „ein Land, in dem nicht einmal das Wasser gerecht verteilt wird!"

„Ha, was tue ich denn anders", ruft der Baron zornig, „wenn ich das Wasser nicht gefasst und rationiert hätte, dann wäre schon längst die Hälfte der Bevölkerung verhungert und verdurstet. Wer hat die Stollen gebaut, die Leitungen, die Zisternen. Wer füllt das Wasser ab, wer bringt es zu den Leuten? Ich und meine Männer."

„Und dafür sind alle versklavt und verschuldet."

„Alles hat seinen Preis. Ahhh!!!"

Der Baron stößt einen Schrei aus und etwas fällt zu Boden.

„Verdammt, was ist das für ein Vieh?!"

Etwas fliegt durch die Luft und knallt an die Wand.

„Jetzt!", ruft Ro, und beide springen gleichzeitig auf den Baron.

„Ich habe ihn", sagt Ro, „nimm sein Messer."

„Nehmt das Vieh weg", flucht der Baron.

Gambrin nimmt Ro das Feuerzeug aus der Tasche, macht die Laterne an und leuchtet damit dem Baron ins Gesicht. Schmidl hat dem Baron die Nase abgebissen!

„Er trägt eine Maske", sagt Gambrin, „Schmidl hat die

Maske erwischt, darunter ist viel hellere Haut, ich versuche, sie auszuziehen."

Gambrin zerrt an den Haaren des Barons und zieht ihm die Maske vom Gesicht. Unter der Maske kommt ein junger Mann zum Vorschein.

„Wer bist du denn?", fragt Gambrin verwundert.

„Ich bin der Stiefelträger", sagt der junge Mann.

„Ich bin der Stiefelträger", sagt Ro.

Doch der andere schüttelt den Kopf. „Ich bin der erste."

„Von dir habe ich nicht geträumt", sagt Gambrin.

„Als ich vor sieben Jahren kam, war der Baron dabei, alles Wasser in seine Zisternen zu füllen und die Leute zu versklaven. Da habe ich den Baron erledigt."

„Endgültig?"

Der junge Mann nickt.

„Und woher hast du die Maske?", fragt Ro.

„Der Rufer, der eigentlich Verführer heißen müsste, er war es, der mir gesagt hat, wie ich den Baron erledigen kann."

„Und dann bist du selbst geworden wie der Baron", fragt Ro, „hast gemordet und unterdrückt."

„Es war die Maske. Sie hat mich dazu gezwungen, ich konnte sie nicht mehr abnehmen, wenn ich etwas tun wollte, das ihr widersprach, dann fing sie an, mich zu würgen."

„Das kennen wir", sagt Gambrin.

Der Mann streichelt Schmidl, der nach seiner unsanften Landung nun wieder zu sich kommt.

„Du hast mich gerettet", sagt er, „entschuldige, dass ich dich so behandelt habe."

„Das ist unser Dachs Schmidl“, sagt Ro, „ich habe ihn aus einem Tellereisen befreit.“

„So ist das“, sagt der gewesene Baron, „wenn alle im Dreck stecken, dann hat keiner einen Blick für den anderen.“

„Darum brauchen wir das Wasser. Und ich bin sicher“, sagt Gambrin scharf, „du weißt, wie wir wieder Wasser bekommen.“

„Die Maschine in der Fabrik des Alten auf der anderen Seite müsste repariert werden, aber wer weiß wohl, wie sie funktioniert?“

„Jemand muss sie angeworfen haben, also muss es auch jemanden geben, der weiß, wie sie funktioniert“, sagt Ro.

„Das ist lange her, die Erbauer sind längst tot.“

„Und der Alte?“

„Der Bücherwurm?“, sagt der junge Mann bitter, „der weiß zwar alles, aber tun kann er nichts.“

„Wir werden herausfinden, wie es geht“, sagt Ro, „hilfst du mir dabei?“

„Ich bin dieser Aufgabe nicht würdig.“

„Wie heißt du, erster Stiefelträger?“, fragt Gambrin.

„Früher hieß ich Bob, doch das ist schon sieben Jahre her.“

„Bob“, sagt Gambrin eindringlich, „du weißt, wie die Maschine funktioniert!“

„Ich kann es nur vermuten.“

„Jemand muss es tun“, sagt sie und nimmt Bobs Hand, „bitte!“

Bob sitzt nur da und schüttelt traurig den Kopf.

„Wir haben keine andere Wahl“, sagt Ro, „komm

mit und bringe die Maschine wieder zum Laufen, wir werden es schon irgendwie schaffen."

„Selbst wenn ich wüsste, wie es geht. Ich komme nicht mehr in die Fabrik, das kann man nur mit den Stiefeln, und die Stiefel hast du. Außerdem kann ich hier nicht weg. Wenn die Männer mich nicht mehr finden, werden sie alles auslöschen, die Menschen, die Städte, das Land, alles, so sind sie trainiert. Sie leben für mich und durch mich, und wenn ich nicht mehr da bin, bleibt ihnen nichts."

Bob nimmt die Maske, die ihm Gambrin ausgezogen hat, und untersucht sie. „Ach, die Maske ist zerstört, es wird eine Katastrophe geben. Die Grauen werden ein Blutbad anrichten, bevor wir es überhaupt schaffen, in die Fabrik zurückzukehren."

„Ich werde dich vertreten", sagt Gambrin, zieht die Maske über und verwandelt sich augenblicklich in den Baron.

„Was", schreit Bob, „das darf nicht wahr sein, es gibt noch eine, der Rufer, er hat sie euch gegeben, auch er hat euch verführt!"

„Haben wir dich umgebracht?", fragt Ro, „haben wir nicht, oder?"

„Nein, Gambrin, tu es nicht!", fleht Bob, „du wirst es bereuen, sie wird dich zerstören, wie sie mich zerstört hat."

„Vertraue mir", sagt Gambrin, „ich werde dich vertreten, bis ihr zurück seid, und ihr werdet staunen, was sich hier alles verändern wird!"

Bob lässt die Hände sinken und atmet tief aus: „Versuche mal, ob du sie ausziehen kannst."

„Klar“, sagt Gambrin, „ich habe dem Baron ja nichts getan, das hat Schmidl für uns besorgt.“

„Darum hat dich die Maske gewürgt, weil wir schon mal einen Wächter aus dem Verkehr gezogen haben“, ruft Ro, „weißt du noch, damals am Fluss?“

„Ja“, sagt Gambrin, „du hast ihm das Bein gestellt, und ich habe seinen Kopf in den Sand gesteckt, damit er auch sicher nicht mehr aufsteht. Doch du hast mich daran gehindert, dafür schulde ich dir Dank.“

„Hättet ihr ihn wirklich umgebracht, ihr hättet die Maske nicht mehr ausziehen können“, sagt Bob, „da könnt ihr sicher sein, er muss überlebt haben!“

„Hier“, sagt Ro, „zieh einen Stiefel an und versuch zu schlafen. Gambrin, bitte halte Wache, bis wir beide eingeschlafen sind, binde unsere Hände mit dem Halstuch zusammen, damit wir uns nicht verlieren.“

Bob fügt sich crst, als Gambrin, die jetzt wie der Baron aussieht, ihm versichert, dass sie die Maske jeden Tag ein paar Stunden ausziehen wird. Ro und er legen sich hin, Schmidl kuschelt sich zwischen beide und bald sind sie eingeschlafen.

41. Timor, Bob und Ro

Ro erwacht auf den Putzfäden und ist diesmal weder erschrocken noch erstaunt, vielmehr stellt er erfreut fest, dass Bob ebenfalls angekommen ist. Er löst das Halstuch von ihren Handgelenken und reibt sich seinen schmerzenden Arm. Bob erwacht ebenfalls, schaut um sich, blinzelt.

„Ich kann es nicht glauben! Nach sieben Jahren wieder zurück in der Stinkfabrik!“, sagt er ohne große Begeisterung, erhebt sich, geht zur Tür des Putzfädenraumes, schaut hinaus, gähnt: „Doch, so ungefähr habe ich es verlassen, das heißt, ich würde die Behauptung aufstellen, genauso war es, nichts umgestellt, nichts aufgeräumt, nichts in Stand gesetzt. Der Alte ist und bleibt ein Schmutzfink, ein Schlendrian, ein…“

„Büchernarr“, sagt Ro, „er hat sein Leben mit Lesen verbracht…“

„… und die anderen den Dreck machen lassen.“

„Du meinst uns. Komm, erledigen wir noch den Rest.“

„Nein“, erwidert Bob, „zuerst muss ich ihn sehen. Er muss wissen, wohin er uns gejagt hat.“

„Er hat doch alles gelesen, willst du ihm erzählen, was im Buch steht?“

„In welchem Buch?“

Ro kramt das Buch aus dem Leinenbeutel: „In dem hier.“

Bob schüttelt den Kopf: „Nein, das kenne ich nicht.“

„Dann hat er es nur mir mitgegeben. Es steht über alles geschrieben, was man erlebt hat und erleben wird, da drüben. Doch alles, was man in der Zukunft liest, ist vorbei und kann nicht mehr erlebt werden. So haben Gambrin und ich die Hochzeit überlesen.“

„Was?“, wundert sich Bob, „darum war Gambrin verschwunden?“

„Ja, kaum fängt man in der Gegenwart an zu lesen, verschwindet man und kommt erst wieder zum Vorschein, wenn man mit Lesen aufhört, was gar nicht immer einfach ist.“

„Das hätte ich vielleicht auch gebrauchen können“, sagt Bob nachdenklich, „oder auch nicht, nachher ist das schwierig zu sagen. Los, gehen wir zum Alten und hören wir, was er uns zu sagen hat!“

Sie gehen zum Zimmer des Alten, klopfen an und hören ein schwaches „Herein.“

Sie treten in die düstere Bibliothek. Der Alte liegt in seinem Bett, auf dem Beitisch steht eine Batterie von Fläschchen und Döschen.

„Schön, dass ihr kommt“, sagt er mit schwacher Stimme, „mir geht's nicht gut. Setzt euch.“

Die beiden tun, wie der Alte es wünscht und setzen sich an sein Bett.

„Ihr habt viel erlebt?“

„Das kann man wohl sagen“, meint Bob, „sieben Jahre sind eine lange Zeit.“

„Sieben Jahre ist das her“, sagt der Alte wie für sich, „sieben Jahre.“

„Wir werden die Maschine wieder anwerfen“, sagt Ro, „deshalb sind wir zurückgekommen.“

Der Alte nickt, atmet tief ein. Ro hätte ihn gern mit Fragen gelöchert, doch nun, da er sicher ist, ein paar wirklich gute Fragen zu haben, kommt es ihm vor, als ob es zu spät sei. Der Alte scheint ihm zu krank, um wirklich antworten zu können.

„Wo ist Timor?“, fragt der Alte ganz unvermittelt.

„Das wissen wir nicht“, sagt Ro, „er ist einmal aufgetaucht, hat die Stiefel geklaut und ist gleich wieder verschwunden, weil ihn vermutlich die Stiefel zurückgeschleudert haben.“

„Ach, Timor“, seufzt der Alte, „ihr dürft ihn nicht verlieren, er braucht euch, und ihr werdet ihn brauchen, wenn ihr die alte Dame zum Laufen bringen wollt.“

„Sie wollen aber nicht gleich sterben!“, sagt Bob. „Sie müssen noch sehen und hören wie sie läuft, einverstanden?“

Der Alte lächelt und nickt: „Ihr habt Hunger. Der Schrank ist voll, ich habe mich eingedeckt, bevor es losging. Kocht einen Tee und stellt mir auch eine Tasse hin.“

Ro steht auf und bereitet einen Tee zu. Bob plündert den Schrank, der voll ist mit Köstlichkeiten, die er seit sieben Jahren nicht mehr gegessen hat. Er stellt den Beitisch mit frischem Brot und Butter, Marmelade, Käse und Schinken und Fisch voll, dass er zusammenzubrechen droht. Ro bringt den Tee, der Alte setzt sich im Bett auf und trinkt eine Tasse mit. Dabei schaut er den beiden aufmunternd zu, wie sie es sich schmecken lassen. Kaum macht einer eine Pause, treibt er ihn mit kreisenden Handbewegungen an, nur ja noch nicht aufzuhören.

„Ich werde Timor suchen gehen“, sagt Ro nach dem Essen. „Bob, untersuchst du die Maschine?“

Bob nickt. Die beiden räumen den Tisch ab und fragen den Alten, ob sie sein Bettzeug wechseln sollen.

„Wenn ich noch durchhalten soll, bis sie wieder läuft, wäre es nicht schlecht, in einem frischen Bett zu liegen.“

Sie hieven den Alten aus dem Bett, setzen ihn auf einen Stuhl, wechseln die Betttücher, die Kissen, lüften das Zimmer gründlich und helfen ihm wieder ins Bett.

Bevor sie aus dem Zimmer gehen, ruft sie der Alte noch einmal an sein Bett:

„Ro, wenn du Timor findest, dann sage ihm, dass ich ihn gern noch mal sehen würde. Und du, Bob, schau, dort auf dem Tisch liegt das Handbuch der Maschine. Ich habe es nie begriffen. Ich lese schon seit sieben Jahren darin, aber ich verstehe es nicht. Vielleicht kannst du es brauchen. Und vergesst nicht: Gewisse Dinge sind immer gleich, andere ändern sich jedes Mal. Gewisse Dinge sind unveränderliche Gesetze, andere warten, bis jemand kommt und sie formt. Manche Dinge zerfallen, andere verwandeln sich. Das wär’s.“ Er dreht sich zur Wand. Ro und Bob sehen sich an. Bob greift sich das Handbuch und Ro nimmt den Schlüssel für die alte Dame vom Tisch und öffnet die Tür.

„Ich werde runtergehen in den Tunnel und Timor suchen. Hast du eine Ahnung, wozu wir ihn brauchen werden?“

„Ich kenne ihn nur aus den Berichten der Spione. Als er das erst Mal kam, sang er den Leuten Lieder vor. Die Wächter ergriffen ihn sehr früh. Beim zweiten Mal haben wir ihn erst bemerkt, als er vor der Tür stand und die Schraubenzahl nicht wusste. Da ist er so ausgerastet, dass er die Tür einschlagen wollte. Dabei hat er sich an einem vorstehenden Pfeiler so sehr den Kopf angeschlagen, dass er liegen blieb. Als ihn die Wächter fanden, schien es ihnen, er habe den Verstand verloren. Ich befahl, ihn direkt in den Tunnel zurückzubringen.“

„Was, du hast ihn in den Tunnel zurückbringen lassen?“

„Ja“, sagt Bob, „ich wollte ihm eine Chance geben, und die Maske hat es mir nicht verwehrt.“

„Und warum hat sie sich nicht gewehrt, als du Gambrin heiraten wolltest?“

„Oh, das war das Schwerste in all den sieben Jahren. Als ich Gambrin zum ersten Mal sah, fuhr es mir wie ein Blitz durchs Herz. Eine unendliche Traurigkeit befiel mich, weil ich wusste, dass ich sie nie bekommen würde. Doch da habe ich angefangen zu kämpfen. Ich habe der Maske immer wieder klar gemacht, dass es gut wäre für die Festigung der Macht, eine Herrin zu haben, die an unserer Seite wäre, und dazu noch eine aus königlichem Geschlecht. Am Anfang hat sich die Maske gewehrt, und ich bin mehr als einmal beinahe erstickt. Doch das Herz war stärker. Es sandte so viel Liebe und Sehnsucht hinauf zur Maske, dass ihre Kraft nachließ. Als Gambrin dann verschwunden war, hatte ich die Hoffnung aufgegeben, je aus der Maske herauszukommen."

„Wie ein Blitz durchs Herz", sagt Ro gedankenschwer „ich verstehe", und er fügt hinzu: „Okay, ich muss jetzt hinunter und Timor suchen."

42. Putzfäden

Als Ro mit Timor aus der großen Maschine steigt, ist Bob dabei, das Handbuch durchzublättern.

„Scheißhandbuch", flucht Bob, „da soll einer etwas verstehen?"

Timor schaut sich verängstigt um und bleibt dann vor der große Maschine stehen.

„Ach Timor, das ist sie nun, die große Maschine, an der wir alle vorbeigelaufen sind, ohne etwas zu ahnen. Das ist sie, Timor, mein Timor, und hat keinen Namen und eine Geschichte, die nur der Alte weiß, doch der schweigt, hat immer geschwiegen und Timor Schrauben zählen lassen."

„Sie hat doch einen Namen", sagt Bob, „auf dem Handbuch steht: Handbuch zur Windmaschine, geschrieben von R. Deutz. Was sich dieser Deutz bei seinem Kauderwelsch aber gedacht haben mag, das steht in den Sternen. Hört mal her: ‚Da die gewundene Form der Kurbel eine Aufwärts- und zugleich eine Seitwärtsbewegung ermöglicht, steht der Zylinder in einem ausgemessenen Überraum, der durch Einwirkung von außen derart verformt werden kann, dass die Kurbel horizontal oder vertikal zu schleifen beginnt und seine Verformung durch ein ächzendes Geräusch zum Ausdruck bringt. Eine Reparatur ist nur mit einem Spezialhammer der Firma Deutz & Co. möglich.' Und so geht das weiter über dreihundert Seiten", ereifert sich Bob, „von Noppenschleife über Keilriemenverriegelung bis zu Staubfangnetzklappe, das ist doch zum Verrücktwerden!"

„Wird wohl kein Zufall sein, dass selbst der Alte daraus nicht schlau wurde", sagt Ro.

„Und am Ende jedes Artikels steht: ‚Eine Reparatur soll nur durch eine unserer Reparaturdienstfacharbeitskraft ausgeführt werden.' Die letzte Reparaturdienstfacharbeitskraft dürfte wohl vor zwanzig Jahren gestorben sein."

„Darf Timor sehen?", fragt Timor, „das schöne Buch so dick und bleich."

Bob wirft es ihm verärgert zu, Timor fängt es auf und schaut den Titel an.

„Die Windmaschine, ach Timor, was lesen wir da, eine Maschine für Wind soll Wasser bringen, das Wasser im Wind, woher kommt hier der Wind, mein Timor, da lachen die Götter, die kalkadischen Felsen, die spotten, denn Wind haben sie täglich, doch Wasser, das Wasser, das fehlt. Brauchen wir denn nicht eine Wassermaschine, was soll uns der Wind?"

„Über Wind steht da nichts, ich habe das Inhaltsverzeichnis genau angeschaut", sagt Bob, „da steht gar nichts über Wind."

„Auf dem Dach gibt es doch diesen Turm", sagt Ro, „er sieht wie ein Schneckenhaus auf einer Röhre aus. Vielleicht hat der etwas mit Wind zu tun."

Die drei stürmen hinaus ins Freie.

„Hier ist eine lange Eisenstange“, ruft Ro, „helft mir, dann stellen wir sie an die niedrigste Stelle des Daches.“

Ro und Timor halten unten die Stange, Bob klettert als Erster hoch, Timor als Nächster, und schließlich Ro. Zum Glück ist das Dach flach. Sie laufen zum Turm hinüber, Ro macht einen Steighalter mit beiden Händen und Bob hievt sich hoch.

„Hier gibt es so etwas wie einen Propeller“, sagt Bob, „der ist aber völlig verrostet. Warte, ich versuche zu drehen. Nein, das schafft man kaum.“

„Ich hole Öl“, ruft Timor und ist schon verschwunden.

Nach kurzer Zeit erscheint er mit einer Kanne, die er Bob reicht. Bob arbeitet so schnell wie möglich, aber er steht auf Ros Schultern, und Ro ächzt immer mehr unter dem Gewicht.

„Mach schon, ich kann bald nicht mehr.“

„Timor kann“, sagt Timor, „er hat schon vieles gekonnt, oh Timor, wie viele Lieder hast du gesungen, wie viele Geschichten erzählt, Timor, deinen Bruder wirst du halten, als ob er ein Vöglein wäre, so leicht.“

Timor löst Ro ab, und Bob versucht oben fieberhaft mit dem Öl den Propeller zum Laufen zu bringen.

„Nun dreht er sich wieder rund“, verkündet er nach einer Weile. „Aber die Maschine läuft trotzdem nicht.“

„Wir müssen herausfinden, wo die Tanks für den Treibstoff sind“, sagt Ro, als sie wieder unten sind, „ohne Benzin läuft weder ein Auto noch ein Flugzeug, das wird hier nicht anders sein.“

Sie suchen die Fabrik nach Treibstofftanks ab, erfolglos, gehen ins Freie, suchen nach oberirdischen Einfüllstutzen für unterirdische Tanks, gehen zum Alten, um ihn zu fragen, doch der schläft so tief, dass sie es nicht schaffen, ihn zu wecken. Nach stundenlangem Suchen ruhen sich die drei entmutigt auf den Putzfäden aus.

„In der Zwischenzeit verdursten die da drüben", sagt Bob.

„Und Gambrin wird gelyncht von ihren Wächtern, weil sie zu wenig böse ist", ergänzt Ro.

„Ach Timor", sagt Timor, „so weit ist die Welt und so kurz ist der Tag, und die Vögel fliegen, und die Winde verwehen all unsere Spuren, unsere Stimmen und all unser Tun. Was gestern war, flüchtet, und was morgen sein wird, verglüht."

„Du hast ein lockeres Leben, Timor, ein wenig singen, ein wenig plappern, und schon ist die Welt ein Theater, und alle hören dir zu, und alle wollen noch mehr", sagt Ro spöttisch.

„Und Hunger haben wir, Timor, Hunger, und Putzfäden werden wir essen, Putzfäden zur Vorspeise, Putzfäden zum Hauptgericht, Putzfäden zur Nachspeise. Putzfäden waren schon immer, oh Timor, dein Leibgericht."

„He", ruft Bob, „du bist genial, Timor, Putzfäden, was denkt ihr, warum hier Tonnen von Tonnen Putzfäden liegen?"

„Um die Stiefelträger zu piesacken", sagt Ro, „habt ihr auch Packen machen müssen 50 mal 50 mal 50?"

„Ja", sagt Timor, „der Alte, der hat sie verkauft, die Packen, doch Timor missfiel diese Arbeit, es ist keine Arbeit, es ist Schinderei."

„Das ist alles egal“, ruft Bob, „die Putzfäden haben sie doch als Treibstoff gebraucht, darum liegen hier solche Mengen. Lasst uns schauen, wo der Tank der Maschine ist.“

Wie von einem Wespenschwarm aufgescheucht, schießen die drei in die Höhe und rennen in den Maschinenraum. Bob blättert im Buch, Ro sucht nach einem Türchen und Timor singt ein Lied.

„Die Schrauben, die Schrauben, die sind viele tausend,
die Zahl, ach die Zahl, die hab ich vergessen.
Doch schwarz sind die Hände vom Staub und vom Dreck,
schwarz wie die Nacht und das Haar meiner Muhm.“

„Hier steht's“, ruft Bob, „die Putzfäden werden von selbst aus dem Raum mit Hilfe einer Schneckenwinde ins Innere der Maschine transportiert. Wir müssen nur das Loch finden, wo diese Schneckenwinde beginnt!“

„Halt“, ruft Ro, „ich weiß, wo das Loch ist. Ich habe nämlich schon einmal den Raum abgesucht, und zwar als ich den Eingang in den Keller suchte.“

„Hat dir der Alte nicht gesagt, wo der Keller ist?“, wundert sich Bob.

„Nein, er sagte mir nur, dass er den Schlüssel für den Keller verloren hat. Den Schlüssel hab ich zwar schnell gefunden, aber für den Eingang brauchte ich ziemlich lange. Das Loch ist an dieser Wand, ganz am Boden. Es hat die Größe eines Suppentellers.“

Die drei schaffen die Putzfäden fort, bis das Loch zum Vorschein kommt.

„Du bist gut, Stiefelträger“, sagt Bob anerkennend, „das Loch hätten wir.“ Er greift hinein und zieht mühsam eine gusseiserne spiralene Transportschnecke heraus.

„Wir müssen eine Gasse in die Putzfäden buddeln, damit wir die Schnecke ganz herausziehen können“, sagt Bob.

Nach einer Stunde haben sie es geschafft. Die Schnecke liegt frei, völlig verdreckt und verklebt.

„Da muss irgendein Tier hineingeraten sein, schaut euch das an“, ruft Ro,

„das Fell könnte von einem Dachs stammen.“

„Ein Dachs“, wundert sich Bob, „ist das Schmidl?“

„Nein“, sagt Ro, „schau dir das doch mal an, der liegt schon Jahre hier zerquetscht. Ich bin sicher, dass das die Maschine lahmgelegt hat. Er muss sich verirrt haben und die Transportschnecke hat ihn reingezogen. Das Transportsystem hat er durch seinen Körper so vermurkst, dass die Maschine den Geist aufgegeben hat!“

„Armer Dachs“, sagt Timor.

43. Die Windmaschine

Nachdem sie ausgiebig Abendbrot gegessen und dabei über nichts anderes als die Windmaschine gesprochen haben, werfen sich die drei müde auf die Putzfäden. Der Alte hat geschwiegen, nur ab und zu gelächelt oder genickt. Ro hat ihm das kleine Buch zurückgegeben, und er hat es den ganzen Abend nicht mehr aus den Händen gegeben.

„Hat's dir geholfen„?, hat er Ro gefragt.

„Ja", hat Ro geantwortet, „sehr, ohne das Buch hätten wir's nicht geschafft."

„Mir hat's geschadet. So ist das. Für jeden ist etwas anderes richtig."

Natürlich haben sie die Transportschnecke gereinigt und wieder ins Loch eingedreht. Auch die Putzfäden haben sie gleichmäßig im Raum verteilt.

Ro nimmt sich vor, in dieser Nacht in den Maschinenraum zu gehen, im Traum, wie er es schon einmal gemacht hat, damals, als Timor aufgetaucht ist und die Putzfäden angezündet hat.

Ro entspannt sich, schickt den Körper in den Schlaf, bleibt mit seinem Geist aber hellwach. Nach kurzer Zeit erhebt er sich aus dem Körper und gleitet zum Putzfädenzimmer hinaus. Er staunt nicht schlecht, als er Timor begegnet, der um die Maschine streift und alles genau anschaut.

„Timor, bist du's?“, spricht Ro ihn an.

Timor reagiert nicht, er scheint zu träumen, ohne sich bewusst zu sein, dass er träumt.

„Timor, bist du's?“, wiederholt Ro.

Timor reagiert auch diesmal nicht. Er klopft mit einem Finger immer wieder an die Maschine, hält das Ohr daran, schüttelt den Kopf, horcht, lacht, horcht wieder, lacht, hebt die Arme und beginnt zu tanzen. Er tanzt und lacht und jauchzt. Plötzlich ist er verschwunden, und Ro steht allein vor der Maschine. Auch er hält das Ohr daran, aber er hört nichts, alles ist still, vollkommen still. Timor muss etwas gehört haben, aber was?

Ro lässt sich zurück in seinen Körper gleiten und erwacht. Neben ihm liegt Timor, und im schwachen Mondschein sieht er, wie er im Schlaf lächelt.

Sanft weckt Ro ihn auf und fragt: „Timor, was hast du gerade geträumt?“

Timor brummt, dass er lieber weiterschlafen möchte, doch Ro bleibt hartnäckig.

„Timor, bitte wach auf, ich muss dich etwas fragen.“

„Was weckt man Timor so aus dem Schlaf, ist es nicht Nacht, ist es nicht dunkle Nacht?“

„Doch, Timor, es ist dunkle Nacht, bitte überleg mal, was du geträumt hast, ich muss es wissen.“

„Timors Traum? Timor hat Musik gehört, ein Lied, ein Lied von Timor, das Lied der Stiefelträger. Oh, es war ein schönes Lied, es war das Lied der Windmaschine, es war das Lied des anderen Landes, das Lied des Windes und das Lied des Wassers, und nun will ich schlafen." Timor dreht sich auf die andere Seite, und Ro muss alle Künste aufbieten, ihn noch einmal zu wecken.

„Timor, wir müssen wissen, was du gehört hast im Traum, Timor, Tiiiimooooor!"

„Oh es war ein altes Lied, es war das Lied der Windmaschine, es war das Lied des westlichen Landes, das Lied des Windes und das Lied des Wassers."

„Und wie ging es, das Lied", bohrt Ro, „ich glaube, du hast den Schlüssel gefunden."

Timor überlegt und dann beginnt er leise zu rezitieren: „Ihr bekommt alles, oh Träger der Stiefel, und mit der königlichen Barke fahrt Ihr ins westliche Land, und sie werden Euch zujubeln, weil Ihr sie befreit, und ihre Herrin wird an Eurer Seite stehen und Euch die Krone der Würde überreichen und die Ringe des Glücks und die Dolche der Kraft, und sie werden niederfallen, wenn wir vorbeiziehen, oh, Timor, freut sich, Timor ist schon bald da. Haha, das wird ein Wundern und Festen, und die Wasser werden aus dem kalkadischen Felsen springen, wie die Sterne am ersten Tag aus dem Himmel sprangen, und alle werden sie rufen, da sind sie, sie, die die Winde entfesselt, sie, die die Wasser befreit."

„Das hast du mir doch schon bei unserer ersten Begegnung erzählt", meint Ro enttäuscht. „Hast du wirklich das gehört, Timor?"

„Timor träumt es jede Nacht, jede Nacht, jede Nacht."

„Dann musst du es uns lehren! Bob, steh auf! Ich weiß, wie die Maschine anspringt. Timor hat es geträumt!"

Ro ist außer sich, und bis Timor und Bob alles genau mitbekommen haben, dauert es noch eine Weile. Schließlich bringt Timor den beiden anderen den Text bei.

„Es muss gut klingen“, sagt Ro, „es muss hallen, es muss wie aus einem Mund kommen, sonst ist alles umsonst.“

Es ist längst Mitternacht vorbei, als Ro, Timor und Bob den Schlüssel nehmen, die alte Dame öffnen und mit einer Laterne in den Maschineninnenraum steigen.

„Man würde von außen gar nicht glauben, wie groß sie ist“, sagt Bob, und Timor weist die anderen an:

„Hier müsst ihr stehen, du da, Ro, und du dort, Bob, so jedenfalls habe ich es geträumt“, weist Timor die anderen an.

Und dann fangen sie an das Windmaschinenlied zu singen, dass es widerhallt in dem eisernen Raum. Und ihre Stimmen versetzen den Raum in Schwingung, dass die Wände zu vibrieren beginnen. Immer wieder fangen sie von vorn an, rufen die Worte wie Zaubersprüche in die Luft, schließlich geben sich alle drei die Hände und rufen noch lauter: „Haha, das wird ein Wundern und Festen, und die Wasser werden aus dem kalkadischen Felsen springen, wie die Sterne am ersten Tag aus dem Himmel sprangen, und alle werden sie rufen, da sind sie, sie, die die Winde entfesselt, sie, die die Wasser befreit.“

Plötzlich ruft Bob: „Schaut her, hier ist die Steuerung, genau wie sie im Handbuch beschrieben wird, ich hab sie vorher nicht gesehen, ich schwör‘s, ich habe doch alles abgesucht von oben bis unten, wartet, ich werde das Handbuch holen, nichts anfassen, wir müssen alles ganz richtig machen."

Bald ist Bob wieder da und probiert so vorsichtig und ruhig an den verschiedenen Schalthebeln herum wie er nur kann. Nach einiger Zeit fängt der Untergrund an zu rumpeln, die Maschine vibriert, ein Sausen erhebt sich wie von einem Sturm, oben hört man den Propeller sich drehen, und unter ihnen öffnen sich ächzend gewaltige Schleusen. Das Branden von Wasser übertönt schließlich alle anderen Geräusche. Die drei jubeln, schreien, singen, lachen, doch sie sind nicht zu hören, die entfesselten Winde und die befreiten Wasser sind lauter als sie.

Ro springt aus der Maschine, bedeutet den anderen, sie sollen ihm folgen, und so schnell sie laufen können, rennen sie zum Alten. Ro reißt die Tür auf und ruft:

„He, alter Mann, die Maschine läuft. Sie läuft!"

Der Alte richtet sich langsam auf, erhebt die Arme und sagt: „Darauf habe ich lange gewartet, jetzt kann ich gehen."

„Nein", ruft Ro, „wir gehen zusammen."

„Ich habe euch geschickt", sagt der Alte mit bebender Stimme, „weil ich das Buch schon gelesen hatte, bevor ich mich selbst auf den Weg machen konnte. Verzeih mir, Bob, du warst der Erste, du hast am längsten ausgeharrt. Verzeih mir, Timor, du hast im Tunnel gelebt, weil du die Hoffnung nicht fallen lassen wolltest, und du, Ro, du hast uns den Weg gezeigt, weil dich die Liebe getrieben hat und nicht der Zorn, der Großmut und nicht die Gier, die Unerschrockenheit und nicht die Furcht."

Ro ist das alles etwas zu viel, und Bob hat nur

einen Gedanken: Ab ins andere Land, um Gambrin zu befreien. Darum sagt er:

„Spart die großen Worte für später, wir müssen rüber, schnell, nehmt etwas zu essen mit, und dann los, wer weiß, ob Gambrin noch lebt."

44. Die königliche Barke

Der Alte muss all seine Kraft aufwenden, um auch nur einigermaßen mit dem überschäumenden Eifer der drei Stiefelträger mitzukommen. Bob hat in Windeseile den Leinenbeutel gepackt, Timor tanzt die ganze Zeit herum und ist für gar nichts zu gebrauchen, und Ro hilft dem Alten in die Kleider.

„Wie lange reichen die Putzfäden?", fragt ihn Ro, als sie beim Putzfädenlager vorbeikommen.

„Wir werden ja nicht ewig fort sein", sagt der Alte, „und wenn ihr zurück seid, organisiert ihr neue."

Sie klettern in den Maschinenraum und durch den engen Schacht die Leiter hinunter. Jeder der drei hat eine Laterne bei sich, damit der Alte möglichst gut sehen kann, wohin er tritt. Noch immer ist das Brausen des Windes und das Rauschen des Wassers zu hören. Je weiter sie gehen, desto lauter wird es. Auch diesmal herrscht Durchzug, doch von der anderen Seite, und das Laufen geht wie von allein.

„Nicht zu hastig, Jungs", ruft der Alte, „nicht zu hastig."

Sie sind so aufgeregt und voller Vorfreude, aber auch voller Furcht, Gambrin möge etwas zugestoßen sein, dass sie es kaum schaffen, sich dem Tempo des Alten anzupassen.

Bald erreichen sie die Grotte, in der das Segelschiff steht. Aus dem Felsen vor dem Tunnel springt ein Wasserfall mit tosender Wucht herunter, und Timor reißt das Hemd von seinem mageren Leib und schreit: „Und die Wasser werden aus dem kalkadischen Felsen springen, wie die Sterne am ersten Tag aus dem Himmel sprangen, und alle werden sie rufen, da sind sie, sie, die die Winde entfesselt, sie, die die Wasser befreit…“

Wegen des tosenden Wassers verstehen die anderen Timors Worte nicht, sie sehen nur, wie sich seine Lippen bewegen, aber Bob und Ro wissen, was Timor ruft, und sie singen leise jeder für sich mit. Das Holzschiff liegt nicht mehr auf der Seite, der Fluss hat einen See gebildet, an dessen Rand die königliche Barke schwimmt.

Ro brüllt Bob ins Ohr: „Wir müssen den Kahn flott machen!“

Bob nickt und hilft dem Alten einen bequemen Platz zu finden, wo er warten kann, bis alles bereit ist. Dann entern die beiden das Schiff, räumen Deck und Kajüte auf. Als alles gerichtet ist, werfen sie die Bugleiter hinunter und helfen dem Alten an Deck. Jetzt fehlt nur noch Timor, doch der tanzt gedankenverloren in der Grotte. Ro muss noch mal aussteigen und ihn aufs Schiff bringen. Dann lösen sie den Anker und gleiten langsam dem Tunnel zu. Bald erfasst sie die Strömung, Bob erweist sich als gewiefter Steuermann. Majestätisch gondelt die Barke dem Ausgang zu. Das Brausen wird leiser und die königliche Barke gleitet aus dem Tunnel in den heraufdämmernden Morgen.

Bob erklärt Ro, wie er die Segel setzen muss. Timor steigt von einem Bein aufs andere und trällert unablässig mit stets wechselnder Melodie das Windmaschinenlied. Der Alte sitzt auf einem Stuhl, in eine Decke gewickelt und stopft seine Pfeife.

„Sieben Jahre habe ich sie nicht mehr geraucht“, zwinkert er Bob zu und zündet sie an.

„Ro, weißt du eigentlich, dass du die Stiefel anhast? Das ist das erste Mal, dass ein Stiefelträger mit ihnen zurückkommt, sonst blieben sie immer drüben!“

Ro betrachtet seine Schuhe, tatsächlich, er hat noch immer die Stiefel an.

„Und das ist recht so“, fährt der Alte weiter. „Einer muss sie tragen und das bist du, du hast Bob befreit, du bist bis zum Ende durchgekommen.“

„Ohne Gambrin und Schmidl hätte ich es nicht geschafft“, sagt Ro, „und was hätte ich gemacht, wenn nicht Bob damals den richtigen Baron beseitigt hätte, und wer hätte ohne Timor das Windmaschinenlied gewusst?“

Bob sagt nichts und auch Timor schweigt, doch von ihren Gesichtern ist abzulesen, wie gut ihnen die Worte von Ro getan haben.

„Oh, dort drüben liegt das Beiboot, das will ich haben!“, ruft Ro, „damit bin ich letztes Mal bis zum Tunnelausgang gekommen, der Fluss hat es bis hierher geschwemmt.“

Bob muss seine ganze Fähigkeit aufbieten, um das kleine Boot anzusteuern. Schließlich nehmen sie es ins Schlepptau und segeln weiter.

Schnell erreichen sie die Radstadt. Am Ufer stehen

bereits Männer und bessern die Boote aus. Als sie die königliche Barke sehen, winken und rufen sie. Bob steuert ans Ufer, und bald ist die ganze Stadt da und begrüßt sie. Ro muss hundert Hände schütteln, er weiß nicht mehr, wo ihm der Kopf steht, bis er an Manhard kommt, der ihn an sich drückt, bis ihm die Luft wegbleibt.

„Wo ist Gambrin, Ro, wo ist meine Gambrin."

„Wir sind auf dem Weg zu ihr", sagt Ro wage, „bald werden wir sie finden."

„Ist sie in Gefahr, was macht sie, wo ist sie, ach du herrlicher Fluss, es ist ihr doch nichts geschehen?"

Ro bringt es nicht übers Herz, dem guten Mann mitzuteilen, dass auch er, Ro, Angst um sie hat. Darum fragt er nur: „Und die Wächter, sind sie noch immer so niederträchtig?"

„Nein", sagt Manhard, „gestern kam ein Kurier vom Baron und heute morgen sind sie abgezogen, noch bevor der Fluss kam, Ihr werdet es nicht glauben."

„Doch", lacht Ro, „das glaube ich Ihnen gern!"

„Oh, jetzt wird alles wieder gut", sagt Manhard, „nur noch Gambrin, dann wird alles sein wie früher."

Ich hoffe nicht, denkt Ro und schaut zurück zum Schiff, wo die anderen schon auf ihn warten.

„Ich muss weiter, Manhard, ich muss. Grüßen Sie Ihre Köchin von mir, sie soll mir eine ihrer köstlichen Suppen warm stellen bis wir wiederkommen. Und bald machen wir ein Fest in Auro! Kommen Sie auch?"

„Worauf Ihr Euch verlassen könnt", ruft Manhard.

Ro geht aufs Schiff, Bob löst die Taue und die Fahrt geht weiter. Noch lange steht Ro an Deck und winkt den Leuten der Radstadt zu. Er hätte noch so vieles fragen wollen, doch die Sorge um Gambrin treibt alle weiter.

Beim gelben König im Tal der Paläste machen sie nur kurz Halt. Der König steht auf dem Balkon seines Palastes und ruft: „Stiefelträger, seid willkommen und mit Euch das Wasser, es wird alles gut."

„Ja", ruft Ro zurück, „wenn wir zurück sind, gibt es ein großes Fest, kommt Ihr auch nach Auro? Dort werden wir sieben Tage tanzen und feiern und erzählen, so ist es mit der Königin vereinbart."

„Ja", ruft der König, „ich werde kommen mit meinem ganzen Gefolge!"

Als sie dann in Auro anlegen, warten schon alle auf sie. Es gibt eine große Begrüßung, die Königin kommt selbst aufs Schiff und umarmt den Alten lange.

„Es ist meine letzte Reise", sagt er zu ihr, „ich wäre so gern noch einmal bei dir geblieben, schönste Herrin von Auro, ach, mein Gott, wie die Zeit flieht."

Die Mutter Königin hält seine Hand und schaut auf den vorbeiziehenden Fluss:

„Du hast uns nicht allein gelassen. Ich wusste immer, dass er wiederkommt, und nun ist er da, das Land wird leben." Dann wendet sie sich an Ro und sagt: „Gestern sind alle grauen Wächter abgezogen, schnell, fahrt hin nach Eisenstadt und schaut, was dort geschieht."

Auf der Weiterfahrt gelangen sie in die Turmschlucht. Beinahe endlos erscheinen ihnen die Felsmassen und plötzlich hören sie die Stimme des Rufers:

„Du greifst nach den Sternen, du erhebst deine Hand und stellst deinen Fuß auf die Erde, doch vom Wasser hast du keine Kunde, du kennst nicht den Namen der Steine, du weißt nicht, wer die Winde entfesselt, und die Blumen sind dir fremd. Stelle nur deinen Fuß auf die Erde, erhebe deine Hand und greife nach den Sternen. Die Blumen werden über dich lachen, die Winde werden dir aus der Wüste den Staub schicken, das Wasser aber, das Wasser wird über dich kommen, und die Steine werden dich am Ende bedecken."

Sie fahren am Turm vorbei, der Rufer winkt ihnen zu, keiner sagt noch ein Wort und nach einem Augenblick ist der Turm außer Rufweite. Noch lange sehen sie ihm nach.

„Vielleicht ist er doch mehr als ein Verführer! Ohne seine Masken hätten wir es nie geschafft, trotz all dem Leid, das sie gebracht haben", sagt Bob.

Spät am Abend sehen sie in der Ferne die grauen Zinnen von Eisenstadt.

45. Gambrin als Baron

Ro und Bob rechnen mit Kampf, um zu Gambrin vorzustoßen. Ro will warten, bis es Nacht ist und dann mit den Stiefeln in die Thronhalle vordringen, um dort mit Gambrin Kontakt aufzunehmen.

„Bestimmt sind die Grauen durch ihre Spione alarmiert und warten nur darauf, dass wir kommen", sagt er zum Alten.

Am Ufer von Eisenstadt ist alles ausgestorben. Bob holt die Segel ein und lässt die Barke treiben. Jederzeit auf dem Sprung, die Segel zu setzen und hinaus auf den Fluss zu fahren. Doch kein Grauer ist zu sehen, selbst auf den Zinnen sind keine Wächter zu erkennen.

„Merkwürdig", sagt Bob, „so etwas gab es in den vergangenen sieben Jahren nicht. Das Ufer wird rund um die Uhr überwacht. Auf den Wachtürmen stehen die Wächter Tag und Nacht."

Plötzlich hebt sich das Boot und bewegt sich quer zum Fluss Richtung Ufer. Ro schaut über Bord.

„Mein Gott, das Wasser ist voller Wächter!" Und da sieht er es: Die Wächter des Barons haben mit Schilfhalmen unter Wasser gewartet, bis das Schiff kam. Sie haben Stangen unter dem Boot durchgeschoben und hieven es aus dem Wasser. Timor fällt vor Schreck beinahe über Bord: „Oh Timor, mein Timor, nimmt denn der Kampf kein Ende?"

Die Grauen stemmen die Stangen auf ihre Schultern. Das Boot wird mannshoch über den Erdboden gehoben und nach Eisenstadt getragen.

„Sollen wir fliehen oder kämpfen?", fragt Bob.

Der Alte winkt ab: „Weder noch, Bob, es gibt Dinge die ändern sich nicht und andere sind jedes Mal anders, lass geschehen."

Die Barke wird durchs Stadttor getragen, von überall her laufen die Grauen zusammen. Und im Moment, wo sie vor der Thronhalle ankommen, ist der ganze Platz mit Wächtern übersät. Die Barke wird vor dem Eingang zum Thronsaal abgestellt und der Baron erscheint im Säulengang. Fackeln werden entzündet, auch auf das Schiff werden Lichter gepflanzt. Die Grauen präsentieren ihre Waffen und rufen: „Baron! Baron! Baron!" Der Baron hebt seine Hand.

„Männer, der Fluss ist seit gestern Nacht wieder da. Die Zeit der Dürre ist vorbei. Das Land wird wieder grün werden, die Wiesen werden wieder blühen, die Felder werden wieder Korn tragen und die Bäume Früchte. Das ist ein großer Tag für unser Land. Darauf haben wir gewartet."

Die Männer regen sich nicht, doch meint Ro im Schein der Fackeln einige gesehen zu haben, die sich von der Seite zugenickt, andere, welche die Kiefer zusammengebissen, die Köpfe oder auch nur die Augenlider gesenkt haben. Der Baron fährt fort:

„Das heißt für uns, dass sich unsere Aufgabe ändert. Es geht nicht mehr darum, das Wasser bis in den hintersten Winkel des Landes zu tragen, damit niemand verdurstet. Ihr habt eure Aufgabe erfüllt. Ohne euch wären Tausende verhungert und verdurstet, dafür bin ich euch Dank schuldig, dafür schuldet das ganze Land euch Dank. Doch nun hat sich die Lage geändert. Wasser ist nach sieben Jahren wieder in Hülle und Fülle da, Fische werden sich bald wieder darin tummeln, alle Arten von Vögeln werden bald wieder über uns fliegen, nicht nur die Geier. Wir werden dafür sorgen müssen, dass die wenigen Tiere, die überlebt haben, sich wieder vermehren, die zerfallenen Bewässerungsanlagen müssen wieder aufgebaut werden, damit die Gärten über der Stadt schon bald wieder alle ernähren."

Die Männer beginnen zu murren. Ro vermutet, dass sie eine andere Rede erwartet haben, doch der Baron spricht unbeirrt weiter:

„Auch meine Zeit ist abgelaufen, Männer. Ich habe in der Zeit der Dürre über euch und alle befohlen. Nun wird die Zeit der Fülle kommen und ein anderer wird an meine Stelle treten."

„Wer soll das sein", ruft einer der Hauptleute.

„Ja, sag an, Baron, wem sollen wir gehorchen?", ruft ein Zweiter.

„Ihr sollt von nun an eure Hacken in die Erde schlagen und nicht mehr gegen die Menschen richten, ihr sollt eure grauen Kleider eintauschen für bunte Gewänder, wie es einem Land gebührt, das reich ist und in dem alle satt werden."

„Aber wer soll an Eure Stelle treten?"

„Der dort!“, sagt der Baron und zeigt auf Bob. „Er wird euch anleiten, er wir euch in die neue Zeit führen, bis ihr keinen mehr braucht, der euch sagt, was jeder selbst wissen muss. Komm her, Hüter von Eisenstadt, zeige dich den Männern!“

Bob steigt aus der Barke und geht zum Baron hinauf.

„Er kennt euch besser als irgendjemand sonst“, ruft der Baron, „auch wenn ihr ihn nicht kennt, er trägt ein Geheimnis in sich, und dieses Geheimnis wird euer Verbündeter sein.“

„Und wohin geht Ihr, Herr?“, ruft ein Wächter.

„Ich werde mit den anderen weitersegeln, denn der Alte ist hier, er hat ein großes Ziel und braucht mich, um es zu erreichen.“

„Der Neue soll zu uns sprechen“, ruft ein anderer, „dann werden wir uns entscheiden.“

Bob schaut den Baron an, dieser nickt und Bob tritt einen Schritt vor.

„Ihr habt Angst vor dem was kommt. Bevor das Wasser kam, wart ihr sicher, dass euch die Dürre nichts anhaben konnte, ihr hattet die Zisternen, die Leitungen, die Abfüllhallen und die Waffen. Alle waren sie von euch abhängig, alle haben sie euch gefürchtet. Doch nur, weil sie euch gebraucht haben. Ihr hattet das Wasser.

Das hat euch mächtig gemacht. Nun werden sie euch nicht mehr fürchten, sie werden sich nicht mehr von Euch beherrschen lassen, und ihr müsstet einen gnadenlosen Kampf führen. Hass und Folter wären die Folge, Mord und Streit oder Krieg, wie ihn das Land noch nie erlebt hat. Der Baron hat sich anders entschieden. Er will, dass wir bauen und nicht zerstören, er will, dass wir pflügen und nicht mehr töten. Wir werden Eisenstadt neu bauen, ohne Hass, ohne Angst, ohne Gewalt, Kinder werden spielen auf diesem Platz, und die Alten werden von vergangenen Zeiten erzählen. Wenn ihr das wollt, dann schlagt eure Hacken in die von tausend Schuhen gestampfte Erde dieses Platzes und macht eine Wiese daraus."

Stille breitet sich über den Platz. Wie werden sie entscheiden? Die Nervosität ist in alle Gesichter geschrieben, die Luft ist zum Zerreißen gespannt. Der Baron schaut Ro in die Augen und Ro meint darin lesen zu können: „Das ist die letzte Prüfung!"

Ro nickt.

„Gut, ich bin bereit", ruft der erste der Hauptleute und schlägt seine Hacke in den harten Platz.

„Ohne mich, Leute, der Grünschnabel ist mir zu jung", ruft der zweite und wendet sich zum Gehen.

Viele folgen dem ersten und schlagen ihre Waffen in den Boden und hacken die Erde auf. Andere folgen dem zweiten Hauptmann. Es sieht beinahe so aus, als ob sich die Schar der Männer in zwei Hälften aufspalte, die Stimmen werden lauter, Rufe erschallen, feindselige Worte fallen: „Wer nicht für uns ist, ist gegen uns, schlagt sie nieder!" – „Verräter, unser Schwur gilt dem Baron, nun sind wir frei!" – „Banditen, wollt ihr das Land zu Grunde richten?"

Bevor noch der erste Streich geführt wird, das erste Blut fließt, erhebt sich der Alte mühsam von seinem Sitz und hebt die Hand. Wie vom Donner gerührt, verstummen die Männer auf dem Platz, wenden sich nach vorn und warten, dass der Alte spricht.

„Ich bin auf meiner letzten Reise, Männer, meine Kräfte schwinden. Ihr kennt mich, ihr wisst, dass ich euch nichts geschenkt habe, aber auch ihr habt mir nichts erspart. Rauft euch zusammen, einen besseren Augenblick für einen Neuanfang gibt es nicht."

Erschöpft bricht der Alte zusammen, Timor fängt ihn auf und trägt ihn zurück in seinen Stuhl.

Der Baron ruft in die Menge: „Was immer ihr entscheidet, ich muss gehen, der Alte beendet seine Reise! Bob, du bleibst hier, du wirst es schaffen. Auf, Männer, hebt das Schiff!"

Die Träger kommen herbei, auf Kommando heben sie die königliche Barke auf ihre Schultern und tragen sie eilends zum nächtlichen Fluss.

46. Die letzte Reise des Alten

„Er ist schon hinübergegangen", flüstert Ro, der das Steuer übernommen hat.

Doch Timor, der eine Fackel hält, schüttelt den Kopf: „Nein, Timor weiß, er ist noch da, er schläft nur."

Das Schiff treibt flussabwärts, Gambrin sitzt auf Deck und hält den Kopf des Alten in ihrem Schoß, neben ihr liegt die Maske, schlaff wie ein Abfallsack.

„Er atmet noch", sagt sie, „kaum merklich, doch noch atmet er. Oh, wie ich mich freue, ihn noch mal zu sehen. Das letzte Mal war ich noch ein Kind, vor mehr als sieben Jahren."

„Und ich dachte, er sei gar nie hier gewesen", sagt Ro verblüfft, „ich dachte er habe uns geschickt, weil er zu feige war und alles schon im Buch gelesen hatte, statt selbst zu kommen."

„Früher war er oft hier, meist in Auro bei der Königin. Doch dann hat sich der Baron von Eisenstadt gegen sie und ihn erhoben und seine Herrschaft aufgerichtet. Und als der Alte einmal hier war, hat ihm der Baron heimtückisch das Buch geschenkt. Statt es wegzuwerfen, hat er es gelesen und ist nie mehr gekommen."

„Das hast du gewusst", wundert sich Ro, „und doch wolltest du in Auro darin lesen?"

„Weil ich sicher war, dass wir es zu zweit schaffen würden, im entscheidenden Moment aufzuhören."

„Und warum warst du so sicher?"

„Als ich sah, dass das Buch vom Baron geschrieben war", sagt Gambrin, „wusste ich, dass es dieses Buch sein musste, das meinen Vater zerstört hat. Im Traum hatte ich uns beide gesehen, wie wir das Buch lesen und ich wusste, dass es uns nichts anhaben konnte."

„Was?", sagt Ro, „den gelben König hat das Buch auch zerstört?"

„Nein", lacht Gambrin, „der gelbe König ist nicht mein Vater, er behauptet es nur immer. Darum hat ihn meine Mutter weggeschickt, und er ist ins Tal der Paläste gegangen."

„Jetzt verstehe ich langsam", sagt Ro kopfschüttelnd, „darum hat deine Mutter nichts gesagt, als ich von ihm sprach. Aber wer ist dann dein Vater?"

Gambrin schaut den Alten an.

„Ich habe sein Bild immer in mir getragen und ich wusste, dass ich ihn noch einmal sehen würde. Nachdem er nicht mehr selbst herkommen konnte, hat er euch geschickt. Er hat getan, was er konnte."

Der Alte schlägt die Augen auf und schaut Gambrin mit einem Blick an, den Ro noch nie an ihm gesehen hat.

„Oh", ruft Gambrin, „Vater!"

„Hast du fein gemacht, meine Tochter."

„Du warst noch besser", sagt Gambrin und lächelt ihn an.

„Ich muss gehen", flüstert der Alte, „es war gut, dich noch mal zu sehen. Sehr gut. Es wird sich alles zum

Guten wenden in Eisenstadt, alles, Bob wird seine Mühe haben, aber er kennt die graue Meute. Gambrin, du musst zu ihm und ihm helfen, sie zu bändigen. Auch wenn es für Ro schwer sein wird, das zu ertragen. Bob schafft es nicht allein."

„Ich werde zu ihm zurückgehen", sagt Gambrin, „zu zweit werden wir stark sein."

Ro fährt Gambrins Satz wie ein Stich durchs Herz. Zu Bob wird sie also gehen und ihn wird sie vergessen."

Der Alte schaut Ro an und sagt: „Ro, sei nicht traurig und halte deinen Zorn im Zaun. Gambrin wird nicht immer in Eisenstadt bleiben, sie hat noch einen weiten Weg. Aber auch du musst noch vieles lernen, dies war erst der Anfang. Eure Wege werden sich immer wieder kreuzen, sei unbesorgt. Doch jetzt musst du zurück in die Fabrik, und dafür sorgen, dass das Wasser fließt. Das kann kein anderer, auch Bob nicht. „

Ro ist den Tränen nahe, sein Herz will bei Gambrin sein, für immer und ewig, doch er muss sie ziehen lassen. Er schaut hinaus auf den Fluss und denkt an seinen Vater. Ihn hat er beinahe vergessen. Er ist doch aufgebrochen, ihn zu suchen, er kann nicht hier bleiben, selbst wenn die Windmaschine ohne ihn liefe. Ob er all das schaffen wird, was auf ihn wartet?

„Du wirst es schaffen, Ro", sagt der Alte und sieht ihn mit einem Blick an, den Ro ein Leben lang begleiten wird, „du bist der Stiefelträger, der durchgekommen ist, das Tor ist offen, das Wasser fließt, denke an deine Stärke, denke an deine Kraft, denke an dich!" Daraufhin wendet er seinen Blick zu Timor und sagt: „Timor, du sollst hier bleiben, du sollst durch die Städte und

Dörfer ziehen und allen unsere Geschichte erzählen, damit sie wissen, was geschehen ist, damit nicht wieder ein Baron kommt. Und hier gebe ich dir das Buch, du bist der Einzige, der es lesen wird, immer wieder neu, damit dir die Geschichten nicht ausgehen. Bitte, Gambrin, gib ihm das Buch, es ist in meiner Tasche."

Gambrin zieht das Buch heraus und gibt es Timor.

„Hach", ruft Timor, „das Buch, Timor wird es erzählen landauf und landab, er wird es den Kindern erzählen und den Eltern, den Jungen und den Alten."

„Aber behalte es für dich, nur du kannst es lesen, ohne auf Irrwege zu kommen."

Dann seufzt er tief und schließt die Augen, wieder glaubt Ro, der Alte sei jetzt gestorben, doch nach einer Weile öffnet er erneut die Augen und sagt so leise, dass Gambrin sich zu ihm hinunterneigen muss:

„Tragt mich ins kleine Boot und lasst mich den letzten Abschnitt meiner Reise allein, ich will jetzt das Meer sehen."

Gambrin nickt. Dann wendet sie sich zu Timor und Ro: „Bitte helft mir, Vater ins kleine Boot zu tragen."

Ro macht das Steuer fest und zieht das Beiboot an die Seite.

Mit Timor zusammen hebt er den Alten auf. Vorsichtig lassen sie ihn hinunter ins Boot gleiten. Gambrin nimmt ihn in Empfang, bettet ihn in seinen Mantel.

Sie wischt sich die Tränen aus dem Gesicht und küsst ihn auf den Mund. Dann steigt sie zurück ins Boot. Ro dreht bei, bis die Barke gegen den Fluss zu liegen kommt, er richtet die Segel, und sie fahren wieder zurück. Gambrin löst das Seil und das kleine

Boot mit dem Alten entfernt sich schnell, und Timor ruft ihm nach:

„Ihr bekommt alles, oh Träger der Stiefel, und mit der königlichen Barke fahrt Ihr ins westliche Land, und sie werden Euch zujubeln, weil Ihr sie befreit, und ihre Herrin wird an Eurer Seite stehen und Euch die Krone der Würde überreichen und die Ringe des Glücks und die Dolche der Kraft, und sie werden niederfallen, wenn wir vorbeiziehen, oh, Timor freut sich, Timor ist schon bald da. Haha, das wird ein Wundern und Festen, und die Wasser werden aus dem kalkadischen Felsen springen, wie die Sterne am ersten Tag aus dem Himmel sprangen, und alle werden sie rufen, da sind sie, sie, die die Winde entfesselt, sie, die die Wasser befreit!".

Langsam verschwindet das Boot in der Dunkelheit...